那些年，这些年

蔡海光 ◎ 著

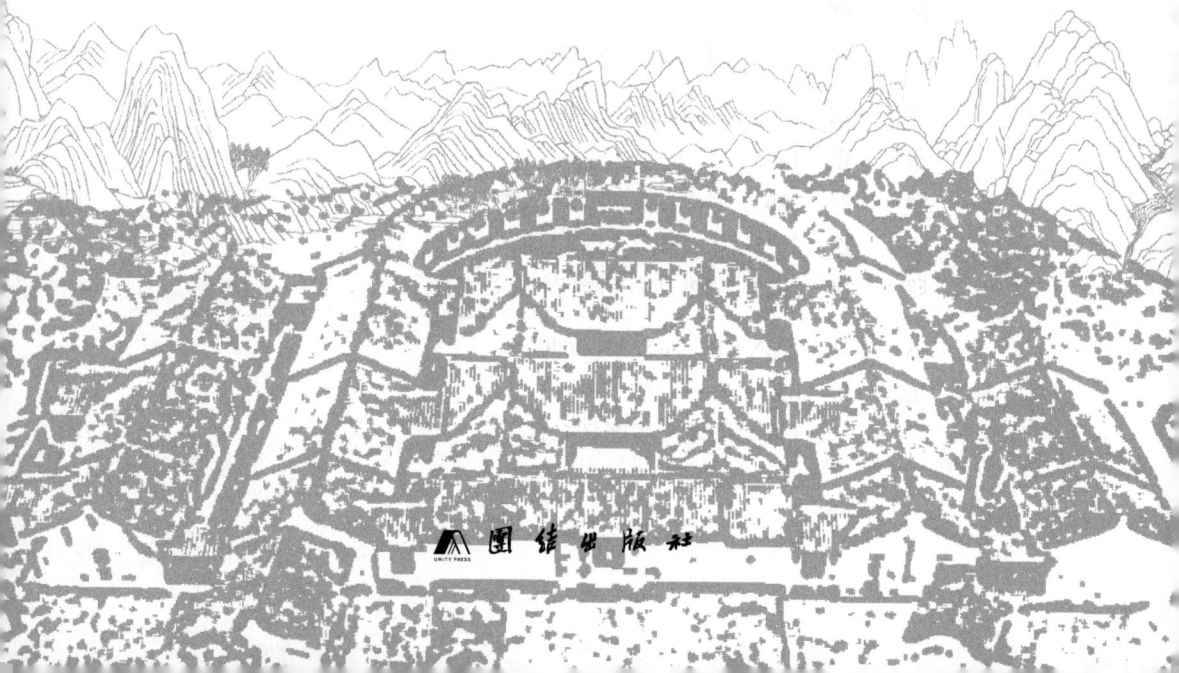

团结出版社

图书在版编目（CIP）数据

那些年，这些年 / 蔡海光著. -- 北京：团结出版
社，2023.12
ISBN 978-7-5234-0640-3

Ⅰ.①那… Ⅱ.①蔡… Ⅲ.①纪实文学-中国-当代
Ⅳ.①I25

中国国家版本馆 CIP 数据核字（2023）第 232034 号

出　　版：	团结出版社
	（北京市东城区东皇城根南街 84 号　邮编：100006）
电　　话：	（010）65228880　65244790
网　　址：	www.tjpress.com
E － mail：	zb65244790@vip.163.com
经　　销：	全国新华书店
印　　刷：	四川科德彩色数码科技有限公司
开　　本：	170mm×240mm　1/16
印　　张：	14.5
字　　数：	226 千字
版　　次：	2023 年 12 月第 1 版
印　　次：	2023 年 12 月第 1 次印刷
书　　号：	ISBN 978-7-5234-0640-3
定　　价：	68.00 元

目 录
CONTENTS

第一篇章　励志篇

咸菜之乡话石扇

筚路蓝缕的客家人，从中原历经千年迁徙，辗转流离，从福建石壁的客家祖地，到江西的客家摇篮，再到世界客都的梅州，每一个迁徙的驿站，都见证着客家人自强不息，艰苦创业的精神与品质。而在他们的一日三餐中，咸菜，也就是北方人说的酸菜，就是他们每天碗中的家常菜，咸中带酸，酸中带咸，所有日子的甜，都从咸菜中来。

梅州市梅县区的石扇镇，最出名的特产就是咸菜了。过上幸福生活的人

梅县区石扇镇

第二篇章　创业篇

第三篇章　管理篇

第四篇章　家庭篇

第五篇章　乡恋篇

目
录

励志篇

第一篇章

天行健，君子以自强不息；地势
坤，君子以厚德载物。

——题记

们今天依然钟情于"咸菜的味道"，它可以搭配各种肉食变成上佳的佐料，但我还是坚定地认为客家人骨子里的咸菜情结，源于对旧时光的一种咀嚼、一种回味。

刚刚在前面说到的石扇，熟悉这个地名的人们一听就会联想到石扇的咸菜特出名。其实，每个客家的乡村都有咸菜，而客家的农村做咸菜的好手也比比皆是，但是为何石扇的咸菜那么出名？也许是源于这一方的灵山秀水。石扇是梅县区的一个客家小镇，它处在梅州市梅县区与平远县、蕉岭县三区（县）交界之处。石扇这个地名，还是挺值得在这里说一说的，石扇一名最早见于《程乡县志》，得名一说则据《嘉应州志》记载，梅县区石扇镇因境内南岭岽有两块大石，高丈余，开展如扇，故名石扇。石扇在历史上曾在银钱村设墟，后来镇府驻地迁出银钱，为中和墟，现仍存银钱古墟场。除此，石扇还是一个矿产资源很丰富的地方，其中以石灰石、煤炭和玄武岩的储藏量为最多。本书要讲述的主人公章礼民，就是从这个客家小镇走出来的成功企业家，一位骨子里始终装着家乡情结的石扇人。

父慈母爱一世缘

1960 年 8 月，章礼民出生在石扇的银钱村岭梅塘。其家中有六姐妹，他是老五，最大的是哥哥，然后是三个姐姐，他后面还有一个弟弟。章礼民的父亲是个比较有文化的人，那个时候，村里有文化的长辈寥寥无几，而他的父亲识文断字明事理，可以说是村中的"秀才"，他父亲是个热心肠的人，村里头的人家有纠纷都找他评理，除此，他还经常帮着村里兼做文书，做些抄抄写写的义务工作，村里的红白喜事，也总少不了他主持大局和忙碌的身影，所以很受村里人敬重。

章礼民的母亲是个典型的客家妇女，当时她家里条件比较艰苦，她出生三天就被送进章家来当"童养媳"了，章礼民的父亲和他母亲相差了 7 岁，但直到他父亲二十多岁才正式和在他家当童养媳的母亲结婚。可以说，章礼民的父亲母亲有着神奇的缘分，从小就在一起长大，是青梅竹马的玩伴；到了情窦初开的青年时代他们走在一起结为伴侣，缘分和命运把他们紧紧拴在一起，漫长的人生岁月，他们携手走过，共同面对人生路上的风风雨雨，扶老携幼，养家糊口，在艰难的岁月中，勤俭持家，把六个孩子抚养成人。

生活的艰辛并没有压垮他父亲，相反，老父亲为人性格和善，乐观开朗，还有一个文艺特长就是吹口琴。那个时候口琴也算一个稀奇的乐器，不少农村人见都没见过。老父亲在生活压力大的时候，也会拿出口琴坐在门槛上吹上几首歌曲，不仅给自己排忧，也给家庭带来了一些欢乐。更多的时候，他总是以一个称职的父亲出现在儿女的面前，哪怕在"文革时期"，也总是把苦楚深埋在心底，之后每每还有邻居旧事重提，他也总是潇洒地把手一摆，淡淡说道："过去的事就让它过去了，世上总有不平事，当年不是有很多人也遭受过吗？我这点小委屈算得了什么。来来来，不说了，听我吹吹口琴……"可以说父亲这种乐观豁达的胸襟，对章礼民来说，从小耳濡目染深受启迪，面对困难而漠视困难，当困难过去，一切都可以一笑了之。

辛酸岁月不曾忘

　　章礼民曾用名章理明，其实他的父亲为他起这个名理由很简单，就是希望他知书明理，通情达理，道理分明。而后来为何弃之不用？这仅仅是因为在他成年之后身份证的一次错误登记，将错就错，所以自己就改成了后来这个名。但是在石扇老家，在他热心资助的学校、乡村道路等芳名碑上，用的还是他村里人熟悉的"理明"。在村里走访的时候，听到最多的就是村里人都喜欢叫他"理叔"。而"理叔"在他成长和创业的几十年中，始终无法割舍的，始终在他的梦境里魂牵梦萦的，依然是这个咸菜飘香的石扇老家。

　　章礼民出生那年正逢国家困难时期，当时闹了大饥荒，有一顿没一顿的日子是普通农家的普遍现象，而兄弟姐妹多的章家，日子更是过得捉襟见肘。章礼民的母亲曾苦涩地对他说："生你的时候，家里实在穷，我坐月子期间只吃了一个母鸡……"

　　章礼民回忆，当时家里的经济来源主要是生产队，只能靠父母挣点微薄的工分来养活一大家人。自他懂事起就知道，母亲虽然非常平凡普通，也没什么文化，但是她跟大部分客家女性一样，任劳任怨。田头地尾，针头线尾，灶头锅尾，家头巷尾，里里外外样样都打理得井井有条，以柔弱的双肩支撑起一个家。章礼民说起自己的母亲，语气变得十分深情。他接着说，母亲的能干在当时的村里是很多人都知道的，她是个十分热爱家庭的人，绝对是个农活好手，每天没日没夜地家里家外耕地种田，每天天还没有亮就上山砍柴等。因为家中孩子多，为了尽可能给家里的孩子多些营养，在母亲的坚持下，家里养了一只奶羊，而他还小时就是吃羊奶长大的，所以全家都很感谢这只羊，因为在最艰难的岁月里，那份甜蜜和对生活的盼头，让他们感觉到一家人在一起的幸福。

章礼民小时候比较调皮也很有个性。石扇岭背塘是生他养他的地方，祖屋是一座客家的围龙屋，整个围龙屋住着几十户人家，围龙屋门前是一个半月塘，半月塘里养有鱼，在人都吃不饱的年代，鱼自然也养不大，但逢年过节，家族中的叔公就会让大伙来打捞半月塘里的鱼给大家共享；章礼民不会忘记，当池塘里的鱼打捞上来后，大部分鱼就只有三个手板这么大，但是一个家族的人站在半月塘边看打鱼的场面却是温馨无比，幸福和喜悦挂在每一个族人的脸上，而他们的小孩更是蹦蹦跳跳，每当一条鱼被打捞上来，小孩都会拍红小手。要知道石扇除了咸菜出名，还有一大美食叫"鱼焖饭"，所以，半月塘打鱼的季节，就是整个家族都能吃上鱼焖饭的幸福时段。

因为当时一个章姓家族都住在一个围龙屋里，所以章礼民从小就不缺乏玩伴，也许是天生的性格，章礼民从小就在一群孩子中颇有"号召力"，围龙屋门口的晒谷坪，以及山前山后到处留下了他童年的时光的记忆，因为他的后面总是跟着一群年龄大小相仿的玩伴，一看就是"孩子王"，久而久之村里人也乐呵呵地给他起了个"花名"叫"军官"，而章礼民自己也挺喜欢这个花名（客家乡村旧时小孩喜欢互相给对方起的绰号），因为他从小崇拜解放军，所以每当他在屋里的时候，外面有玩伴在玩耍，他总会听见他们在大声喊"军官出来玩，军官出来玩"之类的叫唤声，他在屋里听到后心里总是会美滋滋的，总觉得好像是伙伴们对他的认可和夸赞。

学生时代"小明星"

章礼民说，如果说在自己的童年时光里有感觉到甜蜜的，就是下面这一点点快乐的记忆，而绝大部分的时光都是苦涩的岁月。

章礼民在老家石扇度过了自己的求学时光。他的小学阶段总共换了三所学校，都是在镇里，相隔不远。小学读完接着是读初中、高中，当年的"孩子王"在进入学校后，依然展示出不甘示弱的风格，现在回忆起来，章礼民依然很有感触。当时他在学习方面是个很刻苦的人，也许是家庭的艰辛，养成了他身上自律的性格，他从小学、初中一直到高中都是在班里担任班长，出色的组织能力也让他这个班长当得很有威信；也许是继承了他父亲文艺细胞的基因，他还在初中的时候就担任了学校宣传队和文艺队的队长，在学校是个不折不扣的活跃分子，是当时广大师生眼中的"校园明星"，而章礼民在文艺上的专长和组织能力也得到了极大的彰显，不仅获得了老师的认可，也获得了同学的称赞，在学校的各种演出中几乎都有他活跃和忙碌的身影，而他对每一次的活动都能倾注所有的热情，负责活动组织，团队召集，策划节目，排练话剧，甚至还邀请艺术学校的老师来指导他们的相声节目等，每年还带队去其他学校搞文艺会演，这些学校也有很多学生认识他。让他至今都感到自豪的是，学生时代他甚至还在七八百人面前当过合唱总指挥，那种激情澎湃的岁月回想起来至今让人难忘。

章礼民在学校的出色和文艺上的特长是很受老师器重的，就连当时他们学校的实习老师都格外喜欢他。他印象很深刻的是他读高一那会儿，有一位从五华过来的年轻漂亮的女实习老师，章礼民也在课余和这位老师很聊得来，还曾专门邀请她到家里做客，当时和这位实习老师一起来的还有另外几位女老师，事先知道老师们会来家里做客的消息，章礼民母亲就先从自家玉米地摘来刚成熟的玉米，走的时候母亲还给她们一人送了一根刚蒸好的玉米。要知道，在那个年代把玉米送给老师表示感谢，已经算是特别奢侈了，老师们拿到这个特别的"礼物"，都特别高兴和难忘。

章礼民的母校石扇梅北中学

1977 年，章礼民高二毕业，那年他 17 岁，当时高考正处于恢复阶段，上大学也成为当时的一个风向标，不少同学通过工农兵上大学等形式走进了大学的校门，虽然他也有上大学的冲动和梦想，但他同时又很清楚自己的家庭条件不好且兄弟姐妹多等现实，所以冷静下来之后，他自己说服了自己，最终没有选择去念大学。

我家住在围龙屋

　　前面讲到，当时章礼民一大家子和其他的章氏家族几十户人家居住在一个大围龙屋里，也就是今天的选公祠，"选公祠"是章氏五卓公支系，章礼民的父亲往下均属于这个支系后裔。20 世纪 90 年代，章礼民的父亲曾牵头号召族人对选公祠做过修缮，但二十年过后，老屋还是显得破旧。2016 年，事业有成的章礼民受父亲当年的影响，率先牵头号召族人再次对生养地祖屋选公

章礼民的老祖屋选公祠

祠做了精心的修缮，完善了选公祠的各项使用功能。逢年过节，这一支系的章氏后人均会从各地回到这个当年的"胞衣迹"，祭拜祖先，弘扬祖德，慎终追远，再话血浓于水的亲情……有个伏笔在这里提提，章礼民不仅亲力亲为，出钱出力，修缮了选公祠，还热衷于修缮梅州各地的有百年以上历史的章氏宗祠，这个情结从何而来，他又为何要这样做？这是后话。

"选公祠"是客家围龙屋的一种，它属于一围，后围部分有围龙屋的化胎和龙神，这是围龙屋特别神圣的地方，从小章礼民和其他的孩子都知道。围龙屋不算特别大，它坐落在石扇银钱村，前面是一个半月塘，而半月塘前面不远处便是一片平坦宽阔的稻田，可以说一到丰收的季节，偌大的围龙屋，就像镶嵌在绿色的田畴上的一块碧玉，一派田园美景，也是一块风水宝地。

当时这个围龙屋里几十户人家，大大小小加起来有一百多号人，当时章礼民的父母和六个儿女加起来总共才有三个房间，这房间跟今天的概念是不一样的，围龙屋里的每个房间都不大，面积不足十平，房间又小又暗。那个时候，六兄妹和父母只有两张床，只能侧着身子弯着腰横着睡，夏天还好，要是到了冬天，家里被褥不松软，虽然在床上铺上了一层晒干的稻秆，但家人在寒冷的冬季，也只能背对背互相取暖，熬过那一个个瑟缩难眠的冬夜……提到稻秆，70 年代以前出生的人都不会陌生，以前的客家农村根本没有什么床垫，农村的家庭也没有多余的被子可言，为了在冬天暖和些，只能把秋收后的稻秆晒干后铺在床上，然后上面再放上草席。一开始的时候人睡在上面又软又松，确实能让人舒服好一阵子，但是时间一长稻秆上便会生出很多的虱子，之后整个人就不再是舒服的感觉了，那种浑身瘙痒和抓痕的情形，相信经历过那个年代的人都不会忘却，对于章礼民而言，同样终生难忘。

随着兄妹们年龄逐增，一家人两张床实在也睡不下了，面对现实，父母好说歹说和邻居借了一间柴房改善居住条件。尽管条件如此艰难，章礼民父母省吃俭用勤俭持家，日子虽苦，但一家人也其乐融融。让他们兄妹感恩父母的是，就算勒紧裤带也供他们几个兄弟姐妹都顺利地读完了高中，因为父母经常对他们说：读书有可能有出息，但不读书，绝对没出息。

为了使居住环境得以进一步地改善，1971 年的时候章礼民的父母在老屋旁边建了一栋新房子，这在当时绝对是一个超前的举动。这个实现后来居上的动力和原因，一方面来自父母的勤俭持家，还有一个重要的原因就是，多亏了家中一个旅居越南西贡的华侨二叔（章寿银的弟弟）的支持，最终把房子盖起来，极大地改善了家里的居住条件。

在那个时候，有一件新衣裳穿，可以说是一件很奢侈的事情，特别是对于兄弟姐妹多的家庭。章礼民印象最深的就是他五岁左右的时候，他的母亲为了等村里发一块新的粗布，给他做一件像样一点的新衣，托人找关系拿布票，还足足等了五天才等到，当真正穿上新衣的那一天，虽然是用粗布做的，但那种开心劲甭提了；因为姐妹多，平时的衣服是哥哥穿了弟弟穿，姐姐穿了妹妹穿，缝缝补补又三年，以至于当时穿着全身打满补丁的衣服，是一件再正常不过的事情。上学背的书包也是哥哥背完给姐姐背，姐姐背完了再轮到他背……那时候，生活中几乎没有什么东西是新的。

卖卤鸭被骗记

　　章礼民在读初二的时候，曾有一段被骗的经历，让他难以忘怀。对于这段几十年前的经历，再次回忆，依然让他感觉意味深长，那就是他卖了卤鸭，钱却被人骗了……

　　"以前，农村家里养鸡鸭都是常态，我印象中当时是家里养的鸭苗长成大鸭子了，于是有一天父亲杀了四只鸭子，制成卤鸭之后让我坐公交车去梅城卖，这个卤鸭的香味馋得我直流口水，但那个时候我已经渐渐懂事，知道家里姐妹多，卤鸭卖的钱可以帮补家用，但我之后也明白，此举也是父亲为了锻炼我。虽然在这之前，我也帮家里卖过一些东西，就在石扇镇的中和圩，卖的东西包括家里吃剩一半的别人送来的木瓜、吃不完的桃子等等，通常都是卖两分钱、五分钱，但是这次是我第一次卖这么贵重的东西，当时我还是个初中生，也是第一次去离家较远的梅城卖东西。

　　"当天我早早就坐公共汽车来到梅城车站，因为之前在车站餐厅吃过东西，所以我对这个地方还算比较熟悉，我也不怯场，拎着装有四只卤鸭的麻袋，香味还是一阵阵渗透出来，不时诱得路人回头张望，证明父亲的卤鸭技术确实好。我走进人来人往前来乘车的旅客中间，不停询问每一个人需不需要购买卤鸭，包括在车站值岗的工作人员、车站餐厅的老板、沿路的餐饮店等等，我都问了个遍，得到的回应都是夸赞我这卤鸭色香味好，但是他们都不打算购买，有些还调侃我是小屁孩儿。

　　"后来我见推销无果，但还是憋着一股劲，带着新鲜感和好奇心到处走到处逛，到了梅城江北赤岌岗原梅州齿轮厂门口后，发现对面全是美食一条街，卖仙人板等小食的小吃店一应俱全，其中也包括不少卖卤味的店铺，于是我壮着胆提着一大袋卤鸭，走到一家玻璃窗柜里同样挂着卤鸭在售卖的店铺，询问老板是否需要购买卤鸭，老板娘笑着回答"是肯定的"，看了我袋子里的卤鸭成色后，同意将我带来的四只卤鸭全部买下。我印象中总共卖了十二块钱左右，当时甭提我的心情有多高兴了，我小心翼翼地把钱放进兜里，不时捂着那只装着钱的口袋，生怕钱一不小心就丢了。

"卖完四只卤鸭的我如释重负，开开心心地来到江北油罗街的十字街前面菜市场附近找我的姨婆，因为已近中午我早已饥肠辘辘了。之前母亲带我来过这里，但是在还没找到姨婆之前，我就对这里的十字街充满着好奇，四处张望着各家店铺卖的分别是什么东西，大有第一次进大观园的感觉。正当我四处闲逛时，突然这时候一个中年男人走到我面前，非常自熟地和我搭讪起来，并表示他之前在我的邻居家见过我。我一听感觉非常亲切，因为他能说出我邻居的名字，便卸下防备与他聊起天来，这时候他凑上前轻声对我说'你看起来脸色苍白，像是身体不太好的样子，你有钱吗?'当时毕竟我还是个涉世未深的初中生，听他说的一番话后突然也愣住了，但也如实讲了自己身上有刚刚卖卤鸭得来的十二块钱这个事实。

"'啊! 可以，可以!'那个中年男人非常自信地说'幸好你身上带了些钱，我去给你抓些药吃，吃完你的脸色和身体就会好的。'

"于是我便跟随他来到了一个小巷子，我记得那里种了很多树，他让我来到一棵树底下，不知道舀了一勺什么东西，让我一口喝下去后便说这是药了，我身上的十二块钱就莫名其妙地都交给他了……

"那个男人离开后，迷迷糊糊的我才后知后觉，那时我已经身无分文了，今天卖卤鸭的钱全都给了这个陌生的男人，我这才意识到是被骗了，于是心里乱糟糟的如一团麻。后来我垂头丧气地来到姨婆家，因为害怕被责备我选择隐瞒了这件事情，匆匆吃了饭还和她借了五角钱买回家的车票。回到家我还是不敢说被骗这件事，父亲问起卖卤鸭的钱时我就战战兢兢地说是被同学借走了，其他的事情也是只字不提。当然，父亲是半信半疑的。

"在这之后，这件事好像永远成了秘密，但是却让我心存内疚，毕竟是我弄丢了家里的钱，这件事渐渐改变了我，也影响了我。我开始更加积极地去帮助家里干一些农活，变得越来越懂事，内心一直都想着用实际行动去把因为自己过错而丢失的钱弥补给父母，包括以后种蓖麻挣学费等也是出于这个原因。这件事说来很小，但对我之后的人生有着深远的影响，它教会我在日后的处事中更加细心，不轻信天上会掉馅饼，也增强了防骗意识。"

种蓖麻勤工俭学

家境的窘迫和艰辛，让懂事的章礼民从小就学着为家里分担家庭压力，而这份懂事，在他的所有兄弟姐妹中是最突出的。上面讲到章民礼第一次去梅城卖卤鸭被骗这件事，一直让他心里留下了一道阴影，因为卖卤鸭那些钱是家里的，被骗也是他的责任，所以他心里一直放不下，于是心里暗暗发誓自己要学会挣钱，为家里减轻负担。

还是在他上初二那一年，有一次他无意中听班里的一个同学说家里卖蓖麻籽，然后他又细心地去了解了种蓖麻的一些常识，于是就尝试着用省下来的零用钱跑到圩镇上买来一些蓖麻籽，悄悄地种植在围龙屋选公祠的后面自家的菜园，第一次种植，他的内心既兴奋又忐忑，每天一放学回到家里就往菜园跑去，又浇水又松土，一天天看着蓖麻长高结籽，内心的喜悦溢于言表，他在期待自己人生中种下的第一个奇迹。

没想到的是，功夫不负有心人，他第一次的种植就成功了！虽然第一次种得不多，但也收获了自己劳动的成果。章礼民兴奋地摘下自己亲手种植的蓖麻籽，之后拿到镇上去卖，他清楚地记得蓖麻籽一斤卖三毛二分钱，但经过几次不断扩大规模的种植和收获，日积月累他也自己攒了好几块钱，这在20世纪70年代也算是一笔"巨款"了。

之后章礼民凭着业余自己种植蓖麻卖，难能可贵的是，他之后就没再从父母那里拿学费，而是通过自己开动脑筋，别出心裁的勤工俭学，逐渐就攒够了自己初中高中的学费，甚至还有剩余的几角钱还"支援"父母补贴家用，他的懂事和灵巧，也得到了父母和周围邻居大人的啧啧称赞。现在想起来，也堪称章礼民求学阶段的一个出彩之笔。

　　除了种蓖麻，章礼民从小就跟着母亲，成为一个农活好手。一有空余时间他就会跟着哥哥姐姐天还蒙蒙亮就起床，步行离家几公里远的山上砍柴、割野草等。章礼民感叹地说，是母亲的勤劳和起早贪黑深深影响了自己，他认为自己是个男孩子，就要为家里多些担当，所以每天都拼尽全力为家里做力所能及的农活，种田下地更是不在话下，让他母亲经常夸他的是，家里的柴房总是满满的，他也弄不明白自己当时还那么小，为什么就有总也使不完的劲，如果真要给出一个答案，那就是：穷人的孩子更懂事。

缘何 "偷家里的米"

从小就有"军官"小名的章礼民，在学生时代也是个"官"，从小学到高中一直当班长。而在学生时代的章礼民也确实展示了自己不俗的格局，不仅学习成绩好组织能力也特别好，且文艺上有专长。同时，他对同学非常真诚和友善，在同学中也有很高的威信。

初中阶段发生的一件"偷"家里的米帮助同学的事情，虽然当时家里也不富有，但是他对当年自己的这个举动并不感到后悔。

这是章礼民读初中二年级的事情，一次他发现一个住宿同学总是在上课时打瞌睡，而这个同学平时并不是一个很懒散的人。同学的异常举动引起了他的注意，利用下课时间他小心翼翼地问同学，这究竟是为什么？是不是身体不舒服？同学用满是羞愧的眼神望着他，淡淡地说了一句：肚子太饿了。章礼民听后默不作声却若有所思起来，虽然自己家里的生活条件也不好，但是同情心还是占了上风，随后章礼民就跑去看这位同学中午饭的饭碗里有什么好吃的，结果发现只有几条番薯干和一小块米饭。

为了帮助这位同学解决眼前的困难，章礼民没有把情况告诉老师，最终打起了自家的主意。因为他在家做农活的同时，偶尔也会做饭，打那之后他就在每次做饭时多了个心眼，除了留够家里的米之外，趁着父母和兄妹不在身边，就会偷偷地顺手捞一小把米放在自己的口袋里带到学校给那位同学，那位同学很是感激，有时回家时也会拿一些自家产的粗糙的茶叶给他表示感谢。章礼民从家里拿米帮助同学的事情，最终还是"东窗事发"

了。有一天父亲发现了他这个异常行为，并严厉地质问他为什么偷拿家里的米？当时的章礼民内心很是复杂，他也意识到自己的行为是不妥的，但最终说出了事情的原委，低着头准备迎接父亲的一顿训斥。没想到的是，父亲听完他的讲述后，理解了他的做法，最终也没有怎么责怪他。这件事当时对章礼民的内心影响很大，也让他日后意识到虽然出发点是好的，但是做

当年的厨房

事方式方法不对，也会造成不良的影响。虽然父母都没有责怪他，但是他的内心却因此愧疚了好一阵子。

为了能给孩子们多补充一点营养，省吃俭用的父母拿出微薄的积蓄在家里养了一头母羊，也就是这只羊，全家对母羊的奉献都心怀感恩，因为兄妹几个都喝了它不少的奶，少年时代的茁壮成长有这只母羊的功劳，那种甜蜜的感觉在当时物资匮乏的年代，确实是人间的美味。所以一家人都对母羊百般呵护，在它面前的草料总是堆得满满的。但也是因为养羊的事情，给家里带来了不测风云。后来因为母羊生了三只小羊羔，被一些村民知道后眼红就到上面举报，父母就被贴上了"走资本主义道路"的标签。

后来事情逐渐成为过去，有时邻居或家人围坐一起聊天的时候，偶尔有

人再提起这件旧事时，父亲总是笑着摆摆手表示不愿再提，同时会回到屋里从抽屉里拿出他心爱的口琴，吹奏起他喜爱而熟悉的歌曲，抒发内心的情感。在悠扬的旋律中，家人听不出任何的伤感、忧愁。也许那些往事，在他心中早已放下，早已随风飘散。这是父亲的乐观豁达，从小就被章礼民看在眼里，记在心上，无形中也教会他在人生的各种挫折中，学会承受，学会忍让，学会放下。

"火粉厂" 的临时工

学生时代的章礼民，有过一段让他非常难忘的打工经历。为了贴补家用和勤工俭学，懂事的章礼民曾瞒着家人利用业余时间，到村里面的一间火粉厂打小工，他在那做的工作就是踏火粉，这个踏火粉就是踩踏木炭和硫黄，其实是非常危险的一件事，稍有不慎，后果不堪设想。但当时的他根本不会去想这些，一心想着能挣点钱就是好事，何况那艰苦的年代，谁没有在"刀尖上走过"？

章礼民和火粉厂厂长商定踏一斤多少钱后，戴着口罩学着其他工人的样子就开始踏，那时工厂非常简陋，也没有什么抽风循环系统，硫黄等其他化工味道很浓很难闻，后来他母亲知道后，又看到这种环境，孩子是母亲的心头肉，母亲也过意不去，但又不能说服章礼民不要做。干脆到工厂一起帮忙，来了个母子同上阵。完全需要手脚并用的踏火粉，消耗时间又消耗体力，效率非常低，挣的钱又很少，把自己累得半死。章礼民也意识到时间长了自己也吃不消，于是在休息时间，他灵机一动，想到了一个提高"踏火粉"效率的办法。这个简单的办法就是他把用来"踏火粉"的筛子的一边用绳子固定系好，等于腾出一只手，接下来的体力和时间就大大节省了。所以他一天下来的量比其他工人都多了好几倍，自然工钱也翻了好几倍。这时厂长有点看不过眼了，看章礼民年龄不大，脑子挺灵活，便小气地提出要降低工钱，其目的就是要压工资，减少点工钱。虽然章礼民当时也很憋屈，但人在屋檐下岂有不低头，心想反正能有收入就好。后来想通了也接受了厂长的霸王条款。但令他感到高兴的是，在火粉厂打工，还是有了不错的额外收入。

　　在火粉厂打工的那段日子，章礼民发现火粉厂里每天都要将剩下的炭渣让人去处理倒掉，他总感觉有点浪费，心想里面有没有"文章"可以做一做。于是他就弄了一些被他们倒掉的炭渣回家，他心想：读书的时候，化学老师讲到火药的原理时，说木炭可以燃烧可以爆炸，虽然最后的炭渣成了废弃物，但应该还有一定的利用价值。他把这些炭渣带回家后做了一个试验，把炭渣和黄泥搅拌一起，然后找来做煤炭的炭格（客家话），做成一个个圆柱形的蜂窝煤，再把它们晒干，放进灶膛内试验是否能够燃烧，结果不试不知道，一试吓一跳。他做出的"特制蜂窝煤"特别好燃烧，不仅火旺，而且燃烧持久，完全可以作为当时木柴和煤炭的替代品，这可是一个重大的惊喜和发现。那天他强压着内心的欣喜和家人分享的这一"重大秘密"，并要求家里人要绝对保密，因为他还有下一步的行动。

　　第二天，章礼民找到火粉厂的厂长，主动向其表明它可以义务帮厂里清理和运输废弃的炭渣。厂长两眼放光，不用出运输工钱还有人帮忙倒炭渣这等好事有何不可，于是当即答应章礼民并夸奖了他学雷锋做好事。章礼民听到厂长的回复，心里那股窃喜就甭提了。从那以后，他天天和母亲把火粉厂废弃的炭渣挑回家，按照前面所说的方法，把它做成蜂窝煤晒干库存，在柴房里当作了家里的煤炭，需要说明的是，为了避免村里人发现他的小聪明，这一切都是在偷偷进行的，连晾晒蜂窝煤都是躲在角落里。也正是他的这一小发明，解决了家里烧柴火的大问题，有那么大半年，家里没花一分钱就解决了烧火做饭所需的煤炭，大大减轻了家里的经济负担，为家里做出了特别贡献。

　　有个小插曲就是，大约半年之后，火粉厂的厂长突然有一天疑惑地问章礼民，那么多的炭渣也不知他倒在哪里去了？他谎称倒河里了。疑心的厂长还是不信，最后有村里人走漏了风声，说章礼民把这些炭渣做成蜂窝煤用来烧火做饭。厂长知道真相后后悔得直跺脚，原来这被自己倒掉的炭渣还是个"宝贝"，却白白送给了章礼民。再到后面那个火粉厂的厂长就变聪明了，他不再把炭渣倒掉，也不再让章礼民去清理了，而是变成了可以卖钱的商品。但章礼民感到窃喜，因为他是喝到"头啖汤"的人。

"突击队员" 多磨炼

　　章礼民 1977 年高中毕业以后，面对家庭现实没有去考大学，选择了走入社会。他打的第一份工就是在石扇人民公社当青年突击队员，17 岁的年华正值热血，突击队也是他主动去报的名。这突击队说白了就是去参与石扇巴庄水库水利工程的维护，当时也是用工分来计算工资。这是章礼民青年时代一个特殊和励志的经历。他至今记得，那年冬天，所在的青年突击队分到的工作任务，就是去做一个水利工程，每天的任务就是搬石头挑土，从早干到晚，虽然累得够呛，但一群年轻人在一起的时光却让人感到十分开心。

　　在又苦又累的那段日子，一群年轻人都扛过来了，唯一遭罪的是，他们住的是水库旁一处破损的民房，墙体四处漏风，加上也没有一双好鞋穿，双脚冻到发紫没知觉，民房里根本没有床，几个年轻人把从家里带来的草席铺在地上就当成了床。那年的冬天好像是记忆中最冷的一个冬季，夜里寒风呼啸，屋子里冷风在墙洞里打转，不厚的被子裹在身上，人仍冻得瑟瑟发抖，无法入睡；那种冬夜里的煎熬和白天咬牙承受的体力透支的感受，章礼民坦言永远也忘不了。躲在被窝里的他时常想，家里虽然穷虽然苦，但当下的窘状却比家里差不知多少倍，但他转念又想，这是自己走出校门打的第一份工，再苦再累也要坚持下去，别人能做的自己也一定能做到，别人能坚持，自己也一定能够坚持下去。

　　当然，苦与累的日子，也有快乐的回忆。章礼民记得最深刻的就是，有一次有个突击队员的钱包掉了，然后被他捡到后还给失主，为此他还受到了上级的表彰，当时还怪不好意思的；最让章礼民和他的队友们开心的是，他们突击队做了两个月水利维修工程，顺利完成了任务要散伙的时候，当时公社为了奖励他们，杀了大肥猪，还给每个人分发了一斤二两的猪肉作为完成任务的特别奖励，他们队有八个人加起来就分到近十斤猪肉，这十斤猪肉拿到手馋得他们直流口水。当时他们聚在一起决定大快朵颐来一顿。后来这十斤猪肉被他们来了个一锅熟，加点萝卜加点青菜加点面条煮了一大锅，而当时章礼民和他的队友们好不容易完成了工程任务，身心疲惫又饥肠辘辘，八个年轻人一顿便把 10 斤猪肉和锅里的汤汁吃得干干净净，那个开心劲和满足感，章礼民笑言现在想起来仍觉得非常过瘾。

大队部的年轻人

后来这个水利维修工程结束后，章礼民和他的突击队员们又去了另外一个地方做水圳，这时时间来到 1978 年，村里就传出消息，听说可以读书考大学了，章礼民内心还是产生一股兴奋和冲动，还去领了申请表，但是后来没有去考，其中一个重要原因，就是他无意中听到大队部管理员作为工农兵被举荐考上了大学，空出一个管理员的岗位。那时的大队部确实是个让人向往的地方，村里的大队部，负责管理的物品有枪也有电话，在那里上班感觉特别体面，章礼民一直很羡慕那份工作，特别是对于他父母遭受过种种不公平待遇，以及给家庭带来的伤害，章礼民早就意识到一点，只有出人头地，才不会被人看轻。于是章礼民心想，如果能够接替那个管理员的岗位，对于他来说是一件何其光荣的事情，让一家人也可以一改别人眼中的旧印象，所以他做梦都希望自己有这样一个机会。

章礼民是个有想法也有做法的人。为了实现自己心中的愿望，他在大部队门口等了三个晚上，铆足劲，在民兵营长面前毛遂自荐，希望能有一个机会争取表现，民兵营长见他态度诚恳很有想法，便同意他可以先来试一试，考察一下。章礼民非常开心，极其珍惜这来之不易的工作机会，每天早上总是第一个来到大队部，里里外外地搞卫生做后勤，晚上也在值班，工作勤勤恳恳任劳任怨。他的表现也得到了大队部其他人的认可，顺利通过他们的考核，终于如愿以偿成了大队部的值班员。

在大队部谋得这份美差，也给父母和家人脸上争了光。章礼民在大队部的工作主要负责接待一些来宾和接电话搞卫生，每个月除了有五元钱的工资以外还有工分奖励。当了一段时间值班员之后，民兵营长对章礼民的表现很是满意，也深得他信任，再往后民兵营长甚至把他所管属的枪支也交给章礼民保管。说到这，章礼民提高了声调，脸上写满了喜悦之情。因为当时在他名下负责保管的枪支有 27 支之多，说起来，这是一件多提气的事。直至 1981 年上半年，大队部还拥有了几辆拖拉机，也让他监管，他照样管理得井井有条，没有出丝毫差错。

机会总是青睐有准备的人。因为章礼民出色的工作表现，民兵营长就派他去学拖拉机同时兼任大队值班员，这在当时是一件多么令人羡慕和风光的事情。那段时间的章礼民可谓是春风得意，信心满满，他憧憬着自己的美好未来。那段日子，他既看管着大队部物品又顺利地把拖拉机给学会了，还成为村里的手扶拖拉机手，而这也给他日后的事业发展埋下了一个美好的伏笔。

对于章礼民来说，要感谢少年时代的磨炼。没想到，当年在家里烧火做饭信手拈来的技能，在大队部上班的时候也派上了用场。从此，大队部召开生产队干部会议，来了八十人，大队部领导见章礼民做事踏实，机灵，便安排了一个重要的工作给他，让他准备 50 个人的会议工作餐。虽然没干过那么多人的"伙头军"，见领导那么信任自己，加上他天生不服输的性格，章礼民毫不含糊地接下任务。

随后，他就忙开了，从制定菜单，买菜、配菜、洗菜、切菜、煮菜，一条龙，全部他一个人搞定。到了吃饭时间，热饭热菜端上桌，虽然没有今天的大鱼大肉，但不俗的厨艺受到大家的一致认可，那一桌桌饭菜，也亲切地被他们称之为"阿礼饭"。当时的章礼民站在参会代表的中间，虽然累得够呛，但当听到他们说一个不满 20 岁的年轻人就有如此的担当很值得表扬，大家这些称赞的评价，让他内心美滋滋的。俗话说穷人的孩子早当家，当年因为家境辛苦，章礼民很小就学会了烧火做饭，如果没有当年的磨炼，也不可能有这样一展身手的难得机会。

"种蕉能手"获好评

　　章礼民虽然在农村土生土长，但是他超强的务农能力还是在农村的男青年中特别亮眼的，砍柴、种地、莳田收割样样都行。他在大队部开拖拉机期间，因为家里的田地还算比较多，有次他去蕉岭新铺用身上带的钱一共买了 57 株香蕉苗，就想尝试能不能种出香蕉来，让一家人品尝一下。香蕉苗拿回来之后，他根据农科站的指导方法种在田里。尽管他白天开拖拉机很累，晚上仍然坚持去给蕉苗浇水，因为得知这种香蕉苗如果方法对头，七天就会长出一片叶子，所以他格外精心呵护种在地里的香蕉苗。为了让香蕉苗如期长出新叶，并能获得收成，章礼民非常勤劳，有时开拖拉机回到家里已是晚上九、十点了，他还要钻到香蕉树下给香蕉浇水施肥。在那一年内，他种的香蕉日渐成长，而他也天天坚持给香蕉浇水，从未间断。付出终得回报，他种的香蕉收成非常好，57 株香蕉树全部挂满了又大又饱满的香蕉，沉甸甸的一大串一大串垂落在地上，非常壮观，连他的母亲都直夸他能干。一家人和左邻右舍都有幸品尝着这个胜利的果实，那真是一个温馨温暖的画面。而章礼民摘下香蕉剥开皮，闻着那用自己的汗水和劳动换来的香甜诱人的味道，咬一口，甜蜜的果实甜在嘴里美在心头。

　　让章礼民都没想到的是第一次种植香蕉就大获成功，更让他没想到的是，他种香蕉成功的事成为村里的头条新闻，他家的香蕉园也成为当时镇里宣传和参观的"打卡地"，一时间他也成为村民口中谈论的"种蕉能手"。当时镇里的书记还叫来镇里的干部们都过来他的香蕉园参观欣赏，并动员广大村民效仿学习。后来章礼民把大获丰收的香蕉留了一些给家人和邻居分享，其他都卖了出去，开心地多了一笔意外收入。打那开始，镇里也悄悄掀起了一阵种香蕉卖香蕉的热潮。

大队部是成长平台

　　说章礼民在大队部工作的那几年，得到了很好的锻炼是一点都不为过的。这第一个能力的提升就是行动力和执行力。当时，公社干部经常晚上叫他去通知各村的相关人员开会，那时不像现在有什么通信和交通工具，他一接到指令立马就走路去相隔很远的地方一个个地通知他们，把会议事项讲清楚，一个个落实好，然后又急匆匆地赶回大队部汇报工作。大队部的干部都对章礼民这个机灵的小伙很是喜欢，而他也对这份工作乐此不疲，尽心尽力。

　　有一次，他晚上接到一个紧急任务，要通知各生产队的干部第二天上午赶到大队部开会，时间紧急，领导要求必须马上通知。章礼民接到任务，不敢有丝毫懈怠，立刻开始通知，但当时有一个叫帽山顶的小村——三坑村，电话线由于中断无法接通，但通知又必须送达，时间不等人，只能选择徒步送信，可从大队部走路赶到那里需要走上一个半小时，来回就是三个小时，小村没通车加上没有任何交通工具，只能靠两条腿，而那个时候已经是晚上八点多了，虽然他也没有自己单独走那么长的夜路的经历，加上途中经过帽山顶的小路还要经过一段乱葬岗，他心里还是有些害怕，但一想到这是工作任务，他便没有多想，拿起一支手电筒便出发了。让章礼民至今难忘的是，当他走到途经帽山顶的那处乱葬岗时，感觉有磷火在他身旁不断闪烁，不断游走，这也许就是传说中的"鬼火"吧，那情景让他一时心里一阵阵发毛，为了给自己壮胆，他心里默唱着革命歌曲，瞬间浑身来了劲头，顿时加快脚步，顺利完成任务，三个小时的夜路就这样走过了……

　　当时公社的武装部长对他负责的这一工作是赞誉有加的，经常在公开的会议上表扬大队部有个很出色的岗位，有个很尽职的年轻人，不管白天黑夜每次来电话都有人接，办事效率高且时刻在岗，好样的。表扬的当然不是别人，就是他章礼民。

　　章礼民从 18 岁入职大队部一直干到 21 岁，前后四年不长不短，却是他人生当中一个成长的重要时期。他认为在大队部的锻炼，不仅增加了自己各方面的知识，提升了工作技能工作方法，拓宽了自己的眼界，让刚出社会的他有了第一个展示自我的舞台。不仅如此，他在大队部工作的几年，因为工作表现好，经常受领导表扬，各村的村民也知道了他是谁家的孩子，从而也提高了他们家的地位，甚至家庭条件也有所改善，让他的父母和家人脸上都很有光彩。

事业爱情迎面来

时间来到 1981 年，大队部领导见章礼民厨艺好，想让他去公社厨房帮忙烧火做饭。这一回，他没有盲目顺从，他认为，要想在事业上有更好发展，一定要有真正的技术活，但烧火做饭不是他想要的事业。于是他向领导表明，自己还是觉得开拖拉机比较适合自己，领导最终尊重了他的意愿，所以后来他的工作就是在大队部帮忙开拖拉机。章礼民注定是个不甘寂寞的人，开着拖拉机走在村道上，那种风光是不言而喻的。但是接下来他自己也在想，什么时候自己能拥有一台属于自己的拖拉机那才真正叫过瘾。想法有了，就要去付诸实现，这就是章礼民。

1982 年，他用自己省吃俭用挣的 600 多元钱，去石扇西南村买了一辆很旧的二手拖拉机，虽然是个"二手货"，却是自己所有的家当，所以章礼民非常爱惜，这台二手的拖拉机也是他人生事业的转折点，是他自己做生意的第一步，朝着他下一个梦想加速前进。而这台拖拉机也是陪伴他创业最初的事业伙伴，为他立下了汗马功劳。他每天驾驶着这辆拖拉机，跑运输，运砂石，装货物，载一车大概也就一块两块的搬运费，那时的他，每天感觉自己都好像被打了鸡血一样，充满着事业的激情，哪里有活就去哪里干，从不叫声苦。因为在大队部上班，村里村外的人对他都很熟悉，印象都很好，也觉得他做事扎实，有活都会叫他过去帮忙干，所以那段时间他也是没日没夜地跑运输，虽然年轻体力好，但也累得一塌糊涂。辛苦的付出总有回报，经济收益确实比当时的上班族领工资要好，这也让章礼民感悟到了跑运输、做生意确实是一条可以发家致富的路。

事业起步了，爱情也来了。1982年4月，章礼民结婚了，妻子也是石扇人，一位地道的客家妹，叫张祥华，那年她22岁，章礼民23岁。说起他们之间的相识相恋，章礼民笑言得感谢妻子的二姐和他的大姑做媒，当时她俩都是同一个生产队的，后来在她们俩的撮合之下，章礼民张祥华就相识了，经过了解他们居然发现还是同届的同学，章礼民是当时的"校园明星"，张祥华当时在学校就认识他，只不过章礼民没注意到罢了。

后来章礼民张祥华认识后，情投意合，两个多月后就结婚了，结婚前章礼民还专门骑着自行车，载着张祥华到蕉岭县城拍了张黑白的结婚照。当时他们的结婚婚宴是简朴和热烈的，杀了一头猪加上一些菜肴，在老家摆了12张桌，整个婚宴花了差不多800元钱，因为章礼民当时刚买拖拉机不久，所以办婚宴的钱一半都是借的。章礼民还打趣地说，结婚时给妻子娘家的彩礼只有99元，钱不多却寓意长长久久。

忆苦思甜倍珍惜

　　章礼民对父母的感情是很深的。章礼民回忆道，逢年过节家里人多聚在一起聊天的时候，老父亲就经常说起他和母亲相处了八十多年的故事，也会在家庭成员产生一些小矛盾的时候以"我和你母亲都一起生活了八十年了，都还好好的，你们还有什么想不开想不通的事情"为由来劝导我们后辈……

　　"我的母亲是位勤劳的妇女，但是她不识字，只会写自己的名字，我的父亲是知识分子，他们对子女都很好。我的父亲在十多岁的时候就去汕头学做生意了，在别人开的店里打杂当小伙计，我母亲那时候还小也尚未成婚，所以留在了家中。

　　"说到父亲，不知是心有灵犀，还是他托梦给我。我记得我和父亲见的最后一面，是我那年和一个商业考察团要去日本，临走的那个晚上我和父亲一起喝了几杯小酒。和父亲一起喝小酒，已经不是第一次。得知我要去日本，父亲的反应并没有什么异常，只是淡淡地问我：一定要去吗？我轻轻地点了点头，父亲没有说什么，我们没有太多的言语交流，对父亲一生的爱就是理解，那天我感觉到酒里有一种不一样的味道，却又说不出为什么。我如期去了日本，但去日本后两天的一个晚上我做了一个奇怪的梦，我梦见自己被一个很大的木头压在身上动弹不得，等我一身大汗惊醒过来，出现的却是父亲的影像，心里咚咚咚地跳得厉害，我隐隐感觉到一丝的不祥。吃早餐的时候，我还和随行的一位领导说起这事，他也感觉很奇怪，觉得我应该打个电话给家里。后来我马上打了越洋电话给家里，可是打不通，这增加了我心里的不安，一直打到中午，接电话的爱人才伤心地说：你回来吧，爸不行了，他留着一口气还念着你的名字。我一听两行热泪瞬间如决堤的河水，顺着脸颊流了下来……原来梦里预兆的居然是真的，遗憾的是，待我从日本赶回老家，父亲还是走了，这不能不说是我终生的遗憾。

"我母亲给我印象最深的就是从早忙到晚的身影，从天刚蒙蒙亮做到深夜，任劳任怨不辞辛苦地为这个家庭付出，所以我打小就受到母亲的影响，在我读小学的时候就开始学着分担家务，厨房里面水缸的水都是我帮着去挑回来的，同时她还会带着我们兄弟姐妹几个去做农活，比如说浇菜、砍柴、割鲁箕等等，我们也很乐意帮忙，除了学习到很多生存本领以外，同时也都形成了勤劳刻苦的好习惯。我印象很深的就是以前在生产队的时候，我和我的三姐和母亲三个人一天之内耕了一亩八分的地，当时我还没有毕业。现在想起来，我做了两件事让我的母亲深受感动，一是前面讲到的在火粉厂的时候我一天之内挣了三元六角，她激动得快流眼泪；还有一件事就是我放学回家后去山上砍柴，把柴房楼上都堆得满满的，她也很感动，常常和别人提起她的儿子阿民有多懂事多能干。后来我出来创业做生意后有想过让母亲来梅城住，住了一段时间后她还是不习惯，又回到了老家石扇居住。当时我还没开超市的时候，我就想买一套房给我们一家人住，我的父亲说不用，他们年纪也大了，就居住在老家我购买的一间原本想用来开超市的三层半的店面里，我的哥哥和弟弟方便经常去探望照顾老人家，我也随时都可以回去，平时也有很多村里的老人家过去聚聚，每天谈笑风生过得很开心惬意。

"还有一件事特别难忘，我记得当时我买第一辆车载他们二老兜风开回老家的时候，是他们最兴奋的时候，以前他们那个年代从来没有见过这么好看精致的小轿车，除了好奇，就是满满的骄傲与兴奋，回到老家后村民们都纷纷前来看新车，老人家听了乡亲们夸赞的话更是高兴，再加上我刚捐出四万元修建祖屋和村道，村里人更是为此夸赞，要知道四万元在当时的 90 年代，可是一笔不小的数目，当然我这份善举，也得益于村里老辈一直都对我非常照顾，关系一直很融洽。村里面章氏各队有筹资建设项目的时候，大多数都是我带头捐资搞起来的，族谱里面也有些记载。《章氏族谱》有集体照，我的父亲坐在章族合照的中间，他算是章族里比较有威望的一位长者，族谱是由我和一位现居印尼的家乡人共同出资编印的。对于公益事业，我觉得尽一份力是必须的。

　　"我父母都是很厚道老实的人，从不看轻他人。我给我父亲的钱，他经常会拿出一些来给老家那些以前没有看轻他的和一些他认为品质好但是生活比较困难的人，或者是以前在生活中曾经周济过他的人。同时，他自己本人是非常节俭的一个人，从不会大手大脚花钱。

　　"在我出来创业有了自己的一些事业以后，父母年纪也大了，也没有时时刻刻在身边，对我的关心更多地体现在了口头上，经常提醒我工作不要过度劳累，要注意休息等等，但是他们仍然会在我们团聚以后做我爱吃的菜。我的父亲知道我喜欢吃梅菜扣肉，以前我做批发部的时候他就会特地从老家出来给我做扣肉吃，他做的梅菜扣肉非常地道，包括咸菜干都是他自己精心制作，咸菜干蒸、煮、晒都是他亲力亲为，最后放在瓮中，拿出来的时候可谓是香气诱人，加上扣肉的手艺了得，肥而不腻，真是令人垂涎欲滴。直到他七八十岁的时候仍然还会亲自下厨给我做扣肉吃，说实话，我认为现在餐馆里的梅菜扣肉都没有他做得正宗。他以前是做伙计活，同时厨艺也有一手，以前村里的红白喜事他也都有参与下厨，我的母亲反而还不怎么会煮菜，但是她干活非常利索勤劳。他给我做扣肉的时候相信他也是非常幸福的，他看到自己的孩子事业有成，他很欣慰，很愿意给我做饭。我也想到我以前在大队的三年时间，每逢有干部大会的时候，五六十个人都是我一个人下厨解决他们的温饱，吃大锅饭，都是我一个人搞定，现在想起来当时年龄还未满二十，能这样做也确实是为自己感到自豪，而且做菜从不炒煳，现在回忆起那个场面依然历历在目。"

创业篇

第二篇章

不要等别人为你铺好路，而是自己去走，去出错，然后创造一条自己的路。要成功，就要向成功者学习。

——章礼民

第一个石灰市场

　　成家后的章礼民在事业上多了妻子这个帮手，更是干劲十足。每天的他仍然忙得像个陀螺，天还蒙蒙亮就出门，一直到晚上八九点甚至更晚才回到家，而妻子张祥华也不管章礼民再晚回到家总会热饭热菜端上桌，与他共进晚餐，创业的辛苦和家庭的甜蜜，让小两口恩爱有加。1983 年和 1985 年，他们的两个儿子章航和章德相继出世，给家庭带来了更多的欢乐和甜蜜，虽然家庭负担更重了，但小两口除了把父母照顾好，还把小日子过得有滋有味。而章礼民也从一个儿子一个丈夫向孩子的父亲多重角色转变，肩上的责任更重了，他也更拼了。一次在梅州一个亲戚的建议下，章礼民跑运输的线路也做了一次转折性的调整，从原先在镇里各村跑到从乡村往城市进发，帮人运一些砂石和石灰到梅城，开始尝试走远距离运输。众所周知，石扇是产石灰比较多的地方，章礼民从石扇去梅城拖拉机来回跑一趟需要 4 个多小时，他每天还没天亮就出发，而且当时的路都是沙路，凹凸不平，非常不好走。有时候冬天拖拉机还会有无法打着火的问题，妻子总会跟随他一块起床，抓紧去厨房烧一壶水浇在拖拉机头上，屋外天寒地冻还要配合他不断地去手摇打火，妻子的付出给章礼民很大的创业动力。

　　章礼民每次从家里出门后，就来到石灰场装载石灰，每天都很早就将石灰运出城里，每天跑的路途虽然远了很多，也辛苦了很多，但跑一趟算起来能净赚两三块钱，一个月就能赚差不多一百来块钱，这份来之不易的收入，让婚后的小日子过得很有奔头。那时，章礼民有个二姐嫁到了梅城，她也会帮忙介绍一些运输生意给他，所以章礼民几乎也没有放空档的时候。每天往梅城跑运输的过程中，也拓宽了章礼民的人际关系。有一次他在梅城一家凉茶店休息的时候，隔壁桌的人看到门口他的拖拉机装着石灰，且石灰质量非常好。他见章礼民谈吐厚道，就跟他商量着能不能先把这车石灰卖给他，而章礼民也特别义气，就先将别人预定的这车石灰让给了这个人，而卸货后为了不失信原来的客户，他立马开着拖拉机又返回石扇多跑了一趟，把之前客户要的石灰补上，那天他足足在路上跑了近10个小时，回到家已经是晚上十点的样子。

有了这次特殊的石灰交易之后，章礼民的名声就渐渐传开了，生意也越来越多越来越好。后来载的灰多了，自己忙也忙不过来，他就想到了村里同样开着拖拉机的年轻人，叫上他们一起帮忙载石灰，最多时请来了十多辆车，久而久之就形成了颇有特色和名气的石扇"卖灰队"；说起卖灰，章礼民可以说是第一个把石扇的石灰卖到梅城的人。"卖灰队"组建起来后，大家每天跟着章礼民一起把石灰运出梅城，浩浩荡荡的拖拉机车队蔚为壮观，成了当时石扇镇一道独特的风景线。装载着石灰的拖拉机车队到了梅州齿轮厂，就是现在的梅城江北八一路一带后，拖拉机一字摆成一片，慢慢地就形成了一个自发而成也是约定俗成的石灰交易市场，需要买石灰的市民也从各地纷纷慕名前来购买，石扇石灰的名气也在当时一飞冲天。这个由章礼民牵头自发组建的石灰交易市场前前后后持续了十几年，形成了一个有一定规模的集散市场，带动了当地商业圈的兴旺，同时他带出来的拖拉机队也解决了村里一些劳动力的就业问题。

榜样的力量是明显的。后来不仅仅是章礼民所在的石扇公社这么做，连隔壁村梅县大坪公社也效仿他们这一举动，公社干部也逐渐让他们村的拖拉机手运大坪的石灰到这个自发的石灰交易市场，一起摆档一起竞争，那种热闹兴旺的场面，如同给当时的梅城经济点了一把火。

那段堪称激情燃烧的创业时光，章礼民每天都累得像头泥牛，每天早上四五点摸黑起床做到晚上十一二点，完全就是为了维持生计而奔波劳碌，天天如此，没有任何的业余时间和娱乐生活，就这样坚持了好几年，风雨不改，雷打不动。重重复复的日子有时也"波澜有惊"，好多次在大雨滂沱的夜晚，他开着拖拉机在泥泞的路上行驶，不小心车轮打滑，侧翻到旁边的稻田，幸好人无恙，请人把车拖起来车也没有大的损坏。当时他的拖拉机的装备简单，因为每天长途驾驶，他在座椅上面垫了一个打了气的旧轮胎，但依然硬邦邦的，拖拉机时间开久了，整个身子骨都又酸又痛；早出晚归的日子，几乎让章礼民没在家里吃过一顿好饭，经常在晚上开拖拉机的时候，在路边随便买一块五分钱的大饼，一边吃一边开拖拉机，渴了就喝自己用军用水壶从家里带出来的凉开水……他有时感觉自己真的是"命苦"，有一年大年三十他还在运货，当从梅城回到石扇村口高处文章祠时，已是晚上的八九点钟，远望去，村里已是华灯一片，灯笼红亮，年味飘香，小孩子玩烟花鞭炮的笑声一阵阵传来，而他低头再看看一身脏兮兮的自己，连年夜饭都还没吃，到这个时间了还在跑运输，联想到当年家境那么辛苦，读书时压抑得透不过气曾一个人偷偷跑到奶奶的坟前号啕大哭，现在每天还自己干得那么苦，万家团圆的除夕自己还在路上，瞬间百感交集，眼泪夺眶而出……时光飞逝，这些仅是章礼民创业中的一个个小片段，再苦再累都被他化作在笑谈中，唯一让他感到遗憾的是，开了那么多年拖拉机，很累但也很风光，可惜当时这段时间一张照片也没有留下，忘记了要拍上一张照片留作纪念，现在回想起来确实是一个不小的遗憾。

买拖拉机跑运输

　　跑运输的时间久了，石扇和梅城，章礼民两头都熟了，特别是石扇中和圩上做生意的商家，更是和他熟得不行，久而久之，这种人脉的积攒也为章礼民换来了事业发展的资源。1983 年开始他在运石灰出梅城的同时，也会运一些石扇的西瓜出来卖，石扇的西瓜品质好口感甜，每次一运到梅城几乎在很短时间就销售一空，这也为他带来了一笔另外的收入。1984 年后章礼民载石灰的次数相对就少了，开始了运输的转型，他尝试着把家乡石扇的特产运到梅城销售，同时回来的时候也帮石扇中和圩的商家从梅城采购需要的货物，并从中赚取一些差价，一来二去，这种运输的转型比当初单纯的运石灰，收入大大增加了。

　　跑运输的几年，丰富了章礼民的阅历，积攒了自己的人脉，让他看到了自己做生意的潜力和空间。为了更好地在运输业务上有更大的发展，1985 年，章礼民再次来了一个大手笔，用自己的积蓄加上借钱花了 1500 元购置了一辆新的拖拉机，也是当时石扇第一辆自动卸货拖拉机，由此在家乡再次引领潮头开了先河。也就是从购买新拖拉机开始，章礼民搁下了又累又苦的运石灰业务，完全转型到运货业务中，每天开着新拖拉机经常帮人到处跑运输，当时中和圩商店里经营的货物都会运一些，他恪守着自己做人做事的风格，帮圩上商家采购的货物都是保质保量，每天晚上满车的货物运到圩上，拖拉机一停好，他就当起了搬运工，帮商家搬运货物到店里，扎实肯干的作风，赢得了整个中和圩商家的一致好评。所以他每天跑运输，从石扇载货到梅城，再从梅城回石扇，来回车上总是堆满了货物，几年来从没发生过"空跑一趟"

的情况。值得一提的是，当时章礼民的一个姐姐姐夫在梅城做房屋的"水泥花窗"，他当时看到石扇中和圩的农民街很多人在建造房屋，有一段时间，他天天从梅城拉半车沙子和半车花窗回石扇，一到街上，就向当地正在建造房屋的主家推销水泥花窗，他脑子灵活，样品很多，他就洗出照片让主家挑选，服务做到家。这种坚固耐用造型美观的水泥花窗，在当时非常受欢迎，也非常好卖；可以说，当时整个中和圩农民街的房屋用的水泥花窗，基本上都是跟他买的。

古语说，民无信不立。而章礼民自从走上经营这条谋生之路就把诚信视为做事的法宝之一，做人的品德。这不，机会又找上门了。

章礼民印象比较深的就是有一次他从石扇帮人运输西瓜到现今江北的华侨大厦附近，当时正值夏天，那时的孩子们都知道江北军分区内的军人服务社卖的雪水（冰水）是最好喝的。当时军人服务社的工作人员找到章礼民，让他把西瓜批发给他们。这是一次求之不得的生意，一大车西瓜都卖给了军人服务社，等到结算工钱的时候，细心的章礼民发现手里多出了十几块钱的货款，他第一时间就想到可能是军人服务社把钱算多给了他，于是，他主动找到军人服务社的工作人员，说明事由提出要退还多余的货款，军人服务社的领导得知后非常惊讶也很感动，边致谢边念道"这可是我们整整一个月的工资呀，小伙子你可真是好人……"

为了表示对章礼民老实做人诚信经商的答谢，后来军人服务社三个和章礼民对接业务的干部，主动提出可以将每个月剩下的三四包黄糖（即红糖）指标转送给他，每包 100 斤，以每斤 0.38 元的价格批发给他，对于他来说，这是一个喜从天降的事情；从那以后，多的时候他可以拿到三四包黄糖指标，少的时候也有一两包，他从当时位于梅江桥旁的梅州市果品公司提出货后拿回中和圩，以每斤 0.48 元的价格卖给合作商店，当时合作商店的负责人耀哥第一次见到又黄又香的黄糖也是赞不绝口，因为那个年代的供给制度，很多商品乡镇根本看不到，像这种军人服务社提供的质量如此佳的黄糖就更是成了乡镇稀罕商品。所以当章礼民提供的黄糖在中和圩的合作商店一亮相，顿时引起一股抢购潮，0.55 元市场价的黄糖，每次一到货，在很短的时间就被抢购一空。这也让章礼民也从中挣了一些钱，用经商的诚信获得了利益。

而机灵的章礼民在果品公司提货的过程中，同时还发现了其他的商机。他发现果品公司的商品种类，还有类似于花生、长乐白酒等，在和军人服务社建立良好关系的同时，他也和果品公司打好了交道，在每个月提黄糖的同时，也顺便采购了一些花生和长乐白酒等商品到中和圩的供销社和各个商店零售，大大丰富了当时乡镇的商品货源。他记得很清楚，当时每包花生的拿货价是 0.52 元，长乐白酒拿货价是 0.6 元，拿回中和圩给各个商店从中就赚一毛钱的差价。花生和白酒在当时中和圩的商店的零售价就加到 0.8 元和 1 元，因为物资的匮乏，这些商品好卖且供不应求。

　　这种简单的跑运输通过运货形成的商品贸易行为，是章礼民从事生意的最初起步，让他尝到了这个甜头。但也让他总结出，这是他做人老实做事踏实换来的机遇，也让他在那几年的经商活动中，从中悟出了做生意要把握商机的一些门道。

第一次当"包工头"

人缘好了，机遇也会越来越多，这是章礼民总结出来的一个经商心得。看似这种跑运输的日子每天都重重复复，但他在经商活动中积攒下来的诚信为本诚实做人的处事风格，为他的事业带来了意想不到的助推作用。这不，又一个意想不到的机遇找上门了。

有一次他开着拖拉机途经梅城江北一个老牌的钟协成酒楼附近，准备回家，因为是傍晚时分拖拉机开得不快，他没注意到的是，路边站着的一个男子却远远地打量着这个开拖拉机的年轻人，当拖拉机开到跟前，路边的男子朝章礼民打了个招呼示意他停下。其实章礼民并不认识他，他疑惑地把车停下车，男子满脸微笑地对他说："细哥，我看你是个老实人，我给点活给你干需不需要？"章礼民见男子说话也挺真诚的，便二话没说答应下来，后来才知道这个男子就是这个酒楼的老板。章礼民停好拖拉机跟着男子来到酒楼的后面，男子指着刚挖出来的一口大池塘和池塘边堆着山一样高的泥对他说：这些你帮我全部运走，包给你干，你看要多少钱。章礼民顿时傻眼了，他平时帮人家跑运输都是一车一车的拉，再一车一车的结算，像眼前堆得山那么高的泥，根本无法估计要多少车来载。男子见他迟疑，便笑了笑拍着他的肩膀说：你随便说一个价，只要把这些泥全部运走就可以了。章礼民忐忑地绕着池塘走了几圈，突然灵机一动，心想那么大运载量，靠他自己一个人肯定干不完，但别忘了自己还有老家的"运灰队"呀。这样一想他当即和老板达成口头协议，估测了一个总的价钱，承诺在规定时间内把全部塘泥运走，老板很爽快地同意了。

谈好这个"飞来横财"的协议，章礼民启动拖拉机，跳上车开足马力就往家里赶，星星闪烁的夜晚，熟悉的崎岖山路，清新的山风，一切都是那么美好。虽然他连晚饭都没吃，虽然一身的疲惫，但内心的喜悦让他忘却了这些，想到传说中的"当包工头"的梦想，没想到在他身上也实现了。那天晚上他把拖拉机开得比平时都快很多，恨不得马上把这个好消息告诉妻子和家人。

那天晚上他一回到石扇中和圩，顾不上回家吃晚饭，就赶忙联系当初一起战斗的"运灰队员"，告诉他们明天有活干的事由，大伙听得都很高兴，都很感谢他那么有心，有福都不忘记和兄弟们同享。

第二天天还蒙蒙亮，十几辆拖拉机浩浩荡荡地从石扇中和圩出发了，目的地梅城江北工地。大伙一到工地，按照章礼民事先的分工安排，卸下工具，热火朝天地干了起来。大伙都是农村人，毕竟都是有经验的，干得都很投入。章礼民身兼两职，自己也一边运泥，一边现场协调指挥，镇定自若的神情，仿佛当年那个"军官"又站在大伙面前。从上午一直干到深夜，十几辆拖拉机穿梭出入，除了中午晚上吃过简单的干粮，大伙一刻也没有休息。一身泥土的他们用一股倔强，把全部塘泥都清理完毕，那一天老板多次到了现场看着这一群年轻人勤劳的工作场面，对章礼民出色的组织能力赞不绝口，非常满意他们的劳动，待清运工作一结束，老板当即就结算了和章礼民口头达成的工钱。而作为"包工头"的章礼民则把大家召集到面前，根据大伙各自运输的数量，分别结算每个人的工钱，那天大家都非常开心，而内心更开心的是章礼民，他除了结算完自己的工钱以后，手上还多出了一笔钱。他摸着灰头土脸的自己，傻笑了几声，心里暗想：当"包工头"效果就是不一样。

"明华商店" 诞生记

　　1986 年开春的时候，有一天章礼民到中和圩找一位石扇小学的老师结算花窗的费用，他来到圩上现为府北路 49 号的小店里找到那位老师，那间小店是这位老师的，处在中和圩的中段，地理位置很好。当时章礼民在早前就萌生一个念头：自己已经成家了，通过几年的跑运输运货也积累了一定的市场经验，想着合适的时候，在中和圩开个小店做生意生活较为稳定。章礼民在结算完费用以后，仔细看了看这间两层楼上楼下共 70 平方米的小店，很是喜欢，便壮着胆子开口问这位老师这间小店可不可以卖？老师一听不假思索地说："这间小店自己正想卖。"

章礼民在当时明华商店经营时的情景

　　章礼民一听不觉眼前一亮，忙问卖多少钱？当听到老师说这间小店卖一万元的时候，章礼民半晌没吭声，一万元在 80 年代可谓天文数字，因为当时的万元户就是明星。虽然他多年跑运输攒了一些积蓄，但离一万元也还相差甚远。但那个时候的章礼民对拥有一家自己的店铺的念头非常强烈，于是便和这位老师讨价还价起来。最好谈成的总价是 9500 元成交。但就算这 9500 元，章礼民也拿不出那么多。怎么办？章礼民不愧在市场上得到了磨炼，他再次缠着这位老师真诚地跟他说：老师，这间店铺按照我们谈的9500元我买下了，但我拿不出那么多钱，我只能先给你4000元，剩下的我加上银行利息逐月还你。老师毕竟也是有文化且通情达理的人，一番探讨后他们终于谈妥并签下了合同，至此，中和圩府北路49号商店正式归章礼民所有。这店铺买下来了，就可以做生意了，这是一件令全家都很振奋的事情，但是因为买店铺差不多耗尽章礼民所有积蓄，他为此陷入了苦恼。问题来了！店铺应该卖什么货？本钱哪里来？这一连串的几个问题，让他在买店铺之后寝食难安，喜忧参半，苦苦思考自己下一步应该怎么做。

办法总是比困难多，同时章礼民也相信天无绝人之路这个道理。他一一盘点自己这么多年来在梅城有交道的这种商业关系，最后他锁定了当时梅州市嘉美面制品厂生产的波纹面，他决定去试一试，闯一闯，碰碰自己的运气。他开着拖拉机来到梅城的嘉美面制品厂，找到当时认识并打过几次交道的叶厂长，他们之间的认识是因为章礼民那几年曾在嘉美面制品厂采购了一些波纹面，拿到中和圩供销社销售，并受到当地群众的欢迎。当时的群众吃的面一般都是在粮所买米时配的纸筒装的直条面，而嘉美面制品厂当时拥有梅州市第一台波纹面生产机器，生产的波纹面一块一块的，面上还有如水般的波纹，甚是美观。在当时来说，确实是个新奇的商品，价格虽然稍贵一点，但是因为商品新口感好，章礼民第一次拿到圩上供销社时，群众反映还是很好的，为此他从中隐隐嗅到了一丝商机，加上那个时候也差不多快到了清明节，客家人的风俗在清明节家家户户都要炒面吃，所以他认为，如果在自己的店铺里销售这种曾经有一定群众基础的波纹面，或许会是一个好的开始。

于是，他诚恳地向叶厂长和一起座谈的张副厂长说明自己的来意，告诉叶厂长自己想在石扇经销他们厂的波纹面，但是因为刚刚买下店铺，已经没有本钱再进货，章礼民提出能否先给一车的波纹面给他经销，待销售完之后再结算货款的商业合作方式。叶厂长稍作考虑后最后答应了章礼民的请求，这对当时的嘉美面制品厂来说也是一个先例，章礼民又赶上了一个好的机遇。章礼民事后回忆嘉美面制品厂愿意开这个先例，答应他的请求，主要有两个因素：第一是叶厂长看到章礼民的务实肯干以及市场拓展能力，第二是当时嘉美面制品厂生产的波纹面在实际市场营销中并不乐观，他们也考虑做一些市场尝试，探索在乡镇做一个试点。没想到他们一拍即合，就实现了第一次合作的双赢。

项目谈好了，接下来的几天，章礼民忙得不可开交，店铺打扫卫生，张罗开张前的一些事情。嘉美面制品厂也很守信用，在章礼民预约的时间里用货车运来一车上千竹筐的波纹面，把整个店铺堆得满满当当，一筐筐堆起来都触到了天花板。为了在店铺开张后起到更好地展示，章礼民找来几块木板架在店门口，把一些波纹面用纸箱装着放在木板上很好地展示给群众，因为是不用本钱提的货，所以店铺招牌就挂着；梅州市嘉美面制品厂石扇展销门市。另外，又用红布挂了一条横幅：波纹面石扇直销点。一切准备停当，章礼民在石扇的第一间小店准备开业了。

1986 年的清明节上午，章礼民的店铺就正式开业。当时心里还有一些忐忑的他，随着开张大吉，所有的顾虑都不复存在。开店做生意，员工只有章礼民和妻子张祥华，但他们夫妻配合有序，一开张生意就非常好，波纹面销量十分火爆，圩上的群众闻讯都来看新鲜，买个新鲜，各个商店都争着来批发波纹面，一时间，波纹面在石扇的中和圩知名度非常高。原来还担心销量问题的章礼民记得，店铺内上千竹筐的波纹面只用了三天就全部卖光了，这是他自己都没有想到的，真正来了个开门红。

"内外分明" 共创业

前面说到，波纹面在石扇大卖，夫妻俩的信心也大增。由此，章礼民和嘉美面制品厂的合作关系也更上一层楼。从 1986 年到 1988 年的近三年间，波纹面在石扇完全打开了市场，用家喻户晓来形容一点都不为过，中和圩上的各家商店当时都有销售波纹面，销路和品牌在石扇可以说完全打开了，并起到连锁反应辐射到了其他乡镇。也可以这么说，因为当时嘉美面制品厂的信任，章礼民也没有辜负这份信任，在他的努力下，为波纹面迅速占领梅州市场立下了汗马功劳。

章礼民当时为了实现更多的家庭收入，尽快还清买店铺的余款。他和妻子商量实行了男主外女主内的生活模式。即白天还是由章礼民开拖拉机跑运输，妻子则在店铺做生意兼照顾两个孩子。为了让店铺的货源不过于那么单一，他分析了当地群众养殖

当年的明华商店现在仍在经营小百货

鸡鸭的需要，从梅城运货回中和圩时，采购一些饲料到店铺销售。在那时，饲料也刚推向市场不久，章礼民凭自己灵敏的市场嗅觉，当这些饲料一拿到

店铺销售，立马就受到老百姓的欢迎，经常出现供不应求的情况。但是在那两三年波纹面还是主打商品，卖饲料只是其次。就这样，夫妻俩分工合作开店做生意，日子也越过越红火，不久便还清了当时买店铺欠下的余款。

时间来到1988年，随着波纹面销售的日趋饱和和商品的单一性，章礼民决定进行店铺经营的转型，从而也尝试建立自己的经商品牌。于是，他和妻子合议后决定店铺转型经营糖烟酒生意，店铺招牌也更名为：明华商店，从夫妻名字当中各取一个字合成。因为在当时村里人都习惯把他的名字写成：理明，所以商店在打招牌时还是用了这个曾用名中"明"字。转行做糖烟酒批发生意后，章礼民了解到，这可不是独家生意，当时在中和圩上已经有三四家做糖烟酒生意的商店，现在转行做糖烟酒如何才能比他们做得更好。章礼民意识到一是要靠经商的诚信，第二要靠商品的品质。这两条是章礼民在经营明华商店近十年总结出的经验，他不仅是这样想也是这样做的。

转行做糖烟酒后，为了竞争，章礼民决定在商品的"新奇特"方面下功夫。为了解决这个新奇特商品的问题，章礼民利用到梅城跑运输的过程中，不断去各个厂家和市场上了解，发现适应当时生活和老百姓消费需求的新产品，比如通过到酒厂去采购白酒的过程中，发现酒厂有一种很特别的豆豉制品，这种豆豉制品就是用酿酒的豆渣拿来发酵，再用姜炒之后做成豆豉，这种豆豉味道非常特别，口感也非常好，当时圩上的群众根本没有见过这种豆豉制品，采购回来一经在明华商店亮相，就大受欢迎。

在跑运输的过程中，章礼民的市场视野更开阔了。但拖拉机跑运输的弊端在于速度慢，装载货物有限，耗时耗力，还有一个最大的弊端，就是一般拖拉机开到像兴宁这些距梅城更远的地方，不仅拖拉机吃不消，人也吃不消。于是，在1989年，章礼民购买了一辆1.25吨载货量的小型人货车。俗话都说得好，工欲善其事，必先利其器。从拖拉机到人货车，可谓鸟枪换炮，驾驶的舒适感完全不一样，不仅有双排，可以坐三个人，驾驶操作也换成了方向盘，刚买人货车出去跑运输的那阵子，章礼民那种心情的愉悦就甭提了，就一个字：爽。

买了人货车后，章礼民把目光伸向兴宁这个当时梅州最大的批发市场。兴宁的批发市场商品又多又全，特别是衣服鞋帽之类的商品，很多都是从潮汕那一带过来的批发商。章礼民有一段时间天天都跑兴宁市场，采购回来的衣物和鞋帽等商品在中和圩上非常好卖，他的明华商店也总能引领潮流，吸引了很多群众光顾他的商店。章礼民是个有心人，他总觉得经商做生意，大家好才是真的好，他每天去兴宁市场采购商品的同时也帮圩上的其他商店的店主进货，经常是他们头一天把写好商品的单子拿给她，他到了市场后，便根据单子上的商品名称和数量，不厌其烦逐一采购，回到圩上，时间再晚当天都会把各个商店要的货物送过去，中间也就赚一点运费，可以说，他为人厚道和诚信的风格，深得各个商店店主的信赖和好评。而章礼民在那几年的市场摸爬滚打中，也渐渐摸索到了一些市场运营的规则和模式，认识了各种各样的老板，积累了更广泛的人脉，这些都将成为他日后事业做强做大的法宝。

再后来，章礼民又换购了一辆载货量更大的福建生产的永安牌货车，以满足运输的需要，新车不仅载货更多，载的人也更多了，可以载五六个人，不少村里人经常坐他的顺风车。

同行生意便是"朋"

在生意场上，人们总有一句俗套的话：同行生意便是贼。但章礼民却从来不这样认为。在他的骨子里，他认为和气方能生财，和气方能旺财。如果在经商活动中，陷入同行生意便是贼的狭窄格局里，不仅生意无法真正做大，而且也会扭曲自己的良心。为此，他从明华商店正式开业后就给自己和妻子定下了一条铁律，笃行"同行生意便是朋"的经商理念。

比如圩上跟他的明华商店相隔不远，也有一个卖糖烟酒的良友商店，他和商店的主人章良友不仅在生活上是好朋友，在经商活动中也是好伙伴好邻居，两家也经常有走动串门。平时有顾客来他们的店里选购商品，如果是自家的商店缺货，都会主动介绍到对方的商店去购买，或者从对方的商店先把货借过来销售，等进了货再把商品还给对方。

这种友善的商业伙伴关系几乎天天都在他们的店里上演，而他们一直认为这是一种很自然的合作关系，同行生意就应该互相支持相互依存，实现共同的发展。

乡里乡亲一家人

作为土生土长的石扇人，章礼民对家乡的情感格外深厚，对家乡人的纯朴和厚道更是深有体会。那年发生的一件事更是让他深深体会到了乡里乡亲那种血浓于水的乡情。他有一次开着人货车前往兴宁进货，石扇同行的还有两三位村里人，像往常一样路上要停车给货车加水，当时正值酷热的大夏天，当章礼民停车扭开水箱盖，一个意外突然发生了。因为天气热高温的原因，加上车跑的时间有点长，水箱内不止100℃的水喷涌而出，炙热高温的水没有喷到同在车内的村民身上，却直接溅到章礼民整个手臂上，手臂瞬间就被烫出一个个水泡，有些地方皮开肉绽，伤情非常严重，钻心的疼痛让章礼民咬着牙也满头大汗，浑身颤抖。但是在那个现场也没有任何的医护条件，在没有包扎的情况下，章礼民忍着剧痛以超强的毅力还将车平安开回来。

当章礼民回到家，妻子看到他手臂上伤得那么重，吓得连眼泪都出来了。而他却若无其事地安慰妻子，没事没事，敷点药就好了。事实上，章礼民也意识到自己伤得很重，回到家之后，因为没有及时处理伤口，他的手臂出现了感染发炎，整个手根本抬不起来。第二天想要再开车去跑运输，根本不可能，他这才意识到问题的严重性。而他受伤的消息也迅速在村里传开，村里的人纷纷前往探望他，连认识他的那些商家老板也开车来慰问他。让他特别感动的是，乡里乡亲和朋友们来看望他的时候，不仅送了鸡鸭给他补身子，还带了各种治伤的药酒和药膏，而这些药酒和药膏也摆满了一桌子，浓浓的乡情暖暖的关怀，让他内心非常感动。虽然他当时因为受伤没有及时去医院处理，只是敷用了中草药，手臂上至今还留下了永久的伤疤，但他有时也会自嘲，这是爱的伤疤。

那次光荣受伤之后，自称"拼命三郎"的章礼民终于暂时败下阵来。在家人和乡亲的劝说下，老老实实在家休养了将近两个月，但他是个闲不住的人，其间他真正意义上的休息在家就 20 来天，之后就带着伤继续开车外出，因为中和圩上各个商家都需要等着他进货。其实他心里纯粹就简单地想，乡亲们对自己不薄，自己也不能辜负乡亲们。

"超值服务" 赢口碑

前面讲到，章礼民夫妇开店做生意，除了用新奇特的商品吸引顾客，用同行生意便是朋的理念和气生财，他还根据乡镇农村红白喜事摆宴席多需要到邻居家借碗筷的特点，在农村有哪家遇到这样的事情，都是一件不小的麻烦事，虽然最终事情可以得以解决，但是宴席如果规模较大，主家需要的碗筷就较多，往往跟一个邻居借也无法解决，就得从多个邻居家那凑集而成席，主家遇到这种情况往往就要东奔西跑，事情办完之后，还要把各家的碗筷分好类，一家一家地送回去，很是烦琐。

为了帮助乡镇和农村的群众解决这一实际难题，章礼民在自己的商店经营中，推出了一项"惠民纾困"的增值服务，他购进了30台宴席的全套碗筷和餐具，承诺只要村里有哪家在红白喜事中需要摆宴席，所需商品到明华商店批发采购，就把宴席要用的碗筷和餐具免费借给主家使用，使用完之后归还即可。此举一出堪称高招，消息瞬间就传遍了村里村外，村民摆宴席遇到的麻烦事解决了，更方便了，摆宴席的时候再也不用东家借西家借碗筷了，省心又省事。而明华商店的营业额也呈直线上升之势，不仅赚得了经济效益，也赚了社会效益，可谓一举两得。明华商店也从1986年开业至1995年这10年间一直推出这项无偿的增值服务。如今石扇的老百姓说起当年章礼明做的这件好事，无不竖起大拇指。他不仅坚持商品良好的品质，薄利的目标，特色的服务，使明月华商店在石扇中和圩成为家喻户晓的明星商店。

而对此，章礼民也颇有心得，他认为自己能取得这些回报，是坚信：勤劳＋运气＋机遇＝成功。

"飘香茶行"没飘起

章礼民张祥华夫妇苦心经营明华商店 10 年后，小日子也渐渐红火起来，手头上也有了一定的积蓄，于是就盘算着扩大经营范围。因为明华商店楼上楼下加起来才 70 平方米，当初开店的时候感觉有很大的空间，但是时间过了十年之后就感觉地方不够用了，有时采购多一点货物，店里挤得连站脚的地方都没有。章礼民通过市场调查，准备在中和圩大干一场，在石扇买了一间 350 平方米的店面，打算通过扩大店面做强做大。就在一切都紧锣密鼓准备开新店的时候，一个偶然的机会让他做出了新的发展布局，刚买的新店面也被暂时搁置下来。是什么样的转机让他做出了重新地考虑？这得从章礼民在一次梅城跑运输的过程中的经历说起。

1994 年上半年，章礼民

这是一把有特殊意义的茶壶

在梅城跑运输时，遇到一个潮汕的朋友，他向章礼民建议可以卖凤凰茶，他想到客家人有喜欢喝茶的习俗，而这种凤凰茶具有特殊的香味，口感也很好，他也隐隐感觉到有一定的市场。于是就打算试一下茶叶生意，不过他也充分考虑到如果茶叶拿到乡镇去卖，毕竟市场有限，购买力也有限。而他自己经过近十年的跑运输生意，已经比较熟悉梅州城区了，毕竟梅州城区的市场要比乡镇大很多，经过综合分析和慎重考虑，章礼民做出了事业发展的一个重要战略调整，风物长宜放眼量，从石扇往城区发展才是一个长远发展的硬道理。

章礼民做事的风格一直就是说干就干，石扇新买的店铺先被搁置下来，因为耗掉了大部分资金，如果在梅州城区再购买店铺，会使他的经济压力非常大，于是他决定租店面做茶业生意。有了明华商店的经营理念，经过比对，他很快在环城路梅州卷烟厂附近租了一家大约 50 平方米的店铺用来专门经营茶叶生意，并亲自给自己的茶叶店铺取名为：飘香茶行。因为妻子还在石扇打理明华商店并带着两个小孩，无法脱身来到梅州城区帮他打理茶行的生意，但开店做生意没有人帮忙不行，于是章礼民请了一个同学和侄子帮忙经营，茶叶店开张后，市场效果并非章礼民想象的那样，虽然经过一番宣传但仍然事与愿违，生意惨淡，茶行出现亏本，茶叶也卖不出去。章礼民那段时间心情焦虑，首次向梅州城区发展就遭遇失败，这如同当头一棒打得他眼冒金星。但此时的他依然很清醒自己的发展思路，茶行生意如果继续硬撑下去只会亏得更大，不如及时止损。但是也有一个问题，如果关闭茶行，那没有卖出去的茶叶也是个烫手的山芋。

静下心来，章礼民决定把滞销的茶叶委托其他的茶叶店销售，但是问题又来了，因为他当时并不认识其他的茶行老板，有哪个茶叶店愿意帮自己销售呢？他通过朋友的介绍知道当时梅州城区有个功夫茶行生意还不错。于是就想着找这家茶行代售自己原来飘香茶行滞销的茶叶。为了取得功夫茶行老板的认可和信任，章礼民决定前往功夫茶行探明虚实。当得知章礼民来意后，功夫茶行老板并不太搭理他，摆出一副傲慢的样子。章礼民心知肚明，不撒点狗粮下不了套，心里想着一定要让功夫茶行老板看到他诚心合作的意愿，因为当时功夫茶行除了销售茶叶，也销售各种各样的紫砂茶壶。章礼民看了看货架上琳琅满目的紫砂茶壶，咬了咬牙买下了一把280元紫砂茶壶，对于1994年的280元，相信大伙可以估测章礼民下的血本了。功夫茶行老板见章礼民如此豪爽大气，这才露出笑容，答应帮他代卖茶叶。章礼民以为事情至此会得以圆满解决，但让他万万没想到的是，此时的功夫茶行，其实也已经陷入了经营困境，过不多久，功夫茶行也出现了亏本状况，后来败局无法挽回也就关门倒闭了，心痛的是章礼民放在功夫茶行代卖的茶叶全都打了水漂，不仅没有收回一分钱货款，老板人也跑路了，连茶叶也不知去向。可以说，章礼民在第一次闯出梅城经营飘香茶行，遭遇了滑铁卢的失败。

后话是章礼民当年买的那把紫砂茶壶，他一直非常喜欢，因为有了这把茶壶，也养成了他生活中喜欢喝茶的习惯，这把紫砂壶做工精细，壶身上雕刻着"一览众山小"五个字，从某个角度也激励了他后来做人做事到了一定高度，自然就有不一样的格局境界。这把壶他一直沿用至今，有朋友来家里喝茶，他偶尔也会讲起这把茶壶的故事。直到2021年的初春，有位收藏家朋友到他家里喝茶，他像往常一样介绍这把紫砂壶，那个收藏家朋友认真细致查看了这把茶壶，初步鉴定，这把壶盖敲击壶身发出像金属一样声音的紫砂壶，是用一种非常稀有的紫砂制作而成，目前的市场价达到几万元。章礼民一听就笑了，意味深长。

愈挫愈勇战江湖

第一次到梅州城区发展首战失利，并没有让章礼民一蹶不振，反而让他更清晰认识到，市场是残酷的，看准市场与消费者之间的关系至关重要。经过短暂的调整之后，章礼民选择了转型经营，从卖与客家人需求较密切的草纸和花生入手，并发现了其中的商机，这两种商品分别是从兴宁市场和广州市场进货。特别是那种广州过来的 10 斤一包的花生非常好卖，他每天不仅当采购员还当推销员，他了解到市场的人气和销售特点后，便把草纸和花生拿

当年的明华贸易经营部

到当时梅城江北人气较旺的老街马石下批发市场，在那儿，不仅从梅州各地的采购商会到那批发商品，就连江西福建的采购商也会去马石下批发市场寻找商机，而章礼民销售的草纸和花生也非常受欢迎，每天的销售数量很可观，从而带来的利润也相当可观，最主要的是在那个批发市场，章礼民让自己的商业圈进一步得到扩大，也让他更清晰地看到了乡镇市场和城市市场的明显差异性，此时的章礼民已经很清醒地给自己眼下要发展的路子做出了判断，如果继续留在石扇乡镇做生意，养家糊口没问题，但只能是原地踏步；在梅州城区寻求发展，山外有山，发展机遇前所未有。

到了 1995 年，章礼民做出了大胆的调整，基于个人精力有限，加上乡镇生意的局限性，作出了果断的取舍，他决定从石扇生意中脱身出来，就是说他们夫妻放弃明华商店的经营，全身心投入梅城草纸和花生的批发生意。

章礼民 20 世纪 90 年代到梅城创业时买的两本书

因为原来飘香茶行的店面也不大，特别是日后要囤上大量的货物，因此寻找新的店面已经显得迫在眉睫。但章礼民也考虑到，新店面不能离现在的飘香茶行位置太远，因为当时不像现在有手机方便联系，在附近找到店面，这样做才能和已经建立的客户继续保持合作，位置容易找。于是章礼民在原来飘香茶行马路对面临街再租下两间店铺，面积大约 200 平方米，店名也随即改为：梅州市明华贸易经理部，并筹划 1995 年 9 月 2 日开始正式开业。可以说，明华贸易经理部的成立，是石扇明华商店的升级版，也是后来章礼民进军大型连锁超市的一个雏形。

学生时代学习成绩一直优异的章礼民，虽然出来社会，但他一直保持着读书阅读的好习惯。来到梅城，偶尔空闲时间他就去书店买些书充充电，他的书柜里依然保存着他初到梅城时买的两本书。一本叫《富豪榜》，一本叫《经营策略》，其中一本书的首页上，他还用钢笔认真地写下了这样一行字：要成功，向成功学习，做百年企业。青年的梦想和他励志的行为，在字里行间可见一斑。

在梅城的明华贸易经理部正式开业后，章礼民最先还是以卖草纸和花生为主，每天几十包花生和几十捆纸巾都能销售完，待一段时间之后，他也意识到自己存在商品单一性的问题。为了扩大生意链条，他像当初明华商店那样开始在市场上寻找其他更优质的商品货物，后来还加了嘉美面制品厂的波纹面一起销售。经过多年市场的摸索和磨炼，此时的章礼民已经变得越发干练和老成。他了解到，改革开放后，珠三角的东莞地区是当时国内商贸最发达的地方，很多新奇特的商品都是从那里发散出来，他觉得自己有必要亲自去东莞的市场认真看一看，看能否寻找到跟自己生意有关联的商品。但当时他还没有踏出过梅州市，更不用说去东莞，何况那边也人地生疏，但他主意已定，还是决定去闯一闯。

就像一次远征，1995 年年底的一天，章礼民买了一张前往东莞的长途汽车票，只身前往东莞这座对他而言完全陌生的城市。到了东莞莞城，他找了一间车站旁便宜的旅社住下，放下行李顾不上休息就到各个超市去逛一逛。章礼民目的性很强，就是想看一看东莞这样发达的城市里的超市卖的商品到底是啥样的？他通过询问走了几间附近比较大的超市，进去之后认真地看着货架上琳琅满目的商品，主要了解的还是糖果饼干之类的商品。他把那些看起来包装好看价格实惠并且是东莞本地厂家生产的糖果饼干的食品各买了一包，加起来就是一大堆，全部抱回旅社。看到这架势，估计很多人都猜不出章礼民要干吗？是想尝尝东莞的零食还是打算用来当饭吃？当然不是。他将这些东莞本地工厂生产的糖果饼干商品全部倒在床上，趴在床上，认真细致地把食品包装上的电话和工厂地址一一记下，可能又有人问，他这样又要干吗？当你知道下面的故事后，你会不得不佩服章礼民的聪明和灵巧。

第二天，章礼民匆匆吃了点昨天买的糖果饼干，走出旅社，在门口拦了一辆摩的，拿着写满东莞各个食品工厂地址和电话的纸条，对摩的师傅说要请他一天载他去纸条上的各个工厂看一看，给他 100 元，摩的师傅一看来了大单，二话没说接过纸条看了看，就让章礼民上了车。其实章礼民的目的很直接，就是想通过亲自去食品工厂了解商品的供货问题，最好能谈下梅州的代理权，所以他想出了这个简单直接的办法。摩的师傅很熟悉这些地方，摩托车开得飞快。

章民礼在书的扉页上题词鼓励自己

章礼民坐在摩托后排，东莞城市现代化的气息迎面而来，宽敞的马路现代化的立交一栋栋的高楼大厦，都让他感到如同刘姥姥进大观园，一切都很新鲜，但是他无暇顾及这座美丽城市的风景，心里祈祷着希望此行会有收获。

摩托很快来到章礼民第一个要去的嘉顿食品厂，这个品牌的食品当时已经有不错的名气。当他满怀希望走进工厂表明来意时，接待他的业务经理冷淡地告诉他梅州市已经有人代理嘉顿食品，因此免谈。有点小失望的章礼民不甘心碰壁，马不停蹄又来到东莞一家地处城郊的食品厂，更糟糕的是直接吃了个闭门羹。站在陌生的城市街头一时让章礼民感到很无助，但是在他来东莞之前已经做了充分的考虑，事情也许并不会那么顺利，也许会无功而返。摩的师傅看他有些灰心，同情地问章礼民还去不去下一家，他的回答是肯定的。随后他又来到港华食品厂，由于机缘巧合接待他的业务经理居然是梅州兴宁的老乡，在这个人地生疏的城市突然遇到一个讲客家话的梅州老乡，亲切感油然而生，随后他们的交谈也亲切了很多。也许是缘分，在这位兴宁老乡的介绍下，章礼民有幸认识了林嘉厂长，厂长见他从老远的梅州赶过来，也是个做事很用心的人，加上兴宁老乡的从旁推动，厂长同意开展合作，当时港华食品厂生产的软糖很出名。厂长也同意章礼民第一批货先按收一半现金结算，这对他来说是一个很大的收获了。章礼民回忆，那一天一共去了十几家食品厂，一天下来超级辛苦和疲惫，遇到几次碰壁的情况，也有老板直接否决的，甚至有几家门都进不了。但是付出就有收获，那一天下来，虽然让章礼民疲惫不堪，尝尽苦头，但幸运的是，偶遇兴宁老乡，并帮上忙，另有几个厂有一些初步的合作意向，总算不会一无所获。

那一天，章礼民拖着疲惫的身体很晚才回到旅社。躺在床上望着天花板，他想起了远在梅州的妻子孩子和家人，于是感到心里温暖了很多。他同时还想到了自己出来创业做生意，虽然苦了一些，但只要敢于摸索敢于突破，就会有希望，像这次只身一人到东莞了解市场，没有任何人的牵线帮助，虽然碰了很多壁，挫折感特别强，但是东莞市场商品的丰富性开拓了他的眼界，同时港华食品厂的兴宁老乡，后来成为他商业上交往 20 多年的挚友，无疑是他那次只身闯荡东莞最大的贵人，他就是王伟文，后面我们会谈到章礼民和他交往的故事。

跑市场敢于吃苦

　　无疑，东莞之行，收获还是很大的。在举目无亲的陌生城市，能有幸遇到老乡的帮助，其次亲眼看到东莞商品市场的丰富性，开阔了眼界，结交了梅州以外最初的生意伙伴，这其实是章礼民针对明华贸易经理部开业之前有针对性的市场研究调查。细心的市民在明华贸易经理部开业不久之后，发现商品也逐渐多了起来，除了之前一直经营的草纸和花生，从兴宁、东莞、广州等地也逐渐进了一些各种口味的糖果饼干和蛋卷，前来购买的市民也多了起来，而明华贸易经理部的名气在梅城也逐渐响亮。前面说到的东莞的港华食品厂和明华贸易经理部的合作也启动了，该食品厂的软糖一经在梅城上市，就引起了梅州市民一波一波购买潮，特别是那些各种水果味的软糖，在当时梅城的商店里非常少见，可以想象受欢迎的程度。港华食品厂跟明华贸易经理部合作一段时间后，章礼民的诚信经营和扎实开拓市场的能力，也感动了该厂的林嘉厂长，林厂长还专门为此来到梅州，前往明华贸易经理部实地考察，对章礼民勤奋苦干、做事用心用力用情的工作作风所感动。所以接下来的双方合作规模越来越大，越来越全面，从最初三两箱商品的供货到三两百箱商品的供货跨越。值得特别说明的是，从1995年，章礼民开始和港华食品厂建立合作，至今已经有25年了，令人称赞的是，时光不老，真情不改，他们之间的合作越来越紧，友情越来越密。

　　刚刚提到的是，新的商品采购回来之后，章礼民是如何去打开市场的？可能很多人无法想象章礼民的执着和耐力。他为了让自己商店里的新商品尽快打开市场，除了在商店门口打出显眼的广告标语，新商品也被他摆到最显眼的位置吸引消费者。他还亲自当起了一线的推销员，每天肩上背着一个大书包，书包里装着各种的糖果饼干，借了一辆平板三轮车，三轮车上面放着一袋袋的糖果饼干，他这要干吗？他根据自己对各条街道店铺的了解，一般他会到卖食品的商店谈商品代销的合作，很多商家起初都不愿意配合，甚至给他脸色看。但章礼民毫不气馁，依然面带微笑给这些商家试吃自己推销的糖果饼干；为了以最大的诚心与这些商家合作，他提出只要同意代售自己的糖果饼干，并不用商家花钱来购买，并承诺卖出一箱就给5元的利润，在这种优惠的条件下，很多商家也纷纷和章礼民开展代售合作。章礼民就这样以诚心和诚意拿下一个一个合作商家，茶叶店食品店面包店粮油店等等，都是他攻克的对象。那段时间，从早到晚他穿行于梅州城区的大街小巷，出入各个商铺，顶烈日冒严冬，风雨不改，有时连午饭晚饭也顾不上吃，经常晚上八九点钟还在和商家谈代售合作。

精诚所至，金石为开，这样一来，明华贸易经理部销售的糖果饼干销量直线上升，口碑越做越好，商业体量也越滚越大，生意也终于走上了轨道，通过自己的市场实践，也让他感悟出乡镇市场的局促，远不及梅州市场的广阔，也坚信了他立足梅城做强做大自己的事业根基的初心。由此，章礼民的胆识也受到一些商家的称赞。他恪守着商业的操守，以诚信经营诚信经商，结交各界商业朋友。从某个角度说，他当初不计成本在整个梅州城区各个商店铺开的糖果饼干的货量也是非常惊人的，到后面结算货款时，除了极少个别商家赖账或者跑路走人之外，其他的货款都能够如数收回。当年30出头的他有如此胆魄和经商格局，至今仍让当年一些商界朋友津津乐道。《世说新语》之中说得好：小胜靠智，大胜靠德。章礼民这种"以德为先"的商业操守，不仅让他日后赢得商海中的"大胜"，更是他独特的人格魅力所在。

当时为了扩展销售渠道，章礼民隔三岔五还会去一些生意做得比较好的店里买东西，久而久之就和店里老板熟络了起来，从而达成了一些合作，也达到了推广产品的目的。然后就是这样不断扩展新资源，找现有资源进行合作，他每天用三轮车载着几大箱糖果饼干到各种店里推荐售卖，一箱就有50斤重，当时车上随便都拉了近十箱，每天都起早贪黑，汗流浃背，拼了命地在做市场，他自己都说，那个时候做销售跑市场时就是一个"拼命三郎"。

当时的推广确实是比较辛苦，也有试过货，章礼民给了他们，但是商家卖了钱却抵赖收不回来的情况，也吃了不少亏，但是大多数还是销售的不错的。久而久之，就连那些建立合作的食品厂老板也知道他是个诚信的商家，包括他为人处世很有口碑等，通过彼此的进一步了解以后就更愿意放货给章礼民的明华贸易经营部，可以卖完货后才结算货款，章礼民对此满是感激，这真的是达到高度信任才能形成这种合作状态。比如 1995 年第一次去东莞跑市场时，在港华食品厂认识的兴宁老乡王伟文，他后来转行去做了化工批发生意。但是章礼民是个很懂得维系情谊的人，他很感恩当初在举目无亲的时候，这位兴宁老乡热情帮他牵线和引见老板，后来他们就成了非常要好的朋友，直至现在他们俩的关系也依旧很好，章礼民 2021 年在梅州举行生日宴会时，王伟文先生都来参加了，现在他也有五十岁了。从章礼民创业以来，他就把"诚信"二字当作做人做事安身立命的标尺，而他这些老朋友，都是用诚信换来的。

最难风雨“故人”来

清代著名藏书家孙星衍有一副对联：莫放春秋佳日过，最难风雨故人来。对于这副对联的下联“最难风雨故人来”中的“故人”，在章礼民的经历中，还真有一段美好和动人的故事。

1996 年，章礼民已经从石扇转战梅城，并在江北东山大道附近买下店铺并租赁给他人做生意，他自己也时不时在跑运输的过程中，闲时到店铺喝茶歇歇脚。当时的店铺老板请有两个女员工，其中一个女员工年龄不大，也就 18 岁左右，是一个农村来的孩子。他到店里喝茶的时候，就认识了这个女孩，但也不是特别熟。一天下午，章礼民正在江北马石下结算货款，突然腰上的寻呼机响了，他低头一看是一个并不熟悉的号码。但凭着做生意的敏感，他生怕错过任何一个可能存在的商业客户，于是停车找了一家商店的固定电话，照着寻呼机上的号码回拨了过去。电话接通后，那头是一个女孩急促的声音并带着哭腔：章老板你好！我有一件很急的事求你，我不认识谁，也只有你能够帮助我。我家里人生病了，急需用钱，你能借 200 块钱给我吗？很快章礼民就听明白了电话那头的女孩正是店铺中的那个女员工。他只是稍作迟疑，向女孩问清楚情况后对她说你现在人在哪里？当问清楚女员工距离自己很近时，便约定一个地方见面，当时章礼民刚好手上结算有货款，见到急匆匆赶来的女孩，他二话没说把 200 元递给了她，并告诉她等她以后有钱的时候再还给他。女孩双手拿到钱，在对章礼民不断的多谢声中转身离去。章礼民看着女孩消失的背影，心里没有多想什么，只是觉得如果这 200 元能救人一命，又何尝不是善莫大焉。虽然 200 元在那时不算是一个小数字，但他也知道这个并不熟识的女孩也是借来用作救命钱的，虽然女孩是个打工妹，以后能否还自己，他真的没有放在心上，因此这件事都快被章礼民忘得差不多了。

时间过了两年左右，有一天，章礼民接到这个久违的女孩的电话。女孩在电话中告诉章礼民，她想把两年前向他借的 200 元还给他，希望他到自己的出租屋来一趟。章礼民一怔想起了这件事，问清女孩住的出租屋地址后，开车赶了过去，章礼民并不知道此行"有诈"，在他看来欠债还钱也很正常。他在去的路上，心里还嘀咕着这女孩还挺有良心。到了女孩的出租屋，章礼民看到眼前的女孩神情是飘忽的，出租屋很简陋，女孩只是轻声说自己和弟弟住在这儿，现在弟弟上学还没回来，说到这女孩的脸开始红得像苹果一样，章礼民感觉到氛围有点不对劲，但又不知怎么回事？只见女孩走到章礼民跟前看了他一眼后红着脸低着头对他说："章老板，我知道你是个大好人，当初你帮了我那么大的忙，我借你的 200 元一直没有忘记还你，但我现在还没有能力还你，我愿意以……"女孩的话没说完，章礼民头嗡的一下，他瞬间就明白了女孩想表达的意思，以及接下来想做的行为。他让自己瞬间冷静下来，他清楚女孩的举动堪称荒唐之举但又让人同情。他立马调整好情绪正经地对女孩说："我借给你 200 元是小事，你因此毁了自己的尊严和青春是大事。你想还钱万万不能用这种形式，这是错误的。你照顾好自己和你弟弟，保重好自己的身体，我再次声明，那 200 元等你以后有能力的时候再还我，而不是现在。"说完，章礼民不等女孩回应，头也不回转身离去……

当时间来到 2006 年的夏天的一天晚上，梅城下起了暴雨，在家和家人闲聊的章礼民突然听到门铃响了，站起身来，心里嘀咕着那么大雨的晚上谁会来拜访呢？当他打开房门，门口站着两名时髦的女子，因为外面灯光比较暗，加上雨声如注，他一时并没有认出两名女子，正想问他们是不是找错人敲错门时；再一看，两名女子浑身上下透露出珠光宝气，一位年轻点一位年长一些，她们都是一只手撑着伞，一只手里提着很多礼品，章礼民看到这两位女子顿时有丈二和尚摸不着头脑的感觉。见他开大门，年轻一点的女子激动地大声说道；章老板你好，终于找到你了！你还记得我吗？1996 年我跟你借了200 元给我舅舅治病帮了我们家大忙，不好意思到今天我才来还你钱。这位是我日本定居的姑姑，我们刚从日本回来，打听了不少人终于找到你的家……

年轻女子说完，从书包里拿出 200 元真诚地递给章礼民并把两人随身带来的几大袋礼品也一并交到他手上。这突如其来的一幕，让章礼民来了个快速回放，他终于想起了这个女孩，但时间已经过去了八年之久，没想到这个女孩一直还没有忘记当年跟自己借的 200 元，而自己却已经把这件事忘了。望着眼前的这一幕，他的内心也感到激动，人生会遇到很多的风景很多的过客，但眼前站着的是一位懂得感恩的女孩，时间冲刷了很多东西，但她身上的纯朴和善良一直还在。在这风雨之夜，这位"故人"来还当年跟自己借的 200 元，还为自己带来礼品，钱是小事，难能可贵的是这份感恩之情。章礼民正想推辞，但女孩和她的姑姑却一再鞠躬表达谢意，并表示恩人一定要收下这份心意。最终，她们也没有进屋，在表达完上述的感恩和感谢后转身又走进了滂沱的雨夜。望着她们雨夜中消失的身影，章礼民感到眼眶湿润……

提着礼品回到屋里，章礼民一时难掩内心的感动，妻子张祥华也目睹了刚才放电影似的一幕，心里有些疑惑。见妻子不解的神情，他便把这件横跨八年的事情一五一十地给妻子复述了一遍，妻子听完后没有多说什么，只是把一杯热水端到丈夫面前，望着丈夫轻轻地说：我相信你的为人，这件事你做得对，那位姑娘也做得对，你帮了一个值得帮的人……

"独立包装" 创始人

　　1996 年前，只要大家稍微回忆一下就知道，那时商店售卖的糖果饼干都是散装的，当市民购买时，一般按重量购买，糖果一般按数量计价。当店员称好后，再用报纸把糖果饼干包起来。值得一提的是，那个时候用来包糖果饼干的报纸，是用废旧报纸折成三角形，边缘用糨糊粘好，形成一个漏斗状，这样就可以用来装东西了。而今天我们在各大超市里看到琳琅满目的糖果饼干都有独立的包装。殊不知，这个食品的独立包装的创始人不是别人，正是章礼民！说他是"食品独立包装之父"也不为过。看到这里，也许很多人会疑惑甚至质疑这个定义的真实性。然而，事实胜于雄辩，且听慢慢道来。

　　生活中的章礼民，是个很细腻很细心的人。而在经商中，他也是一个极其用心用情的人。在实际的经商活动中，因为服务和口碑不断提升，生意也越来越好，店里进的货也越来越多，但是他的苦恼也随之而来。明华贸易经理部开张那会，虽然是九月，但天气仍然炎热，店里进货的糖果饼干，一般都是大纸箱装着，根本没有什么密封性可言，这让散装的糖果和蛋卷之类等食品会因为天气炎热而融化或者变得黏稠，那时的糖果大部分是水果糖类，天气一热，糖和包装纸就粘在一块，糖和糖之间，互相渗透，黏黏糊糊根本没什么卖相，如果手去拿就连手都弄得黏黏糊糊的；章礼民笑言，所以之前的小孩子喜欢吃了糖之后吮手指，也许就是这个原因。而饼干的情况就更糟糕了，天气一热，加上空气湿度增大，饼干要么受潮，要么融化成粉末状，一块饼干碎成多块，如遇到这种情况就会受到消费者的挑剔和嫌弃，所以每每糖果饼干一开箱，卖到一半以后，剩下的往往就要掉价卖，甚至浪费卖不动，这很让章礼民揪心。

其实这个状况食品厂家也非常清楚。也是在那一年六月，章礼民再次来到东莞，向跟明华有合作的东莞杨氏食品厂提出要进一批货，因为是老朋友了，杨志初厂长还请他吃了早餐。当时明华从杨氏食品厂进的货，一般都是米通（客家人称米程）和蛋卷，都是 10 斤一纸箱。接到订单的杨厂长坦诚地对章礼民说：现在已经进入夏天了，按照工厂生产常规，我们食品厂生产的米通和蛋卷之类的食品一到这个季节就会受天气影响产品会变得黏黏糊糊，所以，工厂三十多号员工也准备放假，建议你这批货进了之后就不要进货了，厂里也无法再供货给你了。

听到杨厂长这番建议后，章礼民沉思了一会儿，突然一个激灵提醒他，他提高声调说："杨老板，我有一个建议，既然这个季节容易让米通和蛋卷受潮，那比如能否把米通用一个个塑料纸单独包装起来呢？"

"你这叫异想天开，米程怎么能一个个包装起来？"杨厂长不解地回应道。

章礼民四周打量了一下，找了一张塑料纸，在杨厂长面前示范起来。他要来一个米程，折成一张小的四角塑料纸，将米通四周包裹起来。杨厂长睁大眼睛疑惑地看着章礼民，仿佛要看穿这里面的乾坤。章礼民折好包装指着待封口的边缘说："这个封口这需要拿一个锯片放在火苗上烧烫，放在包装已经折好的边缘上一烫，塑料纸受热变皱自然就封口了。"

杨厂长叹了口气说："道理是有道理，但你知道这多耗人工吗？"

章礼民一听来了精神，真诚地说："杨老板，你看这样行不行？你让你的员工先不要放假，我先给你订 20 箱货，10 箱米程、10 箱蛋卷，每一箱我再加五块钱的加工费，如果不够，我还可以再加点，但条件就是把我要的货都用塑料纸一个个单独包装起来。"

杨厂长犹豫了片刻，毕竟是老朋友，最终答应了章礼民这个看似"无理"的请求。当天下午杨厂长就找来一款黄白相间有竖纹的塑料纸给章礼民以征求他的意见。他当即拍板说就用这种塑料包装纸。而杨厂长也感叹地说："我做食品那么久，现在国内外的市场都是眼下的这种大包装散装卖，但你要的这种一个个的单独包装还真没有尝试过。看在我们之间的合作，就当我也做一次尝试吧。"

20箱的米程和蛋卷到了梅州之后。章礼民首先找到当时梅城知名度较高的白云商店。他拿了一箱米方和一箱蛋卷到了店里，跟店里的侯老板介绍自己从东莞特意定制的米程和蛋卷，并当场拆开一小包，给他试吃，侯老板接过小包装的米程和蛋卷，有点不自信地说："这种包装好是好，但是价格比平常散装的糖果饼干要高，也不知市民能否接受？"

章礼民闻言笑着劝侯老板放心，如果到时这个米程和蛋卷卖不动，可以无条件退回给他，侯老板接受了。

而在明华经理贸易部的店门口，章礼民把这些新包装的米程和蛋卷摆在货架上，并在字牌上写着小包装米程、小包装蛋卷，并亲自站在店门口招揽顾客免费给顾客试吃。同时他还拿出自己的看家本领，把其余一些米程和蛋卷放到自己熟悉的其他商店代售。因为这种新包装算起来成本会高不少，所以当时一些商店老板也不太愿意代理销售，章礼民就按照之前代理的做法，先帮忙卖，卖不完可以退，这样大家都接受了。

市场果然是最真实的晴雨表。新包装的米程和蛋卷一上市，如一股清新的风，大家觉得很新颖，很快原来一些喜欢买散装饼干的市民纷纷掉头追捧这种新包装的米程蛋卷。三天后，章礼民接到了白云商店的侯老板打来的电话，电话那头的侯老板语气充满了兴奋之情："小章，你那个独立包装的米程和蛋卷还有货吗？上次的货已经卖完了。"

"独立包装！"这个名词像闪电一样在章礼民眼前一亮。"对，我怎么就没想到独立包装这个词呢？"章礼民一时兴奋不已，连忙说有的有的，并马上安排给白云商店送货。

经侯老板提醒，于是，他在明华的店里正式竖了一块招牌，上书：独立包装米程、独立包装蛋卷。连章礼民自己都没想到的是，20箱的新包装的米程和蛋卷一个星期就全部售空了。由此他也隐隐感受到了这个巨大的商机，就连经济欠发达的梅城人都能够接受这种独立包装食品，说明这种独立包装食品在梅州也是有市场的。

这第一仗旗开得胜，让章礼民信心满满。他决定乘胜追击，继续发力，章礼民和妻子商定，在梅州大干一场。

下定决心后，章礼民立马打电话给杨志初厂长，把第一批货20箱新包装的米程和蛋卷销售一空的情况告知杨厂长。电话那头的杨厂长感到甚是惊喜，连说没想到没想到。章礼民告诉杨厂长，自己想在食品厂再订购100箱米程和蛋卷，两种货各50箱，但都需要进行独立包装。杨厂长听后有些吃惊，问道："小章，你一下子订购那么多货，确认能行吗"？

章礼民见杨厂长还有些担忧，更是自信地向他表示：杨厂长，你就放心吧，我对投放到市场上独立包装的米程和蛋卷还是很有信心的，你可以相信我，卖不完也是我的事，我只需要你让工人暂停休假，加班加点帮我做出来。

杨厂长见话已说到这个份上，加上这也是一笔生意，于是就答应了。当100箱货运到梅州之后，毕竟数量大，仅凭自己的明华经理部来出售是很难打开销路的，于是，章礼民开始了声势浩大的"铺货"行动，他带着一两个店员到梅州城区的各个商店推销代售他的独立包装米程和蛋卷。什么茶叶店杂货店小饭店五金店甚至酒行他也不放过，他提出的代售条件相当优惠，不用代收商家出本钱，只需在他给出的价格上定一个稍高的价钱出售就可以，卖完再结算，卖不完可退货，没有任何风险。大部分的商家都表示愿意试一试，于是这个店一箱，那个店两箱，一时间，梅州的各个商店一夜间，就冒出这种独立包装的米程和蛋卷。100箱货在最快的时间全部铺下去了。果然奇迹再次被验证，不到两个星期，这第二批进的100箱货又全部售完。独立包装食品在市场上受欢迎的程度远远超出了章礼民的预期，让他看到了改变包装之后的食品的潜力，当他把这个消息也分享给杨厂长之后，杨厂长也感到不可思议。虽然当时全国包括国外都还没有这种独立包装的食品，怎么梅州的消费市场那么容易接受这种独立包装的食品？但也让杨厂长有所不知的是，销售奇迹的背后，还包含了章礼民在市场开拓上所花的功夫和执着，这也是很少人做得到的。从1996年的六月到年底的大半年时间，由明华贸易经理部推出的独立包装米程和蛋卷，可以说风靡了整个梅州城区，而广大的消费者也渐渐接受了这种新包装的食品。虽然价格比之前的散装饼干要贵一些，但独立包装的食品质量稳定，卫生美观，且外观时髦，好处显而易见。

而作为食品独立包装开路先锋的章礼民，他作为第一个吃螃蟹的人，市场回报了他的贡献。这不，在1996年的冬天，好事接踵而至。他接到了东莞味之旅食品有限公司黄老板打给他的电话，而对这件事，章礼民也是记忆犹新的。

黄老板电话那头对他说："小章，我去杨氏食品厂的杨总那里，听说你在他那里订购的你发明的新包装的米程和蛋卷，在梅州的市场卖得很好，不简单啊。你看这样行不行，我们食品厂生产的是苏打饼，我也可以按照你提出的独立包装工艺给你100箱的货，并且我这个独立包装的工艺要比杨总那里的工艺要先进一些，是用压合包装的工艺，外观更加美观。"

章礼民一听就来了精神，问清楚情况后，当即同意从味之旅食品厂拿100箱苏打饼的货。因为和味之旅食品厂合作不多，黄老板也善解人意，为了打消章礼民的顾虑，告诉他如果货卖不完依然可以退回给厂里。但章礼民心中有数，对他而言，这更是一个新的商机。事实上也正是如此，味之旅的100箱独立包装苏打饼运到梅州后，章礼民还是通过"复制加粘贴"的市场铺货代售方法，新产品新包装一上市，又掀起了市民的购买热潮……接着，以做麦饼出名的东莞思朗食品有限公司的廖老板闻讯也给章礼民打来了电话。

"小章，听说杨氏食品厂和味之旅食品厂都为你定制有独立包装的产品，你这是在市场中搞创新啊，真不错。这样，我也给你200箱麦饼拿到你们梅州卖，按照你独立包装的特点来定制。你看怎样？"廖老板直奔主题，直接谈合作。

这不是送钱上门吗！章礼民一时感到有点兴奋到眩晕。既是同行的朋友介绍，他想都没多想，立刻答应了。当这200箱麦饼运到梅州之后。章礼民打开纸箱，他和妻子都眼前一亮，不禁惊叹起来。原来思朗食品厂的廖老板也是个有心人。他一种麦饼用了六种颜色的塑料包装纸，赤橙红绿青蓝六色的麦饼一字排开，太美了，太漂亮了！就连章礼民都没有见过如此漂亮的独立包装的食品。他马上在店门口挂出新招牌：本店新到独立包装麦饼。广告一出，各个代售商店货一铺，市民口中的美誉度和口碑立马生效，米程蛋卷苏打饼麦饼，这接二连三的独立包装食品不断丰富着梅州城区的商品种类，当市民愉悦购物的时候，当他们拿着独立包装的饼干啧啧称奇的时候，他们根本不会想到，默默开展这一场食品独立包装革命的人正是明华贸易经理部的章礼民，这个在市场实践中发现商机的人，更重要的是他发现的这个商机推动了食品包装的革命。现在看来，说它具有里程碑的意义也一点不为过，但章礼民略感遗憾的是，他在推动散装食品向独立包装食品转变的过程中，忘记了去做一件很重要的事，那就是申请专利。

话又说回来，独立包装食品在梅州这块试验田得到了全面的检验，后面，不断有东莞新的食品厂家主动和章礼民的明华贸易经理部建立合作，同样按照他提出的独立包装的食品要求定制产品，而章礼民也利用这个机会，尝到市场甜头的他，决定深挖市场大力拓展市场，接下来他更忙了，他带着独立包装的各种食品样品，走出梅州，只身一人去福建的泉州和江西等地，推销由自己总代理的独立包装食品，虽然很辛苦，但也获得了不俗的市场战绩。

这里有个小插曲特别值得一提。这里讲到的章礼民到福建泉州推销他的独立包装的糖果饼干，像当年他只身前往东莞了解市场那样，这一次他同样单枪匹马背上背包，像一个业务员来到福建泉州。他记得很清楚，当时他来到福建泉州一条街上的一个经营糖果饼干的小店，小店门口是尘土飞扬的马路，已经中午，章礼民又累又渴，他像往常一样，走进这家店铺，店铺内是一对夫妇，毕竟都属于客家地区，同属客家人，老板陈天奖热情地招呼章礼民坐下聊。小店不大，东西堆得满满当当的，章礼民也直奔主题，说明来意，并将随身带来的独立包装的糖果饼干拿出来给陈天奖夫妇了解和品尝，还顺便告诉他们这些独立包装的产品是自己让食品厂定制的，夫妻俩对章礼民的诚恳和敬业表示了自己的肯定和敬意，认为他是在食品包装行业开了一个先河。他们相谈甚欢，大有相见恨晚之意。

不觉时间已来到正午，此时大家都发觉已经饿了，章礼民正要起身告退，但第一次见面的陈天奖夫妇还是热情地挽留他一起午餐，恭敬不如从命，随后陈天奖骑上一辆摩托车，后座载着他夫人和章礼民，沿着尘土飞扬的马路，到了一个小饭店，边吃边聊，一起度过了一个愉悦的午餐时光……这里要说的重点来了，这位章礼民在福建泉州偶遇的客户陈天奖不是别人，他就是中国糖果行业的领导者，福建雅客食品有限公司的董事长，食品行业真正的大咖。说来也是一个机缘，雅客食品公司创办于 1993 年 8 月，和章礼民的创业时间几乎同步。后来陈天奖抓住时机，开拓创新，成就在糖果行业的事业奇迹，经过十几年的发展壮大，至今雅客食品已是中国最大的糖果、巧克力专业生产厂商之一。而陈天奖和章礼民之间的偶遇，在彼此创业之初结下的那份友谊，现在想起来，也是一段佳话。

俗话说心有多大，舞台就有多大。为了进一步将独立包装食品在国外市场做推广，有一天晚上，章礼民来到江北华侨大厦，毛遂自荐拜访了当时回梅州参加东山中学校庆的梅州荣誉市民、印尼华侨章生辉先生，因为都是石扇老乡，所以交流很快就投缘。章先生在印尼是位经营几十年食品生意的大企业家。章礼民的本意就是希望能够借助章先生的人脉，拓宽自己独立包装食品的生意网。在章先生住的房间，章礼民说明来意后，从书包里倒出一堆独立包装的蛋卷饼干麦饼等食品拿到章先生面前，并详细介绍这是自己让厂家以独立包装的形式定制的食品。章先生拿起一个一个包装新颖的食品，左看右看脸上露出惊喜的神情，并肯定地说道："这种独立包装的糖果饼干目前在我们印尼的食品市场暂时还没有看到。当下印尼的商店经营的都是散装的糖果饼干，你这是一个创新啊。"受到鼓励的章礼民坦诚地向章先生表白，希望能拿一批货到印尼他的门市进行销售。章先生分析之后给了章礼民这样一

章礼民与印尼商超大王章生辉（左）合影

个建议。他说印尼食品消费市场并不是很大，虽然那边还没有这种独立包装的糖果饼干，但是因为本身价格不高，拿出去运输加成本就没什么利润了，但是他建议可以拿到他在香港的一个门市进行销售，因为当时香港那边也暂时还没有这种独立包装的糖果饼干。之后，经过章生辉先生的牵线，章礼民独创的独立包装糖果饼干也顺利在香港上市，并且收到很好的市场反应。随后，他更是马不停蹄把销售线延伸到国内的四川、重庆、湖南等地。在那一年间，广东共有十几家食品厂为章礼民定制各种独立包装的糖果饼干，而他的销售业绩也跟着他的销售利润一样一路飙升。毕竟市场是多元化的也是共生共存的，就在章礼民独创的独立包装食品在梅州等地的市场出现一年左右，那时，全国各地的商场超市的独立包装食品就进入了百花齐放的时期。全国各地的食品厂家几乎一夜之间都把自己的产品改成了独立包装，而人们的消费习惯，也几乎是在一夜之间转变。在食品市场一片繁荣和欣欣向荣的背后，章礼民无疑是一名真正的"幕后英雄"。

在 1996 年，中国的商贸繁荣还处在一个发展阶段。事实证明，独立包装食品的亮相，就像一个新事物的诞生总会引起人们的好奇。前面讲到，独立包装的糖果饼干，在梅州市场得到成功检验，从明华贸易经理部推出的独立包装糖果饼干的种类也越来越多，商家都一致认为加了这种经过设计的独立包装以后产品明显变得比以前好卖了，而且提升了产品的卖相和辨识度，也让消费者觉得既卫生又安全，可以称之为是一次产品包装的变革。

时至今日，东莞的那几家老牌的食品厂老板，对章礼民当年在食品独立包装上的创新，无不表达溢美和褒奖之词。他们都认为食品从散装到独立包装，这是一个跨时代的飞跃，它推动了食品向品牌化发展和高质量发展，为此，说章礼民是"食品独立包装"的创始人，是有根有据的，也是毋庸置疑的。

章礼民曾这样感叹：我自己都没想到有如此好的市场反应，甚至自己是在做一件创造历史的事情。当时我提出独立包装以后，通过对市场的搜索发现内地目前没有，港澳台地区也没有，甚至国外也没有独立包装这个发明，我可以说是一个推动者和试验者。后来我和东莞的多家食品厂合作，陆陆续续生产并推向市场的独立包装产品从蛋卷和苏打饼延伸至一些曲奇饼干之类的食品，都是使用独立包装，并且包装越做越漂亮。当时可惜没有用照相机拍摄下来以记录这段历史。

　　章礼民继续回忆说：当时店里琳琅满目都是独立包装的食品，摆放在货柜上非常抢眼，每个进店的顾客第一反应都是说自己从未见过这么好看的食品，这是个包装上的重大突破，其实也是人们随着生活水平的提高带来的审美水平的提高。虽然说当时的进货成本增加了，但是利润和销量也随之增加了，甚至比之前更好卖，因为独立包装最大优点之一就是容易销售。我当时的经理部等于是一个销售店，梅城很多商贩都会从我这里进货，而进的货基本都是独立包装的食品，甚至石扇、潮州的一些商贩也慕名前来。这样的情况一直持续了一年左右，大约到1997年上半年的时候，很多商家陆陆续续也开始学习模仿这种独立包装技术，他们的销量也随之增加，直到1998年市场上独立包装的现象才基本实现覆盖。

　　独立包装食品出来之后，引起了一系列的多米诺骨牌效应，让独立包装的食品风头一度盖过其他散装食品，独领风骚。对此，章礼民深有体会地说：食品有了独立包装之后，大家的需求也提高了，所以我们对产品的生产质量也要求更高了，因为我们经营的目的不仅仅是在卖包装，而是要做到形式和内容合二为一。就连当时的"徐福记"也是受到我们这种独立包装的影响才开始转型，"徐福记"一开始只是做糖果的加工和蜜饯的制作，当时他们采用的也只是纸包糖的简易包装形式，不仅不易保存而且易潮湿，当时我就大胆地和"徐福记"老板提出过关于价格需要亲民和包装仍需改进等问题。当时"徐福记"的知名度和销量还不是很高，我于1996年拿下"徐福记"梅州的总代理，一直到现在，据他们说当时也在物色梅州哪家百货超市适合他们进驻，后来他们经过详细的市场调查研判，就找到了我们的明华贸易经理部，首先是我去和他们沟通，后来是他们派人来考察，通过一系列综合考察，"徐福记"糖果在市场上的出彩，缘于它有专属的营销手段、供应商的利润也有保障等等，因此抓住了当时正处于转化期的市场，当时食品消费市场正是多元化、品种多样性需求大大增加的时候，所以明华和"徐福记"就达成了协议。在我的建议下，"徐福记"也因此开始改进包装，一些品质越来越高的糖果及饼干酥应运而生，种类也越来越多。这一点，"徐福记"的老板还是挺感谢我的……

放弃出国留国内

利用独立包装食品在梅城打开局面，从 1995 年到 1996 年的明华贸易经理部一直运营至今，仍然在保留之前商贸批发的模式，通俗来讲就是喜多多超市的前身。

1999 年之前章礼民还是主要在不断寻找生意合作伙伴、开发市场以及介绍自己的产品给别人代售等等，同时和客户打交道并维持好关系，总之也是一段没日没夜奔波的日子。从认识产品到生产产品到最后把产品推向客户，直至推向全国，参加各种商会和产品推广会议，结交各界商业精英和全国经销商，这段时间也是他经商技能和人脉资源高速提升的阶段。章礼民除了能从他们身上学习到一些行之有效的东西之外，还建立了广泛合作，拓宽了明华的产品市场和口碑。

章礼民印象很深的就是 1998 年的时候，有一次厂家邀请他去石家庄开全国商品推广会，当时这场会议有全国各地的商家代表参加，而且受关注度也很高，全国的商品都会出现在那儿。没想到的是，那次的商品推介会过于火爆，当地的酒店住宿爆满，导致章礼民一行人无处可住，于是只能在白天展览商品的酒店场地凑合睡觉，十几个相互认识的人就挤在那个小小的地方度过了几个夜晚。但是也不虚此行，章礼民的事业和人脉得到进一步拓展。

时间来到 1999 年，因为考虑到小孩想要出国读书，当时加拿大政府推出一项政策：定向对中国企业家投资人子女开放一些学位的合作政策，全国共有 100 名，章礼民经过严格审查，刚好也争取到了这个名额，在后续对符合初选投资人的经历调查中，很重要的一项条件是要想成为加拿大的投资移民，投资人必须是白手起家创业。当时他的明华贸易经营部在当地做生意也已小有名气，大家对他的评价也都还不错，因此就推荐获得了这个名额。章礼民清晰记得当时还有专门的人到石扇实地考察他的店，证明他是不是属于白手起家，是不是完全没有外界资金支持的，以及创业至今的企业营业执照上的名字也必须一直是本人等，可以说能够拿到这个移民名额实属不易，因为他的评判条件非常苛刻。

对这件事的前因后果，章礼民至今记忆犹新。当时他按照预定时间来到广州，和加拿大驻广州领事馆的面试官交流了几十个问题，足足谈了两个多小时，同时他也可以向他们提问，经调查章礼民完全符合他们的条件，交谈结束后，面试官起身和他握手，祝贺他通过审查，回去等候通知。按照当时加拿大政府给出的政策条件交钱办手续后，章礼民在加拿大所获得的权益有以下：加拿大政府会提供一个社区店铺给中国的移民投资人，用来做贸易或者是餐馆，但是同时需要投资人解决他们当地两到三个人的就业问题（如果解决不了的话需要自费负责他们的每月工资）；第二个就是按要求交的 56 万元，四年以后会全部返还给投资人，这个政策的目的就是为加拿大吸引一些真正的商业精英，促进当地经济发展繁荣。

一切准备就绪，就在章礼民即将要签合同的时候，有位资深的商界朋友坦诚地向他建议：未来经济发展最有潜力最有商机的还是在国内的珠三角地区，让他最好还是把握住现有资源，在国内继续发展比较好，加拿大的资源和实地经营效果其实并没有那么好，发展前景也远远比不上珠三角地区。朋友的话，让处在兴奋头上的章礼民陷入了沉思，去还是不去？那么难得的一个机会，去了也许是改变人生的一个大转折，毕竟当时的加拿大是很多华人向往的国家，也许杀出去从此实现人生的腾飞。但举家迁往加拿大，在异国他乡，举目无亲，未知的风险同样难以预料，国内之前奋斗的一切都必须放下，加上当时按要求要缴交的 56 万元也是他创业这么多年打拼过程中所有的积蓄和家底，如有不测，一脚踩空，则一朝回到解放前。冥思苦想带来的煎熬和挣扎，那几天让他茶饭不思，辗转反侧，彻夜难眠。最后在他和家人的综合考虑下，最终权衡利弊，还是放弃了成为加拿大移民投资人的身份，继续在国内发展明华贸易经理部的事业。

管理篇

第三篇章

莫把真心空计较，唯有大德享百福。发上等愿，结中等缘，享下等福；选择高处立，寻平处住，向宽处行。

——题记

"喜多多超市" 诞生

　　既然选择留在国内发展，就必须冷静地来思考下一步的发展规划，对于这一点，章礼民心里很清楚，有舍就有得。于是，他通过对国外国内市场环境的调查和分析，发现超市这一经营模式非常有发展前景，于是在心中就开始萌生了开超市的想法。当时最简单的理念就是，没有去加拿大，攒下来的五十多万可以考虑在国内的市场赌一把，把事业做大一些。

第一家喜多多超市的全家福

1999 年的六七月，经过一段时间的市场论证和调查，章礼民计划在梅州开第一家超市的想法日趋成熟。要开超市就得先找地方，眼下的明华贸易经理部，地处江北城西，不是市中心，并不适合开超市，那就得重新找地方，因而章礼民开始到处去留意店铺出租信息，偶然间他到梅城江南嘉应大桥附近航空娱乐城，发现一楼有一间四百多平方米的空店，经过实地调查，并与店家进一步沟通和交流后，总体印象感觉还是很适合，后来价钱也谈得很顺利。章礼民是个做事干脆利落的人，没过几天，租店的合同就签下来了。

说来也巧，当时刚好有三四个台湾人代表康师傅总部来到梅州找到他，表明要他做梅州总代理，章礼民一开始感到有些犹豫和不解，因为他简单计算了一下，按照之前原来的梅州市场上销售的康师傅面，一箱面只有一两毛钱的利润，并不具有什么诱惑力。因为当时康师傅面在梅州原有一个总代理，但因为销售业绩很差，就被台湾总部给撤掉了。后来他们听说章礼民的明华贸易做得很有口碑，而他们了解到章礼民经商更是以诚信为本，市场开拓能力强并富有创新精神，于是慕名前来找他谈合作，请他当梅州经销商。但是当章礼民把自己的顾虑和想法如实说出来之后，康师傅面的商家也拿出了自己的诚意，承诺康师傅面有新品上市时，每箱可以给他一到两块钱的利润，这在当时算是很高的利润了，同时也会根据销售业绩进行提成，另外再配一个业务员给他协助工作，章礼民面对对方合作的诚意和优惠，便愉快地达成了康师傅面梅州总代理的初步合作协议。

有朋自远方来，自然尽东道主之力。随后章礼民请康师傅面的商家代表一起吃晚饭，晚饭后还亲自开着人货车送他们回宾馆，路上的时候章礼民随口和康师傅面的商家谈起自己有开超市的想法，因为当时梅州目前只有商店，还没有人开超市，康师傅面的商家代表听了之后，分享了台湾超市的一些特点并非常支持他的想法，觉得这是一个很好的机会；但是那时章礼民周围也有另一种声音，有些亲朋好友认为在梅州开超市并不见得是一个好的选择，不太支持他想法的人也有不少。章礼民那几年也去过很多地方，包括去看过广州深圳等地方的大型超市，他印象很深的是百家超市，非常大型，商品种类也很多。当章礼民把自己的内心想法说出来之后，康师傅面的商家询问章礼民打算把超市开在哪里？章礼民顿时说自己已经有意向的地址，现在就可以带他们去看一看，以便听听专家意见，他们当即一拍即合，调转车头就往嘉应大桥的航空娱乐城开去。

章礼民清楚地记得那天是农历十五，皎洁的月光又大又圆又亮，很快车就驶到了航空娱乐城，停好车后众人下车，借着月光章礼民指着刚租下来还未开张的空店说："我想在这里开店"，康师傅面的商家代表也很用心，绕着店面实地考察了一番，又看了看周围的环境，因为当时的航空娱乐城处在梅州城区江南市中心，地段好，人气旺且店的大小也合适。于是一致认为这个地方地段都非常不错，也非常支持他这个想法，说台湾处处都是超市，让章礼民有机会到台湾考察考察，他们会带他去看，并坚定地鼓励章礼民再当一回独领风骚的人，在梅州开一家像样的超市，实现零的突破，又是一个大的创新，而这个创新也一定会赢得一次大的商机。章礼民当时听了觉得非常暖心也很受鼓舞，信心大增，决定着手投资尽快把超市开起来。

有了场地有了资金保障，这是其中一步。毕竟开超市在梅州尚无经验可以借鉴，更没有现成的经营管理团队，为了求得他山之石，章礼民先去了福建龙岩，找到一位姓连的开超市的老板，当时他开的辉业超市已在业内很有名气。章礼民找到他说明来意，希望邀请连老板来梅州的明华公司考察，同时帮辉业超市代售一些商品，最主要的就是请教他开超市的一些方法和管理经验。连老板被章礼民的坦诚所感动，于是很爽快地答应了章礼民的请求和邀请，得知章礼民准备在梅州开第一间超市，连老板不仅非常支持，甚至提出可以帮章礼民培训超市管理人员，连老板的一番话和表态，顿时让章礼民信心大增，可以说，福建龙岩此行，连老板帮助章礼民解决了两大难题，一是供销商的供货问题，辉业超市可以提供更多的货源；二是至关重要的，就是开超市的员工培训问题。这两个问题的迎刃而解，让章礼民的压力大大减轻了。

章礼民坦言，1999年是他最焦头烂额的一年，从原来明华贸易经理部三四个员工变成开超市的三四十个员工，除了要考虑员工分配和安排问题，还得考虑工资的问题，这是一个非常大的跨越，也是一笔非常大的固定开销。章礼民心想，这第一个吃螃蟹的人确实不好当，毕竟市场是很难预料的，超市开张之后，最好的预期就是能够打开局面实现盈利，但如果投资失利则后果不堪设想。开超市面临的千头万绪的工作让章礼民感到身心疲惫,内心同时也感到焦虑和不安。在筹备阶段期间,也曾经有一些思想上的动摇,他咬咬牙还是决定坚持初心不动摇,赌一把。

苦心人天不负,有志者事竟成。接下来好消息也不断传来,台湾康师傅面的合作细节也谈下来了,并正式签约。其中他们愿意押一车价值十几万的货到梅州给章礼民,先不用付款,同时销售利润也重新提高了。而章礼民在超市开张前的忙碌简直不分白天和黑夜,每天除了要处理康师傅面经销的事情,同时还要为开超市做各种准备,装修是其中的一项大工作,从材料的选择到货架的定制,小到各种商品展示牌等,章礼民几乎从早到晚都待在工地,和工人一块讨论,甚至自己一块动手,每天都忙到晚上十一二点甚至到凌晨才拖着疲惫的身体回到家。另外进货也是其中一项大工作,开超市不同于单一的商店和贸易部,家庭内外的各种消费品和吃穿等日常消费用品等等都要包含其中,从明华贸易经理部销售的十几二十种商品到开超市销售的上万种商品,那么大量的商品归类,摆放都在反反复复地调整,从头开始学习,和管理团队不停地磨合,这段时间是漫长的,但在这种漫长的煎熬和等待中,一个华章的大幕即将开启。

一切都在紧锣密鼓地筹备。福建龙岩辉业超市的连老板也非常守诚信,给章礼民提供了最及时的帮助,帮章礼民即将新开的超市培训各类人员,还安排相关岗位人员到他龙岩的超市上班实习,从收银员、业务员、大堂经理和领班等等都进行一一培训。实践证明,这个方法是很奏效的。经过一段时间的在岗实习培训,辉业超市已经帮助章礼民培养了一批可以上岗的合格员工,管理团队有了骨干,也搭起了初步的框架。章礼民看着即将成为自己新超市的第一批训练有素的员工,心情很是激动,看来万事俱备只欠东风了。

但是还有一个最关键的问题,就像初生的婴儿应该给他起个好名字一样,那么,在梅州开一家超市,也应该有一个好的名字和好的 logo 标志,让老百姓记得住叫得响。给超市起什么样的名字呢?这还真是一个不小的问题,最初,章礼民一连想了几个超市的名字都感觉不太满意,于是自己否定了。一天他在和妻子张祥华在聊天过程中,也探讨起店名的事情,后来他和妻子都觉得店名应该从客家人比较讲究喜庆祥和好兆头这方面去考虑。夫妻俩想了一堆名字，什么喜庆多、团圆乐、喜又多等。最后夫妻俩对"喜多多"这个名字是一拍即合，觉得这个名字不仅喜庆，而且也充分表达了自己开超市的经营理念，就是希望能带给消费者更多的喜乐和实惠。所以夫妻俩当即决定用"喜多多"作为新超市的名字，接下来就是找设计师设计 logo 标志。当年在江南文化路开设计店的刘先生正是设计喜多多超市 logo 标志的设计师。他的设计作品最终被章礼民选用，一直沿用至今。喜多多超市的 Logo 标志，通俗易懂，形象直观，标识展示的是一个人抱着东西的爱心图案，寓意开心购物满载而归，这个设计理念也契合了喜多多超市之后流传广泛深入人心的广告语：喜多多，为你节省每一分钱；喜多多，给你更多。

喜多多超市 logo

筹备新超市开张的那段时间，说章礼民忙得像陀螺一点也不为过。开小商店、开批发部跟开超市完全是两个概念。对于章礼民来说也是一个全新的挑战。因为超市销售的商品种类繁多，涉及很多的批发部，而这些新的批发部都是第一次打交道，全靠他去和批发部沟通，还有就是对新超市各个部门进行运营协调，当这些告一段落，章礼民又遇到一个大问题。因为开一间超市新投入的资金量比较大，需要通过贷款减轻当前资金的压力，但是他的贷款遇到了困难，当时银行对超市这个行业比较陌生，对超市的运营和生存也提出了质疑，所以他的贷款请求遭到了银行的拒绝，这样他感到有一种受挫感。

但天无绝人之路。章礼民收拾心情，及时调整思路，再次以自己的诚信开路。为了给新超市拿到更多的商品，他只身去广州深圳等地寻找产品，包括一些曾经合作过的食品厂，超市的商品琳琅满目，种类遍及老百姓的日常生活所需，为了减轻资金压力，获得各种供销商的支持，章礼民依旧是自己去找鞋袜、化妆品以及一些日用品等等的供销商，让他们以先供货的形式提供商品给自己的新超市，售完再进行结算。就这样，章礼民以自己的诚信和独特的人格魅力，赢得了很多经销商的信赖，愉快地选择和他合作。

对新超市的装修风格，章礼民也是煞费苦心的。他当时感觉客家人看重喜庆祥和兆头，整个超市主色调也选择了红黄两色，包括大门的 logo 也是选择黄底红字，看起来非常喜庆。章礼民是一个很注重细节的人，为了让新超市的各项工作顺利有序，当时他的状况就是从早到晚都扎在工地里，同时还要筹备一个办公场所，就这样没日没夜地忙活了三四个月。当时第一批招进来并经过培训的员工大概有三十多人，如今二十多年过去了，直到现在还有三四个第一批的员工仍然在岗，可谓是喜多多的"铁杆员工"。

万事俱备。这是一个值得章礼民永生铭记的日子，喜多多超市定于 2000 年 12 月 31 日开业，也就是 20 世纪的最后一天，选择这样一个日子，他还是颇有心得的，那就是辞旧迎新，告别过去，迎接新千年，迎接一个新的未来。

就像期待自己的孩子即将降生，回想自己年少时经历的苦难，创业的艰辛，奋斗的甜蜜，开新超市的兴奋和期待以及那份压力，种种况味夹杂着内心，开业的前一晚想到这些过往的一个个画面，让章礼民一宿没睡。

章礼民清楚记得，开业当天，位于梅城江南航空娱乐城一楼的喜多多超市门前，金狮起舞锣鼓喧天，人声鼎沸热闹非凡，现场充满着一派喜庆祥和热烈的气氛，章礼民身穿笔挺的西服，他的妻子张祥华也是盛装出席，身穿整齐职业装的员工在各自

第一家喜多多超市开业那天章董给员工发红包

的岗位上，面带自信的微笑时刻保持开门迎客的姿态。闻讯而来的大批市民正翘首期盼地等在大门口，他们在等待和见证一个新的历史的开启。上午九点之后，参加剪彩的嘉宾陆续赶来，有工商联的领导，有好多前来祝贺的供应商和合作伙伴，其中的一个重量级嘉宾就是时任梅江区的张琰明区长也前来祝贺并热情讲话。说起这，还有一个小插曲。区长为一个超市开张剪彩，

可谓是给足了面子。但是需要说明的是，章礼民当时并不认识区长，只知道他是石扇人，是老乡。为了给自己的新超市开张增光添彩，挣点面子，同时他也想到毕竟他是开梅州的第一家超市，是一件值得高兴庆祝的事情，于是他决定去试一把，便带着请柬去了趟区长的办公室，见了面之后，章礼民简要地向区长汇报了自己的创业经历以及开超市的初衷，并希望区长在百忙之中为新超市捧个场。区长听了之后，也许是老乡的那份感情拉近了他们之间的交谈，区长首先肯定了章礼民敢于开超市的勇气和想法，并且当即就表示没有特殊情况，一定会抽时间亲自来看看；走出区长办公室，章礼民有种如沐春风的感觉，但他心里根本没底，他不敢肯定区长会不会届时因为政务繁忙无法出席。但让他感到惊喜的是，就在离剪彩时间还差几分钟，区长大驾光临。

剪彩仪式过后，梅州历史上的第一家超市喜多多超市正式开门迎客。据章礼民回忆，超市开业的当天上午人流量其实并不算多，真正引爆梅城的是在当天晚上，晚饭过后，在电视和新闻媒体的宣传效应下，人流量才陆陆续续较多了起来，当时他把开业广告投进了梅州电视台，将一些商品优惠价和满减满送等促销信息一并宣传，开业信息第一时间也在报纸和电视上同时公布出来，这样立体的宣传收到了很好的效果，到了第二天，潮水一般的人们蜂拥而至，万人空巷，那个火爆的场景让章礼民又惊又喜，这是他没有想到的效果。

可以说，为了新超市的开张，章礼民是做足了功夫。就连当时购物赠送的礼品都是他向一个朋友购买的，因为一个偶然的信息他得知一个朋友还有一批存放已久的陶瓷工艺品，他立马想到可以当作进超市购物赠送给市民的礼品，于是立马和朋友沟通，不用清点，豪气地以一车一万元达成合作，足足运了三车物品全部摆放在超市，阵势非常抢眼。他当时定下了这样的促销方案，凡是进超市购买商品即送工艺品一个，并且工艺品任选。市民进店购买之后均满载而归，一传十成，十传百，更多市民听了纷纷前来购物，一是来看个新鲜，一睹芳容，毕竟梅州第一家超市；二是确实可以获得购物实惠。在多方发力之下，新开的喜多多超市赢得满堂彩，轰动效应持续发酵，一波一波的购物人流纷至沓来。超市门口的广告语"全心全意为老百姓，为您节省每一分钱"更是深入人心，至今仍为市民津津乐道。

之后的每一天，超市的热闹都在持续，从每天超市还没有开门，大批顾客就自觉排队等在超市门口，一直到晚上十点都陆续有很多市民进店购物，成了当时梅城一道亮丽的风景线。喜多多超市作为梅城的第一间超市，引进了全新的购物理念和购物方式。之前是市民进商店购物，一般货物货架跟市民之间是隔开，市民要买的货物都是由店员帮忙取货再进行结算。超市的购物模式就是整个超市的货物商品跟市民是零距离的。市民在专门的通道进入超市之后，根据自己的购物需求，需要的物品任意从货架上拿起放进购物车，然后推着购物车到收银台结账。这种休闲购物逛超市的模式，给梅州的市民带来了全新的体验，一开始章礼民还有些担心市民是否适应这种购物方式，但事实证明梅州市民接受新事物新理念是相当快的，从每天逐渐增加的人流和成倍增长的销售量就可以得出一个初步的结论，喜多多超市成功了。

市民在喜多多超市购物时的热闹场景

　　喜多多超市这种进店"商品随意拿"的购物新体验，在梅城当时也为人们茶余饭后所津津乐道。但是这种购物新方式也让极少数小心眼的市民钻了"顺手牵羊"的空子，因为超市里人很多，货架前更是站满了人。一些人趁店员不注意，拿了商品不付钱就直接从出口溜走了，因为当时超市内的监控设备还没有完善，员工人手有限，一时半会也注意不到这种偷盗行为，在开业初期也造成了一笔不小的损失，之后在完善了监控设备和人员管理之后，这种情况就极少发生了。在喜多多超市开业几个月后，人流量和销售量仍非常稳定。章礼民内心感到很欣慰，他感到自己这把"赌赢了"，同时他也深深感受到了广大市民对喜多多超市的认可，从原来小商店和批发生意服务的是小众市民，到现在开大超市服务的是广大市民，肩上的压力和责任陡然增加，让章礼民感受到一种前所未有的使命感和服务感，为了保证自己超市所有销售的商品都是合格达标的商品，在超市进入正常运作之后，他又马不停蹄开始到深圳广州和北京等地，寻找新的商品货源，特别采购了更适合梅州市民消费需求的各类商品，大大丰富和活跃了梅州的消费市场。

演绎"一城接一城"

第一家喜多多超市大获全胜之后，更加激发了章礼民的创业斗志，在他的脑海中也渐渐萌生了把喜多多超市打造成商业连锁店的模式。在 2001 年的时候，他又乘胜追击在梅城江北东门塘闹市区地段开了第二家喜多多超市，第三家是在彬芳大道，第四家在马石下……频率基本上是每年一家，有一年是连续开了两家。因为货源也比较足了，管理模式也相对固定了，运营方式也更趋成熟了，在不断采货和不断总结经验的过程中开拓市场，所以后面开

喜多多超市客都分店

分店的时候就相对要顺利很多，也通过一些途径得到了贷款的资格，之前的难题均迎刃而解。

　　时间来到 2003 年，到了喜多多超市开第五家店时，当时选址在五洲城。这里还有一个让章礼民印象很深的插曲。当时时任梅江区委书记黄开龙特意打电话给章礼民，因为当时的江北五洲城，有家五洲城商场由于经营不善停业了，导致整条街一到晚上都黑漆漆的没有点人气，因为喜多多超市的成功也引起了当时政府领导的重视。黄书记希望他可以把原来的五洲城商场重新打造成新的喜多多超市，把那个地域盘活起来人气带旺起来。黄书记在电话中还真诚地表示，如果章礼民有诚意有胆魄开新超市，他可以出面与原五洲城商场叶老板沟通，把遗留下来的商场货架和一些设施都留给他，也会让叶老板给一个最优惠的价位出租给他。当时叶老板获悉章礼民想利用五洲城商场开新超市时，也表示支持，所以这事就谈拢了，没想到的是，新超市开张那天刚好碰上了"非典"疫情，虽然前来道贺的领导和嘉宾少了很多，但是超市仍然取得了成功，之后的人气依然达到了预期。

　　之后，梅州兴起的"喜多多"现象，也引起了众多商业界的人士的关注。从 2000 年年底开第一间喜多多超市之后，喜多多超市几乎以每年一间新超市的频率处于高速发展状态中，而喜多多超市的选址也颇为考究，从城市延伸到各县再延伸到乡镇，一个商业王国的迅速崛起，成为梅州商圈的一个新的风向标。喜多多超市开到第六家连锁的时候，章礼民就把目光延伸到了县城。因为他非常清楚，当时城区已经有五家喜多多超市，不能再长期过度发展，这样城区势必处在饱和状态；而当时的县城还处在一个真空的状态，是一个非常大的市场，因为超市的经营目的就是面向广大的老百姓，所以把超市下沉到县城，他认为是一个最好的时机。章礼民把喜多多超市第一间延伸到县城的店是蕉岭店，后来陆陆续续在大埔、五华、丰顺等地也开了多家连锁店，至今，喜多多超市市场占领了梅州各县（市）区和主要的乡镇。比如选择在梅县区的松口开的喜多多超市的连锁店，最主要的原因是松口是千年古镇，文化底蕴很丰厚，居民消费能力也不错，所以在找到合适店面可租的时候他就马上将喜多多入驻松口镇，而这一惠民举措，也赢得了当地广大群众的好评，让喜多多超市的口碑得到空前的高涨。最多的时候，喜多多超市在全市拥有 40 多家分店，员工也从最初的三四十名发展到现在的上千名。之后，随着其他的商业模式商业超市的兴起，喜多多超市也面临着更多的压力和竞争，但章礼民心里非常清楚，要在市场上立于不败之地，就必须坚持自己诚信为本惠民便民的经营宗旨，这几年梅州曾经风风光光兴起的多家大型商超均因为经营不善而关门歇业，而喜多多超市仍然成为梅州一道亮丽的风景线，遍布梅州各个角落，这不能不说是一个商业奇迹。由于章礼民在商圈具有极高的人气和人格魅力，一些倒闭的商超在歇业之前，甚至主动找到他请求他收购。

这几年为了让喜多多超市更良性地发展，章礼民采用了更为现代的企业管理制度来运营自己的商超，随着城市化进程的加快，他首先把超市的数量压缩到三十多间，进行优化整合，同时，引进更为智能的管理系统，采取了一人多岗的策略，减少人力

喜多多超市鸿都分店

成本。同时也讲究劳动力质量，在上海引进了一种叫"流程再造"的人员管理模式，与国际化接轨，和澳洲美国的超市营业模式非常相似，员工也能适应这种营业方式，市民能体会到更多的购物乐趣，有更多的商品可供选择，特别是以前难得一见的进口商品，现在在喜多多的超市里都有专门的区域售卖。各种进口商品，价格实惠，质量保证，大大方便了广大消费者，喜多多超市的口碑继续在市民中得以延续和传承，升级了喜多多超市的文化与品牌，注册推出了全新的形象店"Super duo"，也印证了喜多多超市这几年与时俱进的广告语：喜多多，给你更多。

章礼民深知风物长宜放眼量。2008年，他一鼓作气成立了喜多多集团，让商业资本得到更好的整合。他的眼光长远还放在对自己接班人的培养上，其中大儿子章航在二十多岁的时候他就放手让他接管，成为集团总经理，这

让很多业内人士佩服章礼民的胆魄。他之所以就这么放心放手，是因为两个小孩在上学的时候，他就有意识地让他们学习管理方面的知识，大学毕业后就让章航到深圳华强北的国美公司实习，然后又去了珠海培训，后来回来就让他先到喜多多其中的一个

喜多多超市的升级版 Supper. duo

超市当店长等，让他从最基层开始做起，了解整个超市的运营模式。章礼民对自己的严格同样也表现在对自己的两个儿子身上，他很注重对他们的培养，2011年章航做了集团总经理，小儿子章德负责原明华贸易公司的管理经营，等于是分开两条线，一人管经营，一人管物流，互相合作，互相配合。他们兄弟俩分工合作，形成一体化，像是一个输血过程，章航负责前沿，章德在后面输送。实践证明，章礼民的决策是非常正确的。兄弟俩没有辜负父母的期望，这个接力棒接得很好。如今的喜多多集团在他们兄弟俩的苦心经营下，发展得红红火火！如此优良的家风和家教从何而来，这里先打住，后面再谈。

这里，让我们再来重新梳理一遍，喜多多超市从无到有，从小到大，一步步稳健发展成连锁有限公司，再到构筑喜多多集团的整个简要历程。

梅州市喜多多超市成立于2000年12月，是由成立于1995年9月的明华贸易经理部发展的。喜多多超市适应发展趋势，于2001年9月成立梅州市喜多多超市连锁有限公司，公司下设：配送中心、经理部、食品厂。拥有江南总店、东门塘分店、彬芳分店、梅石分店、华侨城分店、五洲城分店共6家大中型营销网点，经营面积达6000多平方米。公司实行现代化网络管理，本着"全心全意为百姓，为您节省每一分钱"的服务宗旨，坚持"以人为本，搞好管理；以情动人，服务为先；以质取信，赢得顾客；以廉为主，扩大销售"的经营理念，创一流的服务，以超前的商品摆设，齐全的商品种类，舒

适的购物环境，成为市民休闲购物的好去处。

喜多多超市于 2000 年 12 月 31 日在江南中心区嘉应东路设立"江南总店"，经营面积 500 多平方米。于 2001 年 9 月 2 日在江北中心区东门塘设立第二分店"东门塘分店"，经营面积 1200 多平方米。于 2002 年 2 月 2 日在江南商业中心区彬芳大道设立第三分店"彬芳分店"，目前经营面积达 800 平方米，2003 年将它扩展到 1800 多平方米，为顾客提供更舒适的购物环境。

喜多多超市在蕉岭县开业时的火爆场景

公司于 2002 年 11 月 8 日在江北梅石路商业广场设立第四分店"梅石分店"，经营面积 600 平方米。于 2002 年 12 月 31 日在华侨城宪梓大道设立第五分店"华侨城分店"，经营面积 1400 平方米。于 2003 年 4 月 26 日在江北五洲路设立第六分店"五洲城分店"，经营面积 1600 平方米。

配送中心位于环市北路原铝材厂内，拥有梅州市及邻省、江西、福建 600 多个网络客户，7 部各种型号的配送车，6000 多平方米的大型仓库，配送能力在梅州市名列前茅。食品厂生产的 ABC 系列面包及喜多多系列面包，销往梅州多个县区，其良好口感受到顾客的欢迎。

公司自成立以来，始终坚持诚信经营，被梅州市消费者委员会授予"诚信单位"称号；被梅江区人民政府授予"重合同守信用企业"称号；被梅江区团委授予"青年文明号"称号；被梅州市工商行政管理局授予"文明经营户"等荣誉称号，群众消费放心满意。公司审时度势，发扬"与时俱进，开拓创新"的精神，在"诚信"经营宗旨下，越办越好，积极打造出"喜多多"这一梅州的知名品牌。

喜多多超市拥有近10万种商品

《喜多多报》喜相随

有句管理名言说得好：没有文化的企业，也许可以成长；但没有文化的企业，不可能持续不断地成长。随着喜多多集团的成长，喜多多超市则像一朵朵花绽放梅州各地，企业员工迅速增加，企业管理模式迅速放大，企业的体量也从最初的一只小船变成一艘商业巨轮。而这个时候，企业文化的形成和张力，则必须凸显出来，成为企业的航标和方向。那么，喜多多文化的支

《喜多多报》创刊号

撑点应该放在哪里？这个点可以不用很大，但却可以生动地彰显企业的特性和文化特征。于是，他想到了办一份企业内部报纸，作为企业文化的突破口，这份报纸不仅可以沟通内外，还可以把员工的凝聚力发挥出来。从萌发这样的念头到形成创办报纸的整个思路。章礼民说干就干，马上从员工队伍中选了几位文化素质较高，写作水平较好的骨干组成这份企业报最初的班底，在学生时代就非常喜欢文艺的他，要创办自己企业的一份报纸了，那种感觉又好像回到了当年的校园生活。这一次他不想谦虚，亲自担任报纸的总编，对于报纸的名称很直接也很直观，就命名为《喜多多报》。

2003 年 7 月 10 日，《喜多多报》创刊号正式出版。章礼民感言，这就像自己另外一个新生的孩子降生，同样带给自己喜悦和欢乐。有个值得注意的现象就是，在 2003 年的梅州商界，创办企业报纸的商业机构可谓是凤毛麟角。我们知道，做一件事情不难，但是要选择长时间地坚持做好一件事情就是难能可贵的。要知道，《喜多多报》从 2003 年创办至今天的 2021 年，已经走过了整整 18 年，仍然在坚持一个月出版一期，从未间断，这不能不说是恒心换来的奇迹。

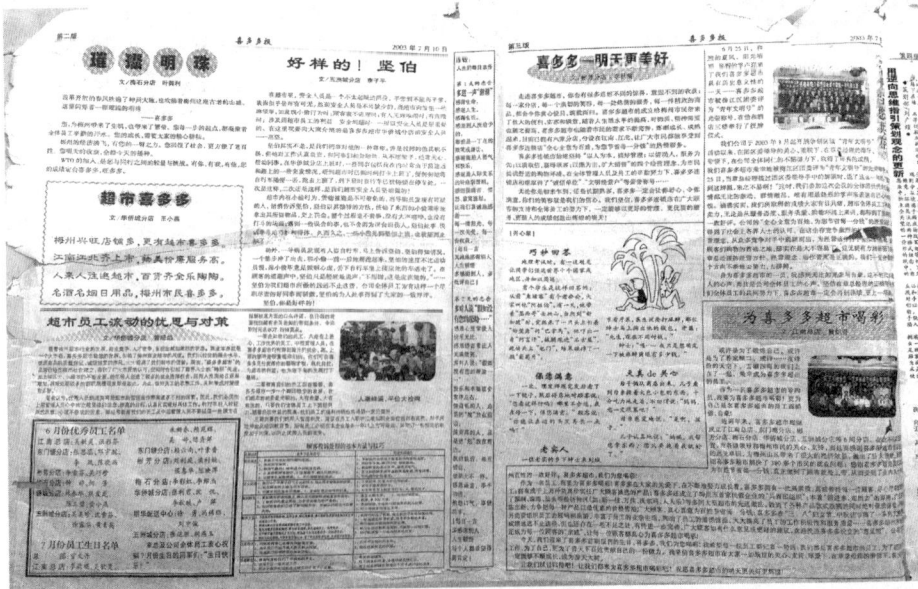

《喜多多报》创刊号

章礼民真的是一个有心人。《喜多多报》从创刊号出版以来，他每一期的稿件在出版之前都会认真审阅，每一期出版的报纸，他都会悉心收藏几份，至今走过 18 年芳草之路的《喜多多报》已经出版了两百多期，总发行份数超过百万，喜多多带给市民的文化影响，伴随着消费者的购物喜悦一样深入人心，恒久和悠远。

2021 年的早春，记者在章礼民家的书房，看到了他收藏整套的《喜多多报》，不缺一期。这些散发着企业文化芳香和书卷气息的报纸，让记者仍然感受到一股清新的气息。在一大沓的《喜多多报》中，前面几期的报纸一开始还是黑白印刷的，特别是第一期的创刊号，估计现在存世也就章礼民手中一份。也许翻阅的次数多了，创刊号周围还被他细心地用透明胶纸粘贴保护起来，这个微小的细节可以看得出，他把这样一份报纸看成了自己人生的历程和见证。

记者细细地翻阅了《喜多多报》的创刊号，四开四版，黑白印刷，头版头条配发的"风雨兼程共同成长"的编前话。而章礼民还亲自为创刊号题写了手写稿的几句话：架设心灵的桥梁，鼓舞员工的士气，沟通管理的艺术，为企业创增效益，祝《喜多多报》首办成功。字里行间，就像一个家长，殷殷叮咛自己的孩子，充满亲切和鼓励，这几句话也道出了《喜多多报》创办的宗旨和方向。创刊号里，头版在显要的位置以图文并茂的形式，刊发了喜多多超市连锁有限公司发展的简要历程和各个分店开业的盛况，这些图片已经弥足珍贵。其他版面的内容大部分刊发的是喜多多员工个人撰写的心得文章，有从业的体会，有做管理人员的感想等，题材有散文，随笔和古体等，这些员工的文章不敢说专业老练，但文字质朴自然，充满一个企业的活力。创刊号二版左下角那些内容让记者倍感暖心，因为那个不大的角落里，刊登的是当月的优秀员工的名单，细致到哪个班组，另外一块内容刊登的是当月生日的员工名单，可以想象的是 18 年前，手机和互联网并不像今天那么发达，纸媒还处在一个春天。这些充满人性关怀的文字，会引起多少人的关注？又会勾起多少员工内心的感动。难得的是 18 年来，《喜多多报》一直能够坚持把这两块内容作为报纸的固定内容予以刊登，从未间断，而这种随风潜入夜的文化，也是最有生命力的文化。

为了更好地了解《喜多多报》，记者提出借阅章礼民收藏的整套报纸，当他把这些报纸交到记者手上时，还笑着叮嘱记者一定要替他保管好这些"宝贝"，特别是创办初期的报纸，估计存世也仅有一张，所以特别珍贵。也可以看出他对这份报纸所倾注的内心情感是非常深厚的。记者把报纸带回家后，花了近一个星期的晚上，细细地翻阅着这一张张展现喜多多发展历史的报纸，一张张图片，一则则新闻，一篇篇文章，见证着喜多多一路走来的美好映象，两百多期的报纸感觉就像喜多多的掌舵人章礼民带领喜多多人在发展和探索中烙下的一个个深深浅浅的脚印，是那么用心是那么用情。记者深思许久，梳理了一下，有个摆在记者面前的问题就是，一份企业的内部报纸为什么能够在信息时代高速发展的今天，自办发行 18 年，仍然还在坚定前行，依然还有他的生机和活力。这大概与下面的几个要素有关。

员工之家。说《喜多多报》是一个喜多多的员工之家一点也不为过。报纸坚持 18 年都用同样的四开四版的规格，从一开始的黑白印刷到后来的铜版纸彩色印刷，版式设计也越来越精，有一个值得注意的，是报纸一共四个版的内容，每一期几乎都有两个半版的内容是员工的投稿，而这些投稿的文章既有抒发对生活的感悟也有许多的工作心得。一些管理层的员工还写了不少交流有关超市管理规范的工作文章，供员工之间交流和学习，比如非常接地气的文章《主管如何与员工相处》《导购员，如何让顾客对你产生信任》《笑脸是沟通人际关系的法宝》等等，像这些完全由各个岗位的员工书写的心得文章，文字朴实，简洁明了，如一碗碗"心灵鸡汤"给了员工展示自我的平台和沟通心灵的机会，增加了员工之间的了解，营造出企业员工善于学习，善于交流的良好氛围。

说到企业文化氛围，这是章礼民非常看重的，在 2005 年以前，凡是员工过生日，每个月都会为他们举办生日派对活动，把每个月的 15 号都定为生日晚会，由人力资源部负责筹划，在酒店吃蛋糕唱唱歌，玩到高兴时，员工还会邀请他上台表演节目、跳舞之类的，大家都很开心。只要没有特殊情况，基本上每月的生日晚会他都会抽空亲自参加，和员工之间构建起亲密无间的关系。现在随着员工数量的增加，没办法为每个人都举办生日活动，就改成了每位员工都在生日当天可以领取一个由公司送出的生日蛋糕，这种特别的

"福利"也一直坚持到现在，成为企业的优良传统，逢年过节也会给每位员工送上礼物，比如中秋会送月饼，端午节送粽子，元宵节送汤圆等，过年会发旺旺礼包之类的价值一两百块的年货等等，礼轻情意重，员工们都很高兴，因为员工数量有 1000 多人，每年花在员工福利上的开支至少上百万元。除此之外年终还有奖金，还有对优秀员工的另外奖励，同时员工也有一些参加培训和外出学习的机会，主要是学习对口的管理为主。经理级及以上的员工和每年的优秀员工每年都会有免费旅游的机会，国外游和国内游都有过，作为公司老板的他也带这些优秀员工出去旅游过，这些美好的记忆都在《喜多多报》上有记录。

章礼民认为，优秀的员工是企业发展的宝贵财富，每一位员工都可以从普通到优秀，关键就是企业给他们提供一个适合他们发展成长的环境和平台。他说：公司对那些相对固定不流动的员工是有五险一金的，零售业的员工流动性是相对较频繁的，但是喜多多关心员工激励员工这一块做得比较好，所以员工目前还是够的，也越来越多固定稳定下来的员工，也有很多从二三十岁就跟着他做到现在四五十岁的老员工，他们退休了以后会有社保，我们没有强制要求他们到一定年纪就要离职。现在章航接管以后，管理理念或许会不同，唯有就是让这些年纪较大的员工去不断地学习，学习新思想和新的管理方式。我也不会轻易炒掉员工，除非是过分或者违反规定的会要求离职以外，其他犯点小错误是可以原谅的。留下的这么多老员工是企业的财富，有时候听到一些老员工离职的时候我的内心甚至会舍不得，和我一起打拼这么多年了，有一份情谊在那。每年我们都会对那些家庭条件较为困难的员工发放一些慰问金，金额在三千到五千，钱虽然不多，但却是企业的心意。对于伤病的员工也会登门慰问送去关怀，有时候我私人出钱，也有时候是企业出钱。说到这一点，喜多多人力资源部部长潘加永更是深有体会。她介绍说：章总对企业员工的关心，可谓是润物细无声，无时无刻不在。

当员工遇到重大疾病时，我们企业会第一时间先在内部发起集资捐款，有一次一个工作二十多年的员工，他七八岁的儿子得了白血病，他非常无助也不知所措，章总二话不说私人就拿了两万块给他，让他带孩子去北京一个看白血病很专业的医院看病，那个医院有比较充分的骨髓配对资源，后来他就带孩子去了，但是当时他也非常矛盾，因为治疗的所需费用将又是一笔巨资，但是章总一直鼓励他去试试，后来配对成功了，后来小孩治疗非常顺利，现在都准备结婚了。

再比如，2010年公司有一个女孩叫罗燕琼，当时她是人事部的一名普通职员，刚结婚不久便不幸得了红斑狼疮症，当时情况非常危急。后来章总得知这个消息后非常揪心，也非常关心重视这件事。我们那时候在企业内部发动员工集资捐款，除此之外章总还向红十字会请求帮助，还找到了一些相关领导负责人寻求帮助，后来企业以及社会上的援助机构加起来为罗燕琼总共集资捐款了20多万，后来经过治疗她成功战胜了病魔，现在她还在我们公司上班，整个人痊愈的状态和以前早已大不相同，这是个爱心奇迹。后来，记者利用采访机会在喜多多人力资源部见到了早已身体康复出来上班的罗燕琼，说起当年企业和章总为她筹款治病的事情，她眼眶泛红，动情地说：她很感恩喜多多，感恩章总，这是一个温暖的大家庭，她有今天这一切是公司和老板给予的。她一定会好好工作，珍惜公司给予她一切的机会，用勤勤恳恳地工作回报公司回报老板。关于上述这些事件，《喜多多报》都有温馨的记录，虽然文字不多，但每一次翻阅和想起，都是温暖的画面。

沟通桥梁。说《喜多多报》是一座搭建在老板和员工之间，员工和消费者之间的一座心灵之桥是很贴切的。通过翻阅记者发现，从报纸第二期起在头版的下方都刊载了一句励志的格言，有谈人生有谈理想，有谈管理有谈读书，有谈为人处世，后来知道，每期的一句格言是总编章礼民要求设置的，其实从某个意义上说，这是老板每期送给员工的一句话。这些励志的名言读之确实有一种醍醐灌顶的感觉。比如："条条大道通罗马，不要局限在自定的一条理想的胡同里面走不出来。""开始就坚持名实相符的信任，等于是自己储备了庞大的资金。""教育和引导员工，让员工欢迎变革，乐于变革，勇于变革。""光说不干，事事落空；又说又干，马到成功。""根据顾客的消费心理不同，对产品进行不断地细分和扩展，以满足不同的要求。创业要有眼光和创新意识，凡事敢为人先。""当一个人用工作去迎接光明，光明很快就会照耀着他"……像这样的励志格言每一期的《喜多多报》都刊载四条，员工看了会有心灵的启发，读者看了也会如沐春风，粗略计算下来，《喜多多报》

创刊以来，刊发了近千条这样的励志格言，无声胜有声，温暖伴随着员工，关爱送给了消费者。

如果说这些温暖的话是一种无声的感动，那么《喜多多报》长期开设的"总经理信箱"就是一个看得见摸得着的感动。这个"总经理信箱"栏目也是在章礼民的建议之下开设的。他认为，偏听则暗，兼听则明，作为一个企业的老板不应该把自己摆得高高在上，而应该以弯腰的姿态倾听来自基层员工的声音，了解他们的真实想法，解答他们的实际困难，这样也可以为企业减少很多看不见的负面因素，让企业得到更和谐的发展，实践证明，这是老板章礼民的高招。

"总经理信箱"解答的都是来自员工直接发给老板的邮件，长期刊登在头版的显眼位置。如"总经理信箱"中的其中一个解答是这样的：尊敬的章总您好，我是精品区的一个新员工，请问有顾客带小孩进超市购物，小孩损坏超市的易碎商品，商品赔偿责任应由谁负责？答复：双方都有责任，超市应该保障易碎商品的摆设安全，货柜牢固，有文字提示易碎商品不能触摸，大人有责任看好小孩，不乱动易碎商品。这样的一问一答简单明了，很有指导意义。

还有的员工在总经理信箱中提的问题非常犀利，而总经理的回答也是非常的直截了当。问题是：尊敬的章总您好，我从 2003 年入职公司以来，多次参加公司内部竞岗领班，但每次都落选，我想问是不是一定要有"后台"才能当选管理人员？答复：公司一直实行"能者上，庸者下，择优录取"的竞岗原则，全体员工一视同仁，不存在该员工所提的要有"后台"才能当选管理人员的说法。当选管理人员，除了应遵守公司的规章制度，具有敬业爱岗的精神外，还应该具备最基本的四个条件，一具有良好的口才；二具有一定的文字组织能力；三熟悉卖场业务，具备一定的业务水平和管理能力；四是服从公司安排。

记录历史。已经出版两百多期的《喜多多报》，其实就是一段喜多多公司浓缩的发展历史。报纸不仅记载了喜多多企业从小到大，从少到多，从弱到强的过程，记载了喜多多每间分店的开业盛况，记载了企业获得的每一个荣誉，记载了企业员工开展的每一项公益活动和文化活动。特别需要说明的是，

《喜多多报》虽然是企业的内刊，但它真实记录了企业成长过程当中所经历的大事件。比如在总第49期（2007年7月10日）出版的那期报纸的头版就记载了《喜多多超市成立党支部》的重大新闻，在当时也是梅州较早成立党支部的非公有制企业，以党建引领企业的发展，这是企业先进性的表现。比如在总第41期（2006年11月18日出版）的《喜多多报》头版的大半版位置，刊登了《积极参与山洽会馆建设，为展馆提供场地》的重要新闻事件。而这一重要的事件却和喜多多企业如此紧密地联系在一起。

让我们把镜头回放。广东省第四届"山洽会"于2006年11月16日在梅州市国际商业发展中心隆重召开。这次"山洽会"在梅召开，是省委、省政府对梅州人民的极大关怀，是对梅州经济发展的极大支持。也是梅州有史以来规格最高、规模最大、影响最广的一次经贸洽谈会。

为配合"山洽会"的顺利召开，作为东道主，作为梅州的一员，喜多多公司顾全大局，体现了企业的担当有为，把位于嘉应西路国商中心二楼、三楼物业及其相应配套设施全部提供给市政府作为"山洽会"展馆使用。从"山洽会"展馆装修、卫生清洁、环境布置等，公司投入了大量的人力、物力、财力，得到了省、市领导的高度赞誉。正如章礼民在会后真诚地讲道："为山洽会展馆提供场所，我们不求名不求利，只为山洽会圆满成功贡献自己的一份力。"

时光荏苒，岁月如梭。章礼民和他的公司以及团队为山洽会所做的所付出的所牺牲的利益，以及在事后所面临的一些困局，可谓有喜、有惊、有险，经历的故事非一般的精彩，这里先打住，在后面我们会慢慢道来。

所以说，在静静地翻阅这一张张《喜多多报》的同时，总会勾起章礼民对走过的每一段路的回望以及思考。那些点点滴滴的感动和片段，都是化作日后他砥砺前行的信念和动力。18岁的《喜多多报》，如今她还很青春，如同少女般的年华，如一朵花盛开在岁月静好里。

企业文化人为本

潘加永是喜多多的人力资源负责人，2004 年入职，关于喜多多的企业文化，她是深有感触深有体会，她介绍说："章董在企业管理上最注重的有两点，对外就是要求供应商的货款必须准时支付，对内来说就是员工的工资要准时发放，这两点是关乎企业的声誉品牌和诚信的。对于普通员工来说，钱多钱少是一回事，工资能不能准时到账又是另一回事，一直以来我们公司都

喜多多一年一届的春酒会

是坚持在每月的 15 号之前就将所有员工的工资准时发放完毕，遇到节假日的时候只会提前发从不推后，工资发放是否准时会很大程度影响到员工的积极性和忠诚度，这些就是老板倡导的文化理念，实质上也是诚信企业的一个基本操守。"

据了解，喜多多企业给员工的除了工资以外，还有多种的福利和激励机制。潘加永继续介绍说，起初基层员工激励奖有春游和秋游活动，比如组织优秀员工去雁南飞等等附近的景点游玩，管理人员和负责人之类的则是到全国各地去旅行，比如说北京、香港和上海等地，就我来说，我也去过北京、香港和海南岛。除此之外，公司也有为员工举办生日会，特地租一些大场地给员工在生日会上联谊联欢，唱歌、聚餐和玩游戏等等，章董没有特殊情况也会亲自参与其中，这些活动一般都是我负责策划实行的。到现在随着喜多多的员工数量不断增加，从最初一个月内生日的二十几人剧增到了七八十人，生日会的规模太大了，难以保证员工晚归的安全等，出于多方面的考虑，我们公司就不再像以前的那种生日会形式去组织大家一同庆祝了，老板说虽然没有每月聚在一起的生日会，但是关怀还是必须到位的，就改成了为员工们送生日蛋糕和生日卡券等作为生日礼物。

"以前举办生日晚会的时候，老板亲自参加，与员工们同乐，一起玩游戏唱歌，和他们一起切蛋糕，一点架子都没有。因为老板是白手起家，所以他

也非常能体恤这些基层员工，和员工之间的关系也是非常和谐的，氛围非常温馨亲切，其实这也是一个加强员工凝聚力最好的方式。除了生日会这个与大家交流聚会的机会，平时老板也会经常叫一些员工或是管理人员来谈心交流，了解他们内心的想法和需求，给予员工无微不至的关心。"潘加永说。

说到章礼民在对员工关怀和热心公益事业方面的事情，潘加永认为，自己的老板和公司做得都是非常有人性化的，如前面讲到的女员工罗艳群，正是在老板和企业同事们的帮助下，在她患红斑狼疮重病的情况下，因为大家的大爱使她救治及时，基本治愈，现仍在公司上班。还有许多家庭贫困的员工，老板都给予了一定的帮助，比如说给贫困员工家庭的孩子发助学金，甚至是员工的配偶患病老板都会关心到位，给他们送去慰问金甚至是亲自前去慰问。据不完全统计，从公司成立到现在用来关心员工的慰问金，加上给汶川地震、老人院等等的捐款，捐资金额已经上百万了。

章礼民深深知道企业管理必须以人为本的道理，正如企业的"企"字的意蕴，如果去掉上面那个"人"字，那企业的发展也就停止了。特别对于人才梯队建设方面，他是非常重视的，以前就连基层的领班和以上的管理人员

在社会公益面前，总有喜多多的身影

进入公司，他都要亲自面试，之前的喜多多一年开几家新店，所以员工们的晋升空间是相当大的，首先是员工要拥有积极工作的内生动力，毕竟晋升后压力和所需要处理的事务也是相应增加的，只要员工表现好，英雄不问出处，是很快会有发展的机会和上升空间的。

对于员工的业务培训和学习，章礼民同样是作为一项重要的企业管理文化去落实的。他曾多次带员工们出去外面学习，包括向同行学习，比如说大润发这样的大型商超，也曾带优秀员工到汕头等地去学习，虽然是一天两天，但是外出总会见识到不一样的东西，学习到一些先进的理念等，这种员工外出学习的机会每年都有，很受员工欢迎。除了外出学习之外，章礼民还会请一些专业人士来到公司对员工进行一系列业务培训，比如请北京等地专家过来给员工们上课。

说到现在喜多多的新掌门人章航，潘加永也深有体会，她认为："对于老板把企业交给儿子章航接管这一决定，我认为作为企业家是需要"敢"字当头的，这个我是赞成的，老板虽然放手了，但是喜多多的整套管理班子是基

"我与喜多多的故事"征文颁奖活动

本上没有什么大变化而且是相对比较成熟的，所以老板放手放得安心和放心。章航总作为年轻人，处理方式难免有时也会相对激进一些，也有做错的时候，但是老板认为这是吃一堑长一智，也是成为一个优秀企业家的必经之路。这些年，市场上的新理念很多，我们员工和老总相互之间也在不断磨合中成长，就目前这种市场形势来看，我们也见证了梅城许多曾经的竞争对手先后退出市场或者坚持不下去的情况，喜多多经历了这二十年的持续发展，依旧焕发着企业活力。"

章礼民对企业人才的重视也可见一斑。潘加永回忆说：2000年左右，老板就肯花"高薪"聘请普通员工的这一举措，我认为是非常关键的，当时梅州的企业月平均工资是200元左右，但是老板在招人时就放话，市面上的工资是200元的话，那么来喜多多的工资就定在300元，所以当时大家来喜多多应聘，每次场面都是像"选美"一样（记者也不禁逗笑了），大家都想去争取这份高质量的工作，因此那时公司吸引了很多优秀员工，这一部分人有些成为后来的管理者。

当问到章礼明作为老板给你最深的印象是什么时，潘加永的回答代表了很多员工的心声，她说：我印象最深的方面，我认为是老板的可信任度非常高，无论是他对合作伙伴还是对我们这些员工，都是非常信守承诺的，他在没有接触了解一个人之前，也许会进行摸底和考验的，一旦获得了老板的信任，他就会很放心地把一些事情交给你去完成，就是100%的信任。我在喜多多组织策划了比较多的活动，也不乏一些大型活动，除了生日会之外还有个更大型的活动叫"春酒会"，是类似于企业春晚的聚会，出席宴席人多时有一百多桌的规模，由全体员工接近两千人左右参与并且由员工们自编自演自导完成整场晚会，除了歌舞表演之外还有对企业优秀员工的表彰大会环节，还有互动性很强的抽奖环节等等，老板会发表这一年来的工作总结和心得，同时也会和大家一起展望一下未来，有个令我印象深刻的就是老板在有一年春酒会上说："如果明年的这个时候业绩达到预定目标值的话，我就在宴会上跳草裙舞。"后来这个业绩真的达到了，老板也信守承诺，穿着草裙戴着花环在舞台上跳起了舞，场面轰动，现场成了欢乐的海洋……

"春酒会"一般是在三八妇女节前后举行，是因为我们企业的女员工占到了员工总数的八成，老板为了照顾女员工们而选择了这个时间段，也是一种节日的问候，非常贴心。老板每年都会给"春酒会"换名称，但是总体来说都是一场联欢酒会，也是一场表彰大会，春酒会也已经举办了十几届了，每年的这个盛会都会成为员工心中特别的福利，十分让人企盼和期待。另外，每逢传统节日，公司都会给员工发礼物，中秋发月饼，元宵发汤圆，端午发粽子等等，夏天到了还会给员工们发凉茶，都是一人一份，全体员工都有，老板给员工的人文关怀无处不在，这也是喜多多能留住很多老员工的一个很重要的原因。

成立喜多多党支部

　　章礼民从学生时代就会吟唱一首首歌颂党的歌曲，如《唱支山歌给党听》《没有共产党就没有新中国》等等，让他在成长的历程中，认识了历经风雨磨难的祖国在伟大英明正确的中国共产党领导下，自力更生，艰苦创业，多难兴邦，带领中国人民从站起来到富起来再到强起来。在他 20 多年的创业生涯中，也深深感受到了我们党的改革开放的好政策带来的好机遇，让他在时代大潮中有了自己不断壮大的喜多多企业，也带给更多的老百姓喜多多。

　　为此，章礼民深有体会，作为个人的成长，虽然他是个无党派人士，但他内心非常感恩党的光辉，而作为一个企业，更不能缺少党建工作的引领，基于这些综合考虑，他在 2007 年的 8 月向上级党组织申请成立喜多多党支部并获批准，也成为梅江区当时为数不多的民营企业成立党支部的企业，代表了企业的先进性。作为在企业成立党支部的目的，他认为这是一件关于企业能否走得更远的战略问题，作为企业家也必须按照时代要求去做，跟着国家的脚步走，虽然是经商，但企业也承担着社会的责任。

　　当时的支部书记就是公司的蔡伟军副总，现在支部书记就是他的大儿媳叶青青。他记得很清楚，当时党支部在企业成立的时候还举行了一个简朴庄重的挂牌仪式，挂牌仪式当天，梅江区党委还相当重视，特别安排时任梅江区常委李庆明同志前往参加喜多多党支部的揭牌仪式，李庆明充分肯定了喜多多企业体现的先进性，在梅江区当时是最早一批成立党支部的民营企业，党支部首批 20 多名党员，党建工作也完全按照组织建设标准来执行和贯彻落实。如今，从 2007 年到现在已经有十几年了，党员也发展到了 30 多个人，党支部还多次被评为市和区先进基层党组织。在 2021 年中国共产党成立百年华诞之际，喜多多党支部更是传来喜讯，党支部被评为"梅州市先进基层党组织"，而支部书记叶青青则被评为"梅州市优秀共产党员"，可谓建党百年，企业双喜临门。2021 年 7 月中旬，还是在章礼民的阳光房，记者采访了他的大儿媳，喜多多党支部书记叶青青。

　　叶青青确实是一个很知性很有内涵的女性，谈吐得体，气质优雅的她留给记者的第一印象。她和章航（章礼民的大儿子，现在喜多多的总经理）是东山中学的高中同学，他们的恋情开始于大学时代，章航大学本科毕业后，在深圳和珠海的国美电器公司工作，而叶青青则考上了研究生，为了等待这份恋情的开花结果，章航选择了等待心上人，他在珠海，她在北京，鸿雁传书情更深。叶青青研究生毕业后，在父母的感召下，2011 年初他们携手回到梅州，这时他们的爱情也瓜熟蒂落，一对有情人终成眷属，随后小夫妻俩正式入职喜多多，当时，作为父亲的章礼民把这对新人叫到自己的面前，语重心长地对他们说：喜多多的接力棒就交给你们了。一对新人郑重地点了点头，

企业在党建的引领下更有作为

这是一份嘱托也是一份沉甸甸的信任。一对新人憧憬着事业的未来，同时也感受到肩上的重担。章航随后开始接手企业总经理的工作，叶青青因为在高中时代是班长，更因为品学兼优被吸收为中共党员，并参与了学校很多的党务工作。所以她入职喜多多后，支部大会重新进行了换届选举，选举她为支部书记，至今已担任 10 年。她在公司的行政职务，先是担任人力资源部经理，后来又调到财务部担任财务总监，现担任采购总监。

在和叶青青的交流中，她谈到，企业党支部的上级党组织属于江南办事处党委，从党建工作的角度来说，起初企业的党组织在当时的重视程度其实还是不够的。进入新时代，随着党建工作不断地深入基层，民营企业党组织的建设上升到一个新的台阶，这明显的就是企业党组织的话语权更多了。在上级党组织的指导下，目前喜多多党支部的组织生活开展得非常正常，基本上每个月都有主题党日活动。现在城市广场的喜多多总部，党支部还专门设置了党建部门，开辟了党建的宣传专栏，支部委员都是企业的骨干力量，比如宣传委员是人力资源部部长，组织委员则是财务部主管。在组织党建学习和实践方面，这几年她带领所在的企业党支部党员对梅州范围内所有的红色

党建引领，喜多多助力乡村振兴

景点和遗址进行过参观学习，还曾经到革命圣地井冈山参观实践，这些党建实践活动的开展，让所在的企业党员找到了党员之家的归属感，提升了职场的荣誉感，提高了政治站位，提升了工作的积极性和开拓性。

更重要的是，这些党员骨干，在各自的岗位上都发挥了先锋带头作用，为企业带来了更大的工作效益，创造了更多的个人价值。在党建工作的影响下，每年都有新员工申请加入党组织，而作为支部里的党员更是在各自的岗位上体现其先进性，很多较苦较累的工作党员员工都义不容辞地冲在前面。叶青青还特有感触地说：有党组织的民营企业和没有成立党组织的民营企业是根本不同的。首先成立有党组织的民营企业可以确保党建工作引领企业的发展，让企业的发展不偏航向；其次，就是在党组织的作用下，让企业更容易形成凝聚力和战斗力。

接着，叶青青还颇有心得地谈了一个新的体会，就是她觉得党建工作可以为企业带来效益。看记者疑惑的样子，她举了几个生动的例子，让记者茅塞顿开。比如喜多多企业和梅州的人民银行达成了共建合作，形成了资源共享，梅州的人民银行有采购业务，他们了解到喜多多有党支部后，自然增加了彼此的互信，商业的合作，就在党建工作的促动下自然形成了。还有一些单位因为也有团购业务，在与喜多多共建合作中，因为党组织之间的交流与学习，增进了彼此的了解，因此给企业带来了更多的效益。在 2021 年的六月，叶青青带领梅州市个体民营企业家协会等四个企业的党支部党员朋友到喜多多设在梅州蕉岭的农产品基地参观。参加活动的协会党员们在实地参观了这个生态环保的农产品基地后，都很感兴趣并大为赞叹，特别是那些无公害的蔬菜，因为生长环境好，用的又是有机肥种植，无形中参观基地也成了一个喜多多企业的展示活动，广告效应自然不用说。市个私协会的负责人还多次表示，没想到喜多多的农产品质量那么好。由此可见，这种共建交流的党组织活动，是非常有利于传播企业口碑的。

还有一次，叶青青和一位农行的同学沟通，她的同学无意中提到了一个很重要的信息，就是一个农行帮扶的一个贫困县农户种植的柑橘非常好，建议她可以派人去看一看，又可以帮农户销售脱贫。叶青青一听，立马安排了一名党员身份的采购员到农行那边进一步沟通，让这位采购员也没有想到的是，一次常规的工作居然享受了一次平生最高的待遇，农行那边对这项工作非常重视，还专门派专车及农行的一名党员陪喜多多的采购员到贫困县的农户家实地看他们种植的柑橘。要知道，平时采购员的工作，一般都是自己去找货源，而现在则直接定点采购完成一条龙服务，直接帮助农户解决了销售难的后顾之忧，助力当地乡村振兴的推进。由此喜多多和农行两个单位之间的共建合作掀开新的一页。

因为按照常规，采购货物时，一般都要先付款，那天刚好是周末，同时当农户知道这是两个企业的党组织在帮扶他们，无形中就增加了彼此的信任度，农户们都很坦诚，爽快地先把企业需要的产品在没拿到货款的情况下给企业发货，还一再表示没关系没关系，和谐信任的场面，让人感动。进入新时代，党建工作的共建为企业直接带来的效益是显而易见的，接下来喜多多也通过党建共建的合作模式，打通和拓展了一个又一个交流合作平台。

叶青青可谓是一个才女。她的硕士毕业于北京师范大学心理学院管理方向。她笑着对记者说，她很热爱商超的这份工作，甚至这份热爱一点都不亚于自己的先生，现在的喜多多总经理章航。入行后，虽然她学的专业和从事的工作不大相同，但是做采购这一行就是与客户建立关系与客户沟通的工作，虽然这种沟通并不是教科书式的，但这与自己硕士学的心理学是相通的。她坦言，她现在所做的采购工作，就是把它当作自己的"博士专业"进行学习。

她记得当初她和章航刚领证结婚时，父亲章礼民就语重心长地对他们说：现在把喜多多的接力棒交到你们手中，你们夫妻俩虽然年轻，但都有文化，可以去好好探索。当时我和章航都感觉压力很大，也走过不少的弯路，其中最大的弯路就是"用人的问题"，这也跟我们自己的成熟和老练不足有关。这几年随着市场上的历练，再加上通过企业党建工作的引领，渐渐地我们也找到了适合我们自己企业发展的道路。基层党组织的工作少不了要到基层中去，这一点也养成了叶青青喜欢经常到喜多多下面的门店去巡店了解情况的习惯，她觉得这是一个很好的工作方法，一方面可以及时了解门店里发生的需要解决的问题，第二可以让自己放下架子，倾听员工的声音，增进和员工之间的了解和互信。作为商超，采购是一项很高深的学问，绝对不是简单地买买买，每年举行的全国性的春季糖酒会，叶青青都认为是一次最好的学习机会，她曾经四次亲自参加这种全国性的"春糖会",从原来的一窍不通一筹莫展到现在成为采购方面的行家,她认为学习可以让人成长,这绝对是一个亘古不变的真理。

企业积极参与志愿活动

　　当谈到作为章航的妻子,又是采购总监,在公司实际的工作中是如何辅佐丈夫这个话题时,没想到记者这个话音刚落,叶青青朗声笑着说:"应该不存在'辅佐'这个概念,我和章航之间其实是分工合作的关系。"瞧,一个现代知识女性的自信表露无遗。她同时也认真地说:"我老公很信任我,但在工作中涉及一些决策性的问题时,我们会互相探讨,但要拍板时一般都以他的意见为主。但我老公也给我很大的自由度,特别是采购这一块,他表明可以按照我的意愿去决定,我对他的这份信任是很感动的。"在公司的工作会议上,章航有时候会开玩笑说:"在家你是'书记',你说了算。"在公司你是'支部书记',还是你说了算,这些话经常把我逗乐……

　　作为一名儿媳,说起对父亲章礼民的印象,她毫不吝啬自己的溢美之词。她说:"自从我嫁进章家,我就觉得父亲是个特别神圣的人,因为我当时对超市一窍不通，他却能够把喜多多从小到大这个过程发展得那么好，我非常地崇拜他。他是一个非常自律的人，这一点是非常值得我们年轻人学习的。还有一个非常值得一提的，就是父亲在二十年管理企业的过程中，积累了很多宝贵的经验，我和章航接班后，其实很多管理上的经验都是在延续和学习父亲当年形成的基础和模式。举个例子，比如经常带员工出去学习培训，一开始我们觉得没什么，但随着企业的发展，我们觉得员工的学习和成长真的非常重要，确实是企业进步的法宝，这是一个真正的好经验。有时候我们按照自己的方法去做一些事情，结果绕了一个大圈还是回到原来父亲采用的管理策略，所以很多的类似如坚持源头采购等好经验，都是我们现在一直在运用的。"

叶青青接着说："对于关心老家公益这一块，父亲绝对算得上一名'优秀乡贤'，同时他又是一个处事低调的人，喜欢做好事做善事不张扬不留名，这一点跟很多社会上的一些人的做法是不一样的。再就是在这个大家族里，我感觉父亲是一个相当儒雅和有风度的家长，他非常宠爱孙辈，但他宠爱而不溺爱，比如小孩在学校里得了奖状，他会奖励一些钱，他还会让我们这些大人把小孩的这些钱存起来用到他们学习上，生活上则直接告诉小孩要学会更多的独立，更多的是给予精神上的鼓励。另外，我还从来没有发现他在家庭里发过火甚至大声训斥晚辈，我的婆婆同样也是一个贤淑和充满慈爱的人，他们夫妻很恩爱，一生互相尊重，结婚几十年从未红过脸，确实是一对夫妻楷模。而这种榜样的力量也影响了我和我的老公章航，我们拍拖的时候还偶尔会斗嘴，但结婚那么多年也没有吵过架，所以我感恩这种和谐的家庭氛围，感觉生活在这个大家庭中很幸福，很知足。"

志趣相投情谊如初

　　杨志初先生是东莞杨氏食品厂的董事长，东莞食品行业发展初期的领军人物之一，在行业内享有很好的口碑。他和章礼民从认识到结交纯属偶然，但这个偶然又包含了必然。人生的经历就是那么奇妙，从偶然到必然，他们之间的友谊也走过了 25 年，因为食品行业共同的志趣和追求，他们相互支持，相互欣赏，任岁月流逝，情谊如初。当那天章礼民说到自己几十年创业生涯中的一些老伙伴时，杨志初是一位不得不提的老伙伴老朋友。他打通了杨志初先生的电话，他们寒暄了很久，章礼民电话中告诉这位老朋友，他想请一位作家朋友记录自己创业过程中的点点滴滴，并把他的电话给了记者。在一个晚上，记者拨通了杨志初先生的电话，和他相谈甚欢，听他在电话里深情讲述他和章礼民认识的过往，听他讲述他们之间历久弥新毫不褪色的友谊……

　　"我和章总的相识真的是缘分使然，一开始章总是和我的朋友，他的兴宁老乡黄伟文有批发合作关系的，后来因为章总需要拓展更多的零售糖果饼干品牌，黄伟文就把我推荐给了他，那时候章总特地坐车来东莞见我，我们就因此认识了，那是 1995 年左右的事。说起来也很凑巧，我的爱人是梅州市大埔县人，所以我和章总之间就更加亲切了，再加上章总经营有方，他在我们合作过程中也会给我们提供产品有哪些需要改进的宝贵意见。我的杨氏食品厂是 1993 年建立的，到现在也是在正常运作中，我们是属于家庭内部式经营，是属于中小规模企业，再加上这两年市场形势和人们的消费方式有所改变，现在的消费主力军已经从当年的 70、80 年代人变成了"00 后"，对产品的要求和需求也有所不同，所以我的目标是一直保持这种体量继续经营，现在企业也主要是交给我的女儿和女婿打理。

　　"我们现在食品厂主要做沙琪玛和蛋卷，这是我们的两个主打产品，以前还有一个主打产品是米通，但是后来受南方天气和湿度的影响，一是生产保存较难，二是这也不是消费者们经常食用的产品，所以就没有再生产下去，但是关于这个米通，我和章总之间还有一段耐人寻味的故事。当时我们厂生产米通，量多了以后就面临着堆积的问题，米通又是不耐潮的食品，这上面展示了章总的眼光和才华，当时章总找到我并委托我生产米通的时候给每个米通加上独立包装，这样一来米通的保质期就延长了。当时章总提出让我给米通做独立包装食品这个要求的时候，可以肯定地说，在当时的市场上已经是属于前卫的思想理念了，可以称章总为'独立包装'的创始人。虽然独立包装米通增加了工序，但市场前景宽阔，在章总的努力下销售喜人。后来他的独立包装理念我们也接受了，厂里专门开了一条生产独立包装的流水线，后来蛋卷和沙琪玛也引入了我们的生产线中，我同样给这些食品加上了独立包装，大大延长了它们的保质期，同时还保证了食品的卫生质量。就是这一小小的设计和改变，影响到了食品未来的发展和趋势，到现在市面上每种食品都拥有了合适的独立包装，但不要忘了，章总是第一个吃螃蟹的人，功不可没。"

　　当聊到章礼民和他的喜多多时，杨志初先生毫不掩饰自己的溢美之词，他赞美地说："我认为喜多多是个发展很成功的企业，不仅仅是在梅州，在广东省范围内都能有一席之地。同时我认为章总也是个很好的人，他很看重我们之间的友谊，从他是个小企业商户开始到现在拥有一番成就，这一路走来我都有看在眼里，他的工作态度是非常认真的，包括对待员工和我们这些合作伙伴的态度都是很好的，我认为他是一个非常勤奋的企业家。我和他认识已经有25年了，我们不仅仅是合作伙伴，更多的已经是上升成了好朋友的关系，这是心里话。我还认为，他在我们食品行业中提出的独立包装理念是作出了重大贡献的，不仅仅改变了食品的包装和储存方式，同时也提高了产能，促进了食品行业的发展，同时他也对我的企业在发展过程中的很多地方提出了一些宝贵的意见，这一点我是非常感谢他的。我的企业没有像章总一样做得那么大，但是也在市场上生存了十几年，我的愿望就是一直保持下去，交给我的后代们去打理，当然这也是给后代们一个工作的平台，他们可以用年轻人的思维去发展企业，去适应时代的潮流，同时也是自己企业精神的一种延续。"

杨志初说到和章礼民的交往，话语中充满了感动和感激，他深情地回忆道："2020年9月章总举行了生日会，他特地邀请了我和几个他的老朋友前去参加，他是非常值得信赖的人，没有丝毫的架子，虽然我们的企业不能和喜多多相提并论，但他是非常看重我们之间的感情的，是个很重情义的人。由于喜多多的运作方式有所改变，虽然我们现在没有合作的项目，但在喜多多超市还没开之前，我们企业的沙琪玛、蛋卷和米通在明华超市都是销量非常不错的产品。我的企业的产品质量仍然秉持着良心做食品的要求，靠口碑和质量在消费者之间立足，合作一直都很愉快。"

最后，杨志初先生谈到了食品行业现状，可谓充满见地，话语中的真诚同样让记者很受感动，他说："就现在来说，当时90年代初我所知道的东莞那时一大批的食品厂，到目前为止仍然还屹立不倒的也只剩下了十几家了，做一个企业也是非常不容易的，优胜劣汰，适者生存，我们作为过来人是深有体会的。我和章总如今都把企业接力棒交给了下一代经营，现在更多的是回忆起互相之间许多当年创业的历程，总觉得就是一种缘分，哪怕以后我们生意上没有任何的来往，靠着一份真诚，一份信任，我们之间的交情都依然存在，跟时间无关。"

友人心中的章礼民

李淦基是梅州裕丰食品有限公司的董事长，梅州食品行业的领军人物，也是章礼民的老友和好友，当记者在电话中和他聊起章礼民这位老朋友时，他打开了话匣子。

"我很早就认识章总了，时间大概是在 2004 年，当时我从香港回来家乡梅州这边投产办厂后就认识了章总。我的户籍户口那些依然是香港的，但是我的祖籍是在梅江区城北，之所以会与章总结识也是因为我的公司从香港转移到梅州发展这个机缘巧合，当时我们公司是主打食品加工方面的业务，如加工腊肠、肉丸等食品。虽然我是城北人，但是我从小在香港长大，对梅城的认知也不多，后经了解知道喜多多是当时梅州发展规模较大较好的一个超市品牌，所以我就主动找到章总看看能不能有合作的机会，把我们企业生产加工的产品拿到喜多多超市进行展卖。"

李淦基也是一个对家乡有感情的人，说到他回梅州办厂，他这样说："因为对家乡的一种情怀，我纯粹是回来梅州设一个食品厂，然后把加工后的产品再输送到香港市场进行售卖，之所以回来梅城设厂，一方面是家乡情结，家乡山好水好原材料越好，还有一方面就是在外地发展，无论如何都有一种寄人篱下的感觉，回到家乡发展有一种亲切同来到主场的感觉，让人非常舒适。"

"我认为章总这个人是非常务实和实干的企业家，他讲究公私分明，我们之间所进行的商业合作都是按照行业规则来进行的，但是我们私下的交情是非常好的，他是一个很好相处，很有包容心的人。我认为他有今天这样的成

第三篇章 管理篇

119

就都是用他不违本心，待人真诚所获得的，所以逢年过节我无论如何都会将我们的产品放到喜多多的展台去展示售卖。我们俩的年纪相仿，从 2004 年开始合作到现在的十几年时间里，从未间断过。可以说，我们不仅仅是生意上的好伙伴，同时也是老朋友了。我和章总除了商业上的往来，私底下也有经常聚在一起喝茶聊天，包括他在石扇建设的生态园我都有去参观过。我们开始合作那会儿，合作的项目多，合作也相当紧密，所加工的食品在喜多多的销售额每年都达到了两三百万，近几年，因为彼此之间的市场都打开了，同时伴随着互联网市场的迅速发展，现在我们的产品在喜多多的销售额每年仍维持在七八十万左右。

"我认为章总取得今天这种成就是非常来之不易的，梅州之前也出现过一些大型商超，但是后来都因经营不善倒闭了，唯独喜多多还一直保持着最初的活力，稳健发展到现在。其实当初几个大型商超面临倒闭危机的时候，我也有替章总担心过，怕他挺不过去。但是章总是那种临危不乱，对客户非常有担当和责任心的企业家，他不会在产品销售方面耍小聪明，也不会想方设法从一件商品中牟更多的利，他永远都是有原则的、按照规则踏踏实实办事履职的人，这一点我非常欣赏他，非常认同他。我们的商品定价比较高，章总也依旧非常认可我们的产品，我们也从不辜负各个商家包括章总的厚爱，一直都将食品安全和食品质量落到实处。我会和章总合作的原因，关键是因为我非常认可他做人做事的态度，包括到后来章总的儿子章航接管喜多多后，我是替章总感到欣慰的，因为章航把他所打拼下来的江山经营得也非常不错。"

说到他们彼此的私交，李淦基同样很有话说："我和章总之间在产品和私下的交往中，我认为还是他照顾我的地方多，他比我更加了解梅州这边市场的情况和政策，同时他也会给我的产品提供一些实质性的建议。我们在相处过程中他没有表现出丝毫的架子和高高在上的样子，当然我在他面前也是没有任何虚情假意的，我们之间也从来不会因为私下的交情好而衍生到商业上也讲私情，商业上的事情按规矩办。所以我和他相处的时候都是非常轻松的，无拘束之感。我最感动的一件事就是每次我去超市逛的时候，都能看见我们的产品放在很显眼的展区，甚至有种'喜多多代言的明星产品'的意味，说实话我感到非常的暖心，同时我对喜多多也充满了信心。还记得前两年有一阵子猪肉的市场价涨得很高，很多商家为了减少成本和开支都不考虑把产品放到超市里去卖，而我们的产品都刚好是一些猪肉制品，当时我就和章总说，无论现在的形势怎么样，我们公司都会生产一些平价的腊肠腊肉之类放到你超市里去卖，不存在要多收多少钱，就是按照原有的价格卖，我想，这是因为我们都把诚信做人诚信经商当作人生的基本信条，我们用彼此这份感情去维系这种合作。

"可以这么说，喜多多是我们裕丰食品在梅州打开市场并使消费者熟知的第一个平台，也是与我们裕丰第一个合作的商家，所以我对喜多多是一直都怀有感恩之心的。"李淦基最后真诚地说。

左辉棠是梅州泰丰贸易有限公司的董事长，他除了是章礼民的老朋友、好朋友之外，还是"老邻居"，他们从20世纪90年代末章礼民在梅州开第一间超市开始，他们就有紧密的商业合作；但更有缘的是，他们经营的店铺，几乎一直不约而同地毗邻而居，守望相助，一份真挚的友情如一条红线，紧紧地把他们拴在一起。

"我是蕉岭人，我们泰丰贸易主营经营日杂化妆用品。和章总这些年的交往过程中让我印象最深的就是，他为人处世非常讲诚信，给作为合作伙伴的我一种十足的安全感，在他创业到取得一番成就的这些年，我没有听到圈中人对他有任何的负面评价。对于他的创业之路我的评价就是吃苦和诚信。20世纪90年代初，我在梅城江北东湖路开小店做生意，章总则经常从石扇开农用车到梅城拉货，起早贪黑不分昼夜，非常辛苦也非常吃苦，他身上的这种创业精神，也是我们业内人士学习的好榜样。

"我的产品进驻到喜多多超市是在2001年左右，合作至今已经有二十年了，从喜多多在嘉应大桥侧开第一家店开始，我们就成了合作伙伴，到现在喜多多开了几十家分店，我们仍然保持着紧密的合作，而且到目前为止喜多多已经成为我们企业的重点合作伙伴。难能可贵的是，这二十年来我们每年都保持着四五百万的营业额，合作关系非常稳定。"谈到相互之间的合作，左辉棠开心地说。

说到私交，左辉棠接着说："章总比我大了几岁，但章总更懂养生，看起来比我还年轻（笑出了声）。我们除了商业中有所交流以外，私底下也会有一些互动，甚至有时候还会互相分享和请教如何教育子女的心得体会，因为我们都同样有两个小孩，所以经常互相学习，到后来我们的小孩长大了，小孩之间都认识并且有一些交流，这让我们作为父辈很是开心。

"在我们合作的这二十年，我和章总不但没有任何的争吵和不愉快，还让我感到非常开心和满意，我们不仅仅是商业合作，还会互相支持和互相鼓励，这让我经常感到很暖心。现在我的公司也是准备让我的小孩来接管，希望以后我们的后辈也能像我们一样相处得非常顺利愉快，把这份历经时间和空间考验的友情传承下去，延续下去。"左辉棠认真地说。

让记者感动的是，章礼民的这两位老朋友都是做人做事挺认真，挺有原则的人。比如，采访左辉棠时，他担心说不好，还特意为记者编辑的一段很长的他和章礼民之间交往的文字。宋代著名理学家朱熹有句名言：朋友，以义合者。这个义，当然是指道义，俗话说道不同，不相为谋。在章礼民的朋友圈里，特别是那一帮老朋友，个个都是义薄云天的汉子。

"伯乐"级好友黄伟文

韩愈在《杂说四·马说》中讲道：世有伯乐，然后有千里马。千里马常有，而伯乐不常有。黄伟文可以说是章礼民创业道路上遇到的第一个"伯乐"，他们在东莞相识相知，从而成为几十年的好友，一路走来，章礼民都很感恩黄伟文这个"伯乐"，也很珍视他们之间的深厚友谊。黄伟文和章礼民交往20年的点点滴滴，记者通过电话采访黄伟文，从他深情地讲述中，可以窥一斑知全豹。

记者：黄总您好，你和章总是如何认识的？

黄伟文：我和章总是1995年认识的，我是兴宁水口人，是60后，和章总的年纪相仿，他比我大几岁，我们在一次机缘巧合下相识，我到现在仍然记忆犹新。

1995年的时候我在东莞的一家名叫港华的食品厂当业务经理，我是在1990年左右入职的，刚开始的时候我们食品厂员工加上老板也就二十来个人，章总是在1995年为了拓展商品货源来到东莞，无意中找到我，那时我们厂里的人数已经扩展到了三百多人。

记者：你还记得当时你们认识的过程吗？

黄伟文：我记得很清楚。那是1995年的下半年，章总只身来到东莞，寻找商品货源，他在东莞住了一个晚上，到达东莞的当晚他就去酒店附近的一个超市的货架上看当地生产的食品，这个超市是在当时超市零售业中连锁规模做得比较大的一家超市，后来他在超市里一排一排货架认真看的时候，恰好就看到了我们厂的产品，是小包装的杏仁花生，他觉得非常喜欢，当即就把包装上生产厂家的地址抄写下来，当然，他还买了当地食品生产厂家生产的其他食品，一并把厂名和地址抄下来。然后第二天坐着摩托车就找到了我们厂，估计前面也去了几家食品厂，当时他到我们厂里已经是中午十二点了，厂里没什么人，工人们也都下班了，当时接见他的是我们厂里的一个负责人，谈话中得知他是梅州人，我的同事就叫我下楼也来见见这个梅州老乡，后来章总就来到我的办公室聊了许久，从谈话中我得知了他的创业经历，而且当时他还没有吃午饭就立马赶来我们厂，其实当时他谁都不认识，只是碰运气，为了寻找业务和合作伙伴东奔西走，非常辛苦。聊天中，我很佩服章总的那种创业劲头，当时我们的生产线上刚好有生产月饼，因为得知他还没有吃午饭，就拿了块月饼给他品尝，我们边吃边聊，他感叹说，他这几十年以来都没吃过这么好吃的月饼，他的朴实让我感动，初次见面我们互相就留下了非常好的印象。

记者：你们认识之后是如何开展合作的？

黄伟文：我们的第一次见面聊天，章总就向我敞开了心扉，他在跟我说话的时候态度是非常真诚客气的，感觉他内心是有一股冲劲和力量在支撑他，因为他跟我说的一些想法在当时来说都是非常超前的，当时我们的花生和糖果只有五斤一袋装，我记得他就提出了想要大包装里装小包装这个概念，我问他为什么，他就说因为这样看起来卫生，还有就是吃不完的部分可以更好地封存起来，后来我也听从了他这个意见，在后面的生产中得到了落实。由此可见，章总那时虽然没有来过大城市，但是他很善于思考，非常有做生意的头脑。再者就是我对这位梅州老乡也有非常亲切的感觉，所以我们第一次见面是非常愉快的。后来随着交往越来越多，章总提了很多建议我都会及时反馈给我们食品厂的老板，然后通过一些对包装的改进设计再投入市场中时，销量真的比之前的要好很多。

我们的食品厂生产的包装有几十种，有大包装的，也有散装的，光是花生软糖就有好几个品种，当时我们的食品厂主要生产售卖糖果，主要就是花生软糖和奶糖，核桃软糖和水果软糖这四大类，还有酥糖和我们家乡的爆米花也是销量不错的产品，当时这几个种类的食品章总都看上了，就询问商量我们能不能给他出一点货卖，说到底还是老乡的关系，心里总会有一些情分在，我就同意了，并用最优惠的价格批发了一些货品给他，他当时也提出了他想代理我们厂的产品的想法，但是当时时机还不够成熟，还需看日后他销售我们货品的销售情况而定，所以就暂时先批发了一些货给他，我们的货品叫港华食品，在东莞当时来说算是规模比较大的一个食品厂。

记者：你们的合作进展顺利吗？效果如何？

黄伟文：章总当时刚刚进我们的货的时候并没有想着如何赚取更多的利益，而是首先思考如何才能够把有限的市场打开，这一点是我非常敬重的。后来经过他的全力以赴，通过各种途径去推广，在梅城江南江北都陆陆续续打开了销售市场，可以说，章总推广产品是非常卖力认真的，很多时候都是他自己亲自披挂上阵当销售员。我记得第一次批给他的货品价格价值在两万左右，我们食品厂的老板不太了解我们之间老乡的情谊，当时还有些不放心，让我和章总带着这批货一起回到梅州，因为章总的本金不多，所以这批货是算预支的，等到销售以后他才有本金交还回给我们厂。后来这批货到了梅州，在短短两天之内就全部卖完了，我感到非常惊讶，当我回去和老板汇报时，老板也吃惊得半晌说不出话。我跟老板说我非常看好章总所拥有的这块市场，我觉得梅城的市场潜力是非常大的，况且我们的产品在梅州七县一区也没有一个真正意义上的代理商，而章总这个人也非常有魄力，能屈能伸，是一个可以做大事业的人，再加上章总每隔两三天就要催我要货，如此下来老板也全力支持我的观点，同意我每间隔三天就给章总一批货，可以说，因为章总的给力，我们厂的产品在梅州的市场得到了全面铺开。

记者：黄总你这个"伯乐"当得好，听说后来你还牵线为章总做业务上的搭桥是吗？

黄伟文：过奖了，这都是缘分。虽然我们厂的货品在梅州销售得好，但因为后来章总觉得长此以往，批发的货品太单调了，后来他就和我商量，问我哪里的饼干比较出名，那时我们的关系已经很好了，我就给他推荐了曲奇饼干这个饼干类型，刚好那个曲奇饼干的老板是我的客人，后来章总在我的介绍下，也联系到了他，后来他就在这个叫益东食品厂的生产商里进货一些曲奇饼干，那时候益东食品厂的老板缘于和我的交情厚，也非常信任和支持章总，他要多少货就给他多少货；章总的市场胃口越做越大，后来通过我的介绍，又找到蛋卷的生产商杨氏食品厂，杨氏食品厂长杨志初是我的老朋友，后来也成为章总的好朋友。当时他们企业的蛋卷处于一种滞销的状态，我介绍杨总与章总认识以后，章总还建议他们的蛋卷从散装改成独立包装便于保存，章总的独立包装理念也是从这个时候开始提出来的，可以说是食品行业的一大创新，他就是创始人。之后我也还推荐了许多进货渠道给章总，比如徐福记等等，章总是在 2005 年左右和徐福记开始合作的，到现在为止，徐福记在梅州的代理商也只有章总独此一家。

记者：听说你后来转行做了其他行业，你和章总没有了商业上的合作，为何这份友谊还能延续至今？

黄伟文：这个问题问得好。我大概是 2002 年就没有做食品这个行业，我们至今都保持着兄弟般的情谊，所以说我和章总之间的缘分是非常深的，虽然我们这么久没有商业上的合作了，但是章总每次来东莞都会第一时间联系我，一定要来我这边找我聊聊天，喝喝小酒，所以我心里是非常感动和感激的，内心也无比温暖，因为此时的章总，通过他的不懈努力，毕竟已经成了一位大企业家，身边的朋友和合作伙伴也会逐渐变多，但是他依旧还记得我这个老伙伴，让我们之间的感情就像当初一样融洽，每年他还会请我回梅州吃顿饭或者出去玩玩，我都感到非常不好意思，同时心里又是暖暖的。回想起当时我们第一次见面，看到他四十多岁了，人生地不熟，第一次出远门到东莞找到我们的食品厂，我就感到非常之敬佩，我问他有没有吃午饭的时候，他也非常实在地说没有，当他吃到我们所生产的月饼的时候，他说他从来都没有见过也从未吃过这么好吃的月饼，我当时就感到非常感动，内心就认定他是一个实干家，所以第一次见面的时候，他所说的每一句话，至今我都能记得清清楚楚。

他走到今天取得现在的这番成就真的非常不容易，这一路以来我们之间的联系从未间断，他也经常打电话给我，我也经常联系他，我们彼此之间就像老朋友一样嘘寒问暖，叙旧。2020 年章总的生日会同样也邀请了我参加，但是当时我本来是不想回去的，因为那段时间我的事情有点多抽不开身，后来章总和我说，就是大家老朋友之间坐下来聊聊天吃吃饭，我突然就觉得我有必要回去一趟了，当我带着我的爱人一起参加了他的生日宴会，有一个最大的惊喜，就是在他的生日宴会上我见到了许许多多我们曾经共同的好朋友，一起在奋斗路上并肩作战过的老队友，我当时都激动地落泪了，因为我们互相之间都不知道彼此会参加这个宴会，当我们大家都突然聚集在一起的时候，大家都互相拥抱热泪盈眶，我至今特别感动……

记者：你如何看待章总的喜多多？

黄伟文：章总是一个非常睿智和有胆魄的企业家。他所处的这个零售行业领域，这十几年来能够保持着稳健发展并且仍然焕发活力，真的很了不起，也为数不多，我认为章总的喜多多能够取得现在这种成就的最大原因就是他的诚信和他的礼貌待人与人为善的态度，他能够赢得市场和合作伙伴的认可，因为那句话：诚信赢天下。

绝无仅有的合作伙伴

原广州酒家利口福食品有限公司营销副总王俊龙访谈

王俊龙是原广州酒家利口福食品有限公司负责营销副总，他和章礼民是商业上的好伙伴，更是挚友。而章礼民经营的喜多多，也是广州酒家的铁杆代理商，20年来坚守承诺，信誉不变，底色不变，在商界也算演绎一段传奇和佳话。在约定的时间里，王俊龙愉快地接受了记者的电话采访。

记者：王总您好，能否介绍一下你和章总之间的认识过程。

王俊龙：好的。先前我一直都在上海从事商贸工作，有几十年了，我比章总的年龄要大些，我今年已经72岁了。

我和章总是好朋友也是老朋友了，我在他身上看到了地地道道的客家男儿的那种拼搏、纯朴、善良和好学的精神，还有一个最重要的是礼仪礼貌，在他的一整个家族里面处处都可以彰显出来。我们认识是在2001年，那时我是负责利口福食品的营销工作，也是利口福食品有限公司的副总经理，因为一些机会章总找到我们广州酒家，希望能开展合作，后来通过合作进而我们也就认识了，而且我会选择和章总的喜多多合作也正是因为我看中了他的企业从一个山区里的小不点商店发展到可以有能力开连锁的大型商超，这是很不容易的事，这种创业精神非常值得我钦佩。

记者：你如何看待和评价喜多多和广州酒家的合作？

王俊龙：章总是一个非常有韧劲而且敢于拼搏的人，他很善于了解时事，非常关注商品和品牌，会有意识地和广州的一些大品牌进行合作来提高自身知名度和商超的档次，这是很睿智的。其实当时我们和喜多多方面对接也是很不容易的，当初他们找到我们的时候，我是想让我们的业务员来直接跟他们接触沟通，但是慢慢地我看到他们的忠诚度非常高，所谓的忠诚度就是对品牌的关注度，对代理的产品非常执着并且始终如一，对我们这个品牌非常地坚定，后来我和章总之间的交流沟通也随着慢慢增多，直到现在，每年喜多多所经营展示的中秋月饼也独有广州酒家这一个唯一的大品牌，这是极少商家才会这样做的。一般来说，其他的商家都是靠品牌吸引力来吸引更多的品牌合作入驻，然后就会抛弃原有的品牌，源源不断地和新品牌进行合作，从而能赚取最大收益，但是喜多多没有这么做，他们宁愿少赚一些利益，也要和优质的品牌商进行合作，造福梅州的老百姓，宁愿放弃市面上的新品牌，也要把和我们之间的合作进行到底。市场的诱惑力和竞争力是非常大的，比如说进我们广州酒家的货以后是不允许退货的，但是有些厂商允许退货等等，可能有非常多我们的竞争对手提供着我们所没有的服务，喜多多却拥有强大的内心和足够的定力，这就是我看到的难得的忠诚度和喜多多独有的个性，喜多多不仅是一个合格的经销商，更是一个优质的经销商。

记者：喜多多除了代理广州酒家的月饼，还有其他产品吗？

王俊龙：有的。喜多多和我们广州酒家的合作，从 2001 年到现在也是整整 20 年了；我们利口福集团有限公司是一个综合食品门类的生产商，不仅有月饼和腊肠腊肉，也有饼干和一些包子等食品，是属于产品多元化的企业。我们合作过程中，喜多多首先看中了我们的速冻产品，因为速冻产品是 365 天都会跟消费者接触的，所以他们坚定不移地跟我们开展了一系列的合作，甚至一开始他也只和我们一家进行速冻产品类的合作，说实话我心里是非常的过意不去，甚至我还劝章总说只拿我们公司的速冻产品毛利还是比较少的，可以多拓展几个品牌一起卖，但是章总"很任性"，还是一直保持只卖广州酒家的速冻产品的初心，直到近几年为了留住更多消费者，满足不同消费人群的口味和喜好，他这才引进了少许三两个速冻食品品牌，补充和丰富一下商品种类。这些看似平凡的举措的，完全体现出来章总的商业头脑，也彰显了喜多多足够的诚信。

记者：能否分享一下你们二十年合作以来一些值得记忆的事情？

王俊龙：其实章总对我的感染力是很强的，尽管我们现在因为路途遥远和业务繁忙等种种原因较之前少了联系，但是我心里都一直惦记着梅州这个老朋友，章总两个儿子结婚都邀请了我，我是很感动的，因为我知道，章总心里也一直有我这个老朋友。

在我心中，一直以来我都非常仰慕他这个企业家，他给了我很大的动力，同时他也是完全值得我去信赖和交往的挚友。因为我一直处在上海的市场大环境下，深知企业和商家之间的合作有多不容易，看到喜多多这么多年来都主打着我们这个唯一的品牌，生活中还能和章总成为深交的好友，一切都非常难得。我很感动并记忆深刻的一件事就是速冻产品的合作这件事，当时我是真的心里感到非常过意不去的，章总一心想让梅州人民都能买到我们的优质产品，都买得起我们的产品，甚至用我们的产品把明华商店也带动起来，我看到这些为章总这个实干家而深深感动；为了尽可能地回报章总对我们的厚爱，于是我就会在政策允许的范围条件下，安排一些促销活动给他们。

我记得2005年5月份到7月份的时候，马上9月份的中秋节就要到了，我们就来到梅州市场考察，发现我们广州酒家的品牌对于梅州的影响力还是不够大，就马上与章总进行了沟通，决定在梅州搞一个大型促销活动，把我们当时热卖的速冻产品叉烧小笼包和单品捆绑在一起在明华商店搞了一场比较有影响力的促销活动，那时我虽然负责着利口福的营销工作，但是我手头上的资源也是有限的，我申请的一些促销活动的资金也需要公司严格审批，当时申请下来的促销资金也是控制得非常紧张，但是我们仍然在当时搞了个活动叫作"用一元把利口福带回家"，这个促销活动连续搞了三天，当时这个活动准备了十万包叉烧小笼包，基本上都是以成本价给到明华的，反过来明华就要亏钱了，平均每包明华就会亏一块钱，但是章总爽快地同意了，于是我们立马就开始施行这个活动，令人欣慰的是这个活动在梅城产生了轰动效应，促销活动现场堪称火爆至极，到最后一天的时候就连收银的柜台都被源源不断前来购买顾客们挤烂了。

令我很感动的就是这个促销活动章总方面亏了十万元，要知道，当时他的企业还处于成长期，但他却目光敏锐，非常果断和坚定地和我们达成了这一促销活动，不局限于眼下的亏损和一时的得失，因为这场促销活动后对于我们品牌以及喜多多方面所产生的影响都是巨大的，不可估量的；可以这么说，此后，利口福的品牌渗透到了梅州的家家户户，飞入了寻常百姓家。

记者：现在广州酒家和喜多多的合作到了什么程度？

王俊龙：在那次促销活动之前，我们合作的时候一年所产生的效益大概在三十万到五十万之间，自促销活动之后，我们利口福的市场在梅城通过喜多多全面打开后，光是我们利口福的速冻产品每年的营业额都达到了两百五十万元，增长了差不多十倍，而且不单单是营业额增长这一效益，同时也附带着利口福品牌影响力，使得利口福的腊味和月饼等产品也得到了民众的广泛认可和支持。就这件事来说，我认为章总是一个充满智慧且市场嗅觉非常灵敏的一个人，有独特的营销方式，敢于尝试，敢于进取。

记者：我们知道广州酒家的月饼品质好，深受市场欢迎，而喜多多作为广州酒家月饼梅州唯一的代理商，这些年来的销售业绩如何？

王俊龙：可以很欣慰地说，到现在为止我们广州酒家的月饼在每年中秋期间的销售额都有五百多万，对比以前也是增长了近十倍。

话说回来，因为月饼的销售风险是比较大的，它的销售期很短，而且我们的经营模式是不接受商家退货，不仅没有退货，还需要预付款，所以商家必须根据每年月饼的销售额来斟酌最终的进货数量，卖不完的话也只能自行消耗掉。我卖月饼也卖了半个世纪了，到现在为止我对于月饼的市场预判是比较准确的，我每年都会结合生产线和市场大环境来预估评估一个月饼的市场分析，也给月饼的销售产生了比较大的影响，所以做月饼销售其实是风险很大的行业，再加上喜多多只销售我们广州酒家这一个品牌的月饼，那种底气和硬气没得说，这是所有供销商中绝无仅有的一家合作伙伴，用绝无仅有来形容，是完全不夸张的。

记者：喜多多作为广州酒家的铁杆代理商，20年的合作，章总是否给你们有过哪方面的建议？

王俊龙：有的。章总除了和我们合作得非常融洽之外，还给我们广州酒家生产的一些商品提供了一些宝贵的建议，比如说包装以及食品口味等，他对于我们来说，是最贴近消费者的一方，所以他会根据市场的需求和消费者的反馈给出最真实的建议，我们也听取了他的很多建议，进行了不同程度的改善和完善，实践证明，我们根据他的意见，调整过的产品上市后都达到了销售预期。

我完全当章总是一个真诚的朋友，没有任何的虚情假意，所以我才会听取他的建议，章总也是毫无保留地给我提供最好的意见和方案，我们俩都是真诚相待的，不同于那些泛泛之交唯利是图的人，交往过程中要维护利益和面子的问题。可以这么说，我们的企业能够成长到现在，也是多亏了像章总这样的合作伙伴和代理商们的共同努力奋斗，而章总和明华商店就是其中一个重要的伙伴。

记者：梅州当时很多大型商超都倒下了，唯独喜多多还欣欣向荣，你如何看待喜多多的生存之道？

王俊龙：我认为在这种复杂的市场环境和激烈的市场竞争中，喜多多，作为大型商超在梅州依然一枝独秀，要做到这一点确非易事。当前整个商品经济活动的业态发生了颠覆性的改变，而章总凭着他过人的胆识和高超的管理艺术，使他的企业仍然能够健康发展并且保持活力和动力，甚至在创新中谋求高质量发展，是非常难能可贵的，我认为用"与时俱进，剩者为王"可以很好地形容章总的喜多多企业。

记者：你如何评价你和章总的这份横跨20年的友谊？

王俊龙：（感叹地说）我和章总交往的这二十年，来梅州的次数不下十次，因为我们的关系非常紧密，早就由当初商业上的合作伙伴变成了生活中的挚友，之后我来梅州甚至都是直接住在了章总家，也去他的老家石扇的生态园住过，在章总家里的时候，都是和他的家人们在家里吃饭，他真的是把我当作自己人了，这些美好情谊，让我终生铭记，人生中能遇到一个这样的挚友也是我的缘分和福分了。

对于这个认识了二十多年的老朋友，我衷心地希望喜多多和明华能够持续不断地发展，越做越大，提高当地老百姓的生活质量，造福人民，造福社会。

元代诗人萨都剌《雁门集》里有句诗说得好：人生所贵在知己，四海相逢骨肉深。而王俊龙和章礼民之间 20 年的情谊，在记者看来，早就属于不是兄弟胜似兄弟的级别了。

"国商中心"有故事

时间来到 2004 年，当时章礼民已经在梅州城区开了好几家喜多多连锁分店，凭着梅州第一家商超连锁品牌的影响力，以及诚信服务的口碑，喜多多超市分店几乎是开一家火一家，并且带旺一个地段的商圈，这也成了独特的"喜多多现象"。分店开得多了以后，章礼民的资金链也就相对拉得比较长了，这让他有时冷静下来的时候，不得不考虑一个现实问题，那就是固定资产。当时喜多多所有的分店店铺都是租的，每个月的租金自然是一笔大的开销，但也会存在着因为城市变迁或者因为拆迁所带来的不确定性和不稳定性，所以那个时期他在心里开始盘算，不能把所有的店铺都进行租赁，得拥有属于自己的店铺资产，一方面可以让自己在经营运作中变被动为主动，另一方面可以在以后发展过程中需要向银行贷款的时候，有充足的资产进行抵押，使企业能够增加灵活性。据当时测算，开一家超市，根据租赁场地的大小和装修，需要的资金多则几百万，少则也需要数十万，每家超市各类商品多的时候达到了两万多种，现在超市的商品丰富性更多更广，也基本每家店都保持着两万种商品左右，成为全功能超市。所以章礼民在接受电视台记者采访的时候说，现在的人不是追求有没有这种商品，而是追求这种东西的种类有多少、选择有多少，同时商品质量一定要好，这也正是喜多多一直以来所追求的目标。

有了目标，必然去追求目标。地处梅州嘉应大桥西端、商圈核心的"国商中心"映入了章礼民的眼帘。

在讲"国商中心故事"的开始，有一句话必须讲在这一节的最前面：国商中心物业是章礼民在2004年通过银行拍卖的方式合法购买的。如今，它已经成为喜多多集团的总部。

为什么说这个"国商中心"很有故事？每当触及这个话题，章礼民总是深深感叹：这里边的事情都可以单独写成一本书。

梅州国际商业发展中心坐落于梅江北岸，处于梅州城区中心位置，是繁华商业地段的标志性建筑群，始建于20世纪90年代中期。该建筑群中心占地21公顷，楼高19层，总建筑面积达10万平方米，周边交通便利，四通八达，南至梅县机场、梅州火车站仅十分钟车程；距高铁西站约9000米；东西南北3公里左右，有梅河高速、天汕高速公路相通。该建筑物旁的嘉应西路是连接江南新城与江北老城的城市主要干道，每天经过这里往返的车辆众多，客流云集。

国商中心一至四层的商场面积约为4万平方米。该商场建筑物每层层高为4.5米，配套设施完善，配备有水电设施、中央空调系统、消防系统，内设扶手电梯、垂直升降客、货电梯，前后广场空地1万多平方米，停车泊位充裕。建筑物周边分布有众多的住宅小区、银行、学校、酒店等，符合大型商业综合体的投资预期。

四层之上矗立着五栋公寓式楼房，有如五指参天，造型别具风格。站在第五层之上，映入眼帘的是一江两岸的宜人景色，这里空气清新，阳光充足，是理想的工作、生活场所。

据章礼民回忆：当时的国商中心地段优越，被很多有实力的商家所看好。2002年正处于商超在梅州的黄金发展期。当时体量庞大的好宜多购物广场进入国商中心，这个消息一传出，让整个梅州从事商品超市和零售的商家为之哗然，就连他也感到不小的压力。好宜多购物广场于2002年盛大开业，也是梅州面积最大的购物超市，开业所引爆的超强人气至今让人记忆犹新。但是好宜多好景不长，到了2004年由于经营不善，资金链断裂而关门歇业，这又成了当时一个爆炸性新闻。本来很多中小型超市还担心好宜多会上演"大鱼吃小鱼"的商业厮杀行动，但当时这个号称梅州的商超巨无霸竟轰然倒下。应该客观讲，虽然它只在梅州开了三年，在彼此同行业的互相竞争下，市民的生活质量也得到了提升，从这方面讲也有它积极的一面。好宜多关门后，加上国商中心的开发商资不抵债，于是当时国商物业由银行进行依法依规拍卖，地段的优越性决定了它的拍卖吸引了众多商家的眼球。对于当时来说，国商中心物业的拍卖是一个不折不扣的大资产，想的人很多，但能买下的人不多。

2002年，章礼民出于对当地经销商利益保护的考虑，因为当时很多经销商都供货给梅州好宜多超市，根本无法承担超市倒闭所面临货款无法追回造成的经济损失。这时，迫切需要一位有担当的企业家站出来。经过一番思考，章礼民毅然决定在2004年梅州好宜多超市关闭后，对其资产、设备进行收购，并将梅州好宜多超市的资产收购款优先支付所欠当地供货商款项作为前置条件，此举赢得众商家好评，也由此拉开了收购"国商中心"的序幕。

看准这一点，章礼民果断陆陆续续买下国商中心三层中区和二层中区，买的时候他也正是看到好宜多当时的客流量和业绩都不错，至于经营不善那就只能是自身的问题了。他用更大的手笔、更果敢的气魄，在国商中心买下更多商铺，总共有一万多平方米。因为当时的喜多多体量也做得比较大了，社会信誉也很好，所以购买方式主要还是先向银行抵押贷款资金，购买力也渐渐变强。这时好宜多在2005年的时候进行了战略转移，把重心从超市转移到了其他方面，瞅准这一点，章礼民又在2005年至2006年间加大筹码，继续把原好宜多的店铺都收购名下。这时他在国商中心买下的物业也达到了三四万平方米，成为国商中心第一大业主。

这时国商中心的一到四层楼商业层大部分物业都归他所有，要么不做，要么就孤注一掷，这个信念一直支撑着他。随之章礼民又一鼓作气收购了五楼以上的十几层办公楼，后面转交给房地产公司负责管理，他则保留了19层作为公司总部的办公场所，多余的空闲楼层则租借给一些公司当作办公场所。

在章礼民买下国商中心相关物业之后，在2005年下半年，他和国美电器公司正商谈国商中心第二层东区租借协议，初定的租期是15年，租的面积有三千多平方米，总租金超过一千万元。可以说这也是章礼民在购进国商中心物业之后，盘活资产的一个重大举措。就在合同即将签订的时候，一个插曲发生了，当时梅州市相关领导专程上门找到他，和他进行了一番深入交谈，说省里面准备在梅州市举办广东省第四届山区工作洽谈会（以下简称山洽会），市里通过多方勘察场地认为，国商中心场地比较符合举办大会的各项要求。而山洽会也可以说是梅州当时规格最高、档次最高的会议，因为山洽会是由广东省人民政府主办。这个大型会议需要的会场面积大概是两万多平方米，刚好他的物业可以满足这一条件。市领导很坦诚地说出这层意思，却让章礼民陷入了矛盾和纠结之中，因为他目前正在和国美公司洽谈合作，一旦合约签订，他就会有一笔不菲的稳定的店铺租金收入，而政府部门看中的场地，有一部分正是计划要租给国美公司的场地。这是一个很大的矛盾，换成一般的商人这几乎是不用思考的选择题。

当公司所有的管理人员都认为老板会婉言拒绝市里的要求，这也是情理之中的事情，但章礼民却以一个民营企业家的担当和胸怀，想到了更深的问题。因为梅州地处山区，经济一直较为落后，如果山治会能够在梅州成功召开，对推动梅州经济、社会的发展绝对有深远影响和新的机遇，而自己虽然事业小有成就，但政府部门能主动上门抛出橄榄枝，希望企业能急政府之所急，助力山洽会在梅州召开，毕竟这是一场梅州有史以来最大型的全省性会

当年"山洽会"现场布置的情景

议，问题是如果答应与政府合作，那么企业将面临取消和国美电器公司的合作，这将是一笔很大的经济损失。但如果山洽会能够在国商中心成功举办，也将带旺这个商圈，也许这也是一个无法用金钱衡量的好事，对梅州和企业的影响都是深远的。那几天，章礼民的脑海中总是冒出这个假如、那个假如的选择，对于他来说，这个选择实在太难了，但最终他还是顾全大局，舍私利为公家，答应把场地免费借给市政府举办山洽会。

事后，章礼民公司的管理层均感到不解，就连商界的朋友也感到不解，说白了，到嘴边的那么一大块肥肉都扔掉，实在太可惜了。而还有一个可惜的地方就是失去了国美电器这个商业伙伴。当他和国美公司方面说了这块地需要先让给政府召开山洽会要暂停租赁的打算，如果还想租赁可以考虑山洽会后再继续租赁。章礼民此话一出，让国美方面的代表大为吃惊，对他们来说，这不符合商业游戏规则，他们大为不悦的同时甚至埋怨章礼民不讲诚信，因为他们本计划将国商中心这片地打造成国美电器梅州旗舰店。这样的结果自然不用多说，他和国美的签约失败了，国美电器后来在市政府周边开了一家旗舰店。现在章礼民有时想起来也觉得自己挺傻的，仅仅是为了积极配合政府工作和顾全大局方面做出的选择，让企业损失了一大笔利益，错失了一个迅速发展商业的好机会。但是这个想法和念头每次一冒出来，他就会被自己心中的100个理由说服，他总是这样安慰自己，一切都是最好的安排。

答应市政府的请求后，接下来章礼民所购的国商中心物业就进入了山洽会时间。在2005年的10月份，山洽会开始了会场的装修，为了配合市政府做好这项工作，他也派了一些员工去协助装修，后来由于会场面积有所扩大，涉及需要借用其他公司的地盘的时候，又因为一些租金拖欠问题使得政府借用场地受阻，章礼民成了山洽会筹备期间的"润滑油"，协助处理了不少事情，展现了一个企业家的担当和社会责任。

经过紧张的会场装修，在2006年的11月2日，广东省第四届山区工作洽谈会在梅州国商中心成功举行，然而这成功的背后过程却是坎坷的，甚至可以说是艰难的。章礼民遇见了许多从未遇见过的困难，整个过程来来回回总共有13个月，他主动作为，为会务工作排忧解难，还从公司抽调工作人员协助各项工作，且没有求助于政府给企业任何实惠，甚至在这个过程中，还有很多他遇到的困难，也是政府不知道、不清楚的。但当时的章礼民只有一个想法——企业有幸参与见证梅州发展的盛会，这是一份荣幸和荣光。

他经常感叹那时候的自己为何能有如此强烈的公心?！如果真要用什么来解释的话，那就用两个字：格局。当然，山洽会在梅州的成功举办，得到了省市领导的高度评价，特别是对会议会场的布置给予了高度的肯定。省市领导的肯定，让他感到非常的满足，觉得所有的付出都是值得的。这些珍贵的活动照片，一直都珍藏在他书柜的相册里。

通过这个特殊的经历，章礼民更加清晰地认识到，企业家不能只是一个有钱人，而是应该敢于奉献、敢于担当，关键的时候要挺身而出，这样才能成为社会的名流，才能赢得社会的尊重。

风雨都会成为风景

对于章礼民来说，收购国商中心的事有时候觉得不得不说，但有时觉得欲说还休。在 2021 年初夏的一天，跟随章礼民一起创业近 20 年的两位"子弟兵"蔡伟军和章献生接受了记者的专访。蔡伟军是公司副总，章献生是公司物业部经理，他们俩见证和亲历了国商中心收购整个过程。从 2004 年章礼民第一次收购国商中心物业，到 2022 年整整 18 年，其中到底发生了多少鲜为人知的事情。采访过程中，蔡伟军还提供了一份他用业余时间细心整理的一万多字的有关国商中心收购始末的资料，其对每一次国商中心物业收购都有详细的登记，对每一次纠纷的过程都有详细的剖析，对每一次公司的维权都有真实的记录。资料很真实，很详细，他是一个实实在在的有心人。这位老家湖南益阳的汉子，当挑开话题说起十几年来国商中心的那些事，他轻叹着口气说："老板格局很大，很不容易，而我作为亲身经历者，这些年处理了所有有关国商中心的大小事情，为这些事我头发都快掉光了……"

下面是记者采访蔡伟军副总和章献生经理的访谈记录。

问：你为什么要记录国商中心这些材料？

蔡伟军（下面简称蔡）：我用文字把国商中心的一些历程写出来，简单点说，就是做一个企业的发展记录，写了大概有三十多页。包括当时资产方面的具体数字，还有当时为什么收购好宜多，有哪些原因等等，都有具体的阐述，当时收购好宜多的时候我们刚在江北东门塘开了第二家超市，处于势头发展迅速的阶段，好宜多面临倒闭，很多供应商顿时就失去了供货渠道，于是就有很多供应商找到了我们老板，因为他们也了解并看到我们超市发展速度很快，潜力很大，规模也在逐渐扩大，所以都希望章总出面把好宜多广场的设备收购下来。当时的情况是好宜多欠了很多商家的货款，已经支撑不下去了，经销商希望章总能够收购好宜多设备后回一些款给他们，弥补他们的损失。正是因为这样我们老板才挺身而出，开始考虑国商中心的收购和好宜多这方面的事情，才有了下面一系列的收购和资源整合等举措，也是我们进入国商中心最主要的原因。

问：收购国商中心物业的大概过程是怎样的？

蔡：前面说到的，我们当时进入国商中心、收购好宜多广场其实主要是为了帮助梅州的供销商，因为大家都是商界的好伙伴，在梅州当地也从来没出现过这么大规模的订单没人接盘的问题，基于此，我们老板站出来了，以一个有担当的"大哥"角色出现了。同时老板也考虑，因为刚开第二家超市，发展势头也非常不错，就想进入国商后趁势将超市产业做大点，于是一开始出手收购了一些设备，老板的初衷是拿下这块大区域，实现企业的加快发展，但是没想到其中的事情还是很复杂的，最后事情并没有朝预期的方向发展。当时老板也想过退出国商，但是真金白银已经搭进去了，相关物业的房产证也已拿到手，找不到下家接手，没有退路，只能是硬着头皮继续收购了。

因为不继续收购的话，现有的这些资源也产生不了多大的价值，一层分为三块，你拿下了中间那块，其他两块也是与中间那块相连的，所以拿下了中间的区域，也得慢慢地把周边区域收购起来，然后迫使企业投入了非常多的人力、物力、财力，从 2004 年开始一直延续到 2013 年，这 9 年期间一直都在忙收购，企业前前后后加起来投入了上亿的收购资金。

问：你认为山洽会的成功举办，老板和公司做了哪些贡献？

蔡：毫无疑问，广东省第四次山区工作洽谈会在梅州国商中心的成功举办，无论是老板还是公司都在背后做出了极大的贡献，是有目共睹的，但老板几乎从不向外人说起这些，老板的性格很内敛，属于不张扬的那种。从老板答应提供场地给政府举办山洽会，放弃和国美电器公司准备签约的租赁大单，全力地支持政府的工作，投入了大量的人力、物力、财力去保证会议的圆满举行，其实老板的目的也很明确，支持山洽会一是为了支持政府工作，尽一份自己企业的担当，树立公司的社会形象；二就是借山洽会的召开趁机宣传一下国商中心的商圈地段，使国商中心走进大众视野，带动公司在国商的产业发展。

问：能否讲一下在国商中心这些年遇到的最难忘的事情？

蔡：（沉思了一下继续说）难忘的事情还是挺多的。老板曾经说，如果我这些年把国商中心的事都写下来，可以写成一本书了。比如有件事，我们商场的第四层 C 区，在我们买下来之后，有一个地方却被人占用了，等于是我们买下的这块地的其中一部分被别人围起来占为己有，当作了他自己的地盘，正常来说我们是可以维权的，可以通过法律手段起诉对方拿回这块地或者得到一些赔偿，让对方恢复原状。

因为之前也出现过这样的事情，在很复杂的情况下我们也通过法律诉讼要回了我们该有的地方，所以再次出现这种事情，我也建议老板采取先前的方式处理，但这回老板却"仁慈"到让我们费解。因为我们老板之前就认识这个占用我们地方的公司老总，用了极其温和的方法去处理这个事情。最终老板还是没有采纳我的意见，没有提起诉讼，让我们感到不解的是，老板居然用了一个"助纣为虐"的方法去对待这件事，为了息事宁人，给对方留足面子，甚至还出了一笔钱让对方走人。

说实话，对于这件事我耿耿于怀，难以想通。许久以后，自己就慢慢想通了，也理解老板当时的做法和苦心，我们的老板是个有大智慧、大格局的人，他常教导我们说，做生意讲求以和为贵、和气生财，再有就是这个老板和我们公司也有一些合作，老板的眼光看得远，可能从长远考虑，顾及到了很多事情，不想为眼前利益把关系闹得那么僵，不然可能会损失更大的合作关系。我们是看到眼前的事情，有一说一、有二说二，所以对老板放弃诉讼反而赔钱的事情有些打抱不平，虽然到现在我还是不太能释怀，但是我打心眼里佩服老板的格局，这不是一般人能做到的。

问：对于老板拿大笔的钱为那些利益受损的业主买单，你又是怎么看的？

蔡：对于我们老板自掏腰包拿出几百万去无偿补贴给那些国商中心 37 户业主们这件事，我们也是感到非常的震惊，因为几百万元在当时来讲可不算是一笔小数目，而且还是无偿补贴，章总再次展现了他的大格局，为 37 个业主全款补偿他们损失的购房款。当我们公司员工得知老板这个举动时，个个惊讶得说不出话来。有些员工不解还开起玩笑，老板这哪是在处理事情啊，简直是在扶贫。最终，37 个业主都拿回了他们的经济损失，部分业主都说了这样的心里话：这是喜多多公司章礼民老板用自己的钱补贴给大家的。当老板听到这句话时，他说这就已经足够了。这里我突然想起一句话：哪有什么岁月静好，只是有人在背后默默替你负重前行。

问：近年国商中心又开始复苏了，是不是它的新的春天要来了？

蔡：（自信地直起身，提高了音调）是的。从 2004 年到现在，我们公司收购了国商中心超过 80% 的面积，总面积超过四万平方米，现在基本上能买下的物业也已经都买下来了，可以用来商业售卖的区域已经都买下来了，剩下的是一些业主个人所有的区域。2018 年，就连整个国商中心都被我们老板重新命名为"城市广场"，老板的寓意很简单，就是通过从内容到形式的改头换面，希望新的城市广场能够把城市商贸的新理念运用到这个商圈中，打造梅州新的商业名片。目前，我们二、三、四层已经开始招商并招商成功了，定位往酒吧、餐饮方面和娱乐版块方向发展，现在租出去大概有两万五千平方米的区域了。在沉寂了这么久以后，希望这个商圈能重新焕发生机，我们

好宜多广场如今已经变身为城市广场

很有信心，租户们也很有信心。梅州市委主要领导在调研城市广场之后，对喜多多的有为担当和城市广场新的商业定位给予了充分的肯定，评价城市广场这个名字很好，不仅有城市的味道，更寓意了城市的未来。

对于 18 年以来国商中心收购过程中发生的这些大大小小的事情，章礼民坦言，他是问心无愧的。商圈中认识他和不认识他的人都觉得他很傻，他自嘲地认为自己确实"很傻"，但他不后悔、不后退、不后怕。他认为，企业的发展就好像人生的道路，不可能一帆风顺，经历的这些风雨考验了自己、历练了自己的企业团队，虽然这个代价有点大，但是这个"坎"现在已经迈过去了，守得云开见月明。如今这些书上的文字，不是创作，其实就是一个真实的记录，就是自己和企业走过的足迹和履历。

在有关"国商中心"这个篇章的记录中，最后就让笔者以这样一段话作为一个小结吧：这个世界，就是你自己的世界，你对世界的态度，决定了你会拥有怎样的世界。相信美好，就会遇见美好。有句话说得好，人生这盘棋局，有时由格局决定，你有怎样的格局，就会有怎样的结局。古人云：能容小人，方成君子。有大格局的人，不会为了一事一物的得失而乱了阵脚。他们有明确的目标和强大的信念，孜孜以求，直至成功。章礼民的格局，当属于这个范畴。

家庭篇

第四篇章

家，在中国，是礼教的堡垒。

——老舍《四世同堂》

书中自有黄金屋

　　书中自有黄金屋，书中自有颜如玉，这是章礼民非常喜欢的一句话。学生时代品学兼优的他，一直就非常喜欢读书看书，这个习惯一直伴随到他今天。1995 年 9 月，他结束了在石扇镇中和圩明华商店的十年打拼，开始转战梅城，利用间隙的时间，他去新华书店为自己充电，当时买了两本书，也是他最早的藏书，一本书叫《富豪传》，一本叫《经商良策》。时过 20 多年，这两本不知被他翻了多少遍的书一直保存完好，并在书的扉页上分别写下勉励自己创业的话，他在《富豪传》的扉页上，写下的话是：要成功向成功者学习。这本书所介绍的是李嘉诚等富豪的创业成功史，对当时的章礼民来说，心中有偶像，脚下有力量，前方有梦想，这样自己就不会迷茫。另一本《经商良策》的扉页上则是一段富有深意的心情文字：1986 年至 1995 年在中和圩做生意，1995 年 9 月 2 日梅城开始百年企业……也许在那个时候，章礼民从自己在石扇走过的十年打拼生涯中，看到了自己的明天，从《经商良第》这本书中汲取了精神与力量，想到了他自己要为之奋斗的企业，也能走过百年征程的美好夙愿。"百年"两个字他写得特别大，一切蕴意尽在书卷中。

　　说回来，这两本书在章礼民几十年的业余读书生涯中，只是一个小逗号。在他居住的寓所，他把原先游泳池的位置改造成一个颇有特色的"阳光房"。这"阳光房"真可谓是名副其实，阳光房用玻璃和钢架结构搭建，采光和阳光都无可挑剔。他主要用来和朋友喝茶会谈的一个休闲场所和这个阳光房里边有一个最大的亮点，就是章礼民的书房，在十几米长的整体书柜上，整整齐齐地摆放着他购买和收藏的各类图书。书的种类和图书的开本大小摆得非常精致得体，书香四溢，茶香扑鼻，伴着窗外和煦的阳光，闲暇的早晨，章礼民晨练归来，经常一个人在这样美妙的空间里，一杯香茗，再捧读一本自己喜欢读的书，忘情地走进书中的黄金屋，品读人生的智慧，怡然自得又妙趣无穷，羡煞旁人。他收藏的图书很大一部分是作家朋友所馈赠，他购买的图书几乎都是商业的。说起购书，如今的章礼民完全赶得上潮流，因为平时比较忙，去新华书店购书的这种模式也被他换成了网购。他现在看的书，几乎都是他从网上买的。记者有一次和他喝茶聊天时，曾经向他推荐过一套有关董明珠的创业史。他当即很感兴趣，拿出手机不到3分钟，就完成了搜索下单，熟练程度令人赞叹。

章礼民做事风格所体现的细致规范，在他阳光房的书柜中也同样表现得淋漓尽致。在书架上极其整齐地摆放着十几本相册，这十几本相册全部按照时间顺序，记录着公司发展一步一步走过来的历程，这一张张珍贵的图片，有些已经过去20年，甚至有些已经泛黄，这一张张都被章礼民摆放得有条不紊，收拾得整洁干净，对于这些照片，他如数家珍，每当有好朋友来聊起当年的一些话题，他总会热情地把朋友带到书架旁，取出相关的相册，绘声绘色地给友人讲起当年那些美好记忆……

在阳光房的书架上摆放的书，大约有一两千册。跟一些人买书不一定读书的习惯不同，在章礼民阳光房书架上所陈列的书，他几乎都看过，甚至有些还不止看了一遍，爱书之情由此可见。除此之外，他还是一位喜欢通过读书来分享快乐和智慧的人。他经常跟朋友在品茗聊天中，谈论起一些经典书籍中的部分情节，并且分享看书的心得。当他在网上买到一本好书，并且通过阅读之后深有体会时，还会向家人推荐这本书。比如，最近他在网上买了一本反映犹太人经商智慧的经典名著《塔木德》，立马把这本书发到家族的微信群里，鼓励家人都来读一读。

熟悉章礼民的人，都觉得他是一个非常儒雅的人，其实他儒雅的气质离不开书卷气的熏陶。虽然现在年过花甲，但他把生活中的动静结合得很好，散步晨练以及不忘在寓所一些种花修剪的劳作，怡情养性，这算作动。而读书，那就是他静的一面了，但这种静不是绝对的静，是静观自得。身穿休闲T恤下穿休闲白裤，一身儒雅气质，谈笑有鸿儒，往来无白丁，这大概也是他人生的另一个书香境界。

特别 "家庭音乐会"

　　还是在阳光房，主角还是章礼民。还是源于学生时代种下的文艺种子，让他对音乐始终怀揣着一种喜爱与追求，同时，在当年父亲的身上也看到了音乐的魅力。而父亲当年那一把口琴伴随了他的一生，当生活烦恼和困难袭来，父亲总会吹起一首首悠扬的口琴曲，忘情而怡然。虽然章礼民平时工作很多，但是他有自己独特的休闲方式。这个独特的休闲方式就是在他居住寓所的阳光房，不定期举办的"家庭音乐会"，在这里，非常值得大书特书一番。

　　因为喜欢音乐的缘故，章礼民在朋友圈里有不少音乐界的好友，吹拉弹唱都不乏高手。因为投缘，他往往会利用周末的时间邀请一群音乐界的这帮好友来他的阳光房做客。当然，这个做客的主题不仅仅是为了吃饭聚聚。最重要的内容就是来一场特别的家庭音乐会。因为他的热情与亲和，音乐圈的朋友也很喜欢和他一起以音乐为名，互动交流。家庭音乐会开启时，朋友们都围坐一起，章礼民和他的夫人以及可爱的孙子孙女也热闹地聚在一起，亲情和友情交汇在一起，人生快哉。阳光房的常客"梅州手风琴的一哥"熊老师总会先来一曲激情澎湃的《西班牙斗牛士》，一曲奏毕，总能引起满堂喝彩。章礼民的小孙女活泼可爱，经常自告奋勇要为大家演唱一首，小家伙唱得认真投入，摇头晃脑，萌态十足，一帮朋友充当乐队为她伴奏，小家伙的演唱天赋被老师们一致认可。后面大家自带节目，一场音乐会玩得更嗨了。活动高潮时，往往在众人的建议下，章礼民也会在乐队的伴奏下，高歌两曲。欢乐的笑声，和谐的气氛，家庭音乐会经常欢腾到饭点时间才结束。

2021年春节后，章礼民的家庭音乐会上来了一位重量级的嘉宾，他就是著名侨领，印尼《国际日报》董事长熊德龙先生。那次在阳光房举行的家庭音乐会，除了章礼民几个音乐界的好友，熊德龙先生伉俪被邀请参加。要知道熊先生也是一位音乐发烧友，他的夫人更是国家一级演员，资深的山歌手。席间，他的夫人还即兴连续为大家唱了好几首经典民歌，难怪贝多芬说过，音乐是人类的共同语言，这句话一点没错。当音乐响起，当歌声飘起，人与人之间最美好的情感，生活中最朴素的话语，都伴随着音乐和歌声，演绎成最真挚的美好。而熊德龙先生这位拥有"我的中国心"的著名侨领，更是以感恩之心分享了当年在印尼经商的中国梅州松口的夫妇从孤儿院收养他，培养他，把事业过继给他，让他成就今天的人生阅历。数十年以来他一直回报梅州家乡，并声情并茂地演唱起当年他的养母教给他的客家童谣，让闻者无不动容。熊德龙先生爱国爱乡的行为和情操，也深得章礼民的敬佩，所以他们不仅因为共同的爱好聚在一起，也因为共同的理想价值观成为好友。

言传不如身教

家庭以爱为根，生活以和为贵。讲到章家的家风家教，章礼民深有体会也很有话说。他语重心长地说：我们章家是一个大家庭，就是我爷爷传下来的"大家"。我父亲有五个兄弟姐妹，我自己有六个兄弟姐妹，一个哥哥三个姐姐和一个弟弟，然后我有两个儿子。自小我的父亲和母亲都是对我们严格要求的，我体会最深的就是他们始终秉持着"言传不如身教"的理念，一切都按照规矩来办事。

我们家很早就订立了一些"家规"，包括我自己也编订了一些家规，内容很长，主要是讲述家庭以前是如何艰辛，通过一步一步努力付出后走到今天这种地步，以及大家未来需要怎么做等等，也有对以前的家规进行传承和补充，比宗祠里展示出来的家规要详细许多。我会制定家规是因为我觉得一个家庭应该有一个共同的规则和标准去遵循，我因此参照了一些古人的家规家训。家族里面开一些会议的时候，我都是非常支持的，力所能及地做一些事情，像福建莆田家族每年开会的时候，我都会赞助一些资金尽一份力。我还是广东省章氏宗亲会的执行会长（章姓文化研究会），梅州市的章氏宗亲会也是我当会长。说到宗亲会的会长这事，当时我还觉得自己不能够胜任会长这一职，后来宗亲会的几个德高望重的老人为了说服我亲自上门找到了我，大有赶鸭子上架的阵势，老人们的愿望是强烈的也是真诚的，就是希望我能够担任这一职，他们年纪也大了，目的也很简单，希望我能够把章姓的家风家教给支撑起来，在家族主持公道。现在这几位老人基本上都不在了，我很怀念他们。

以前这个组织叫老人会，也就是由老人们组织起来的，我的父亲当时也是这个老人会的核心成员，虽然不是会长，但是他也经常组织老人们一起聚会喝茶聊天，很有号召力，大家也很尊重他，做什么也会请他帮忙之类的，他也成为不可或缺的一员。后来慢慢地他们有什么事也会找我，我就是那种很乐意去帮助别人的性格，所以他们说的很多事情我都会给予力所能及的支持，哪怕在 20 世纪 90 年代，当时我自己的条件也比较辛苦的时候，我也会尽我所能去支持他们，我还在当时出资四万元修建老家的门坪，现在四万元也许不是很多，但在当时来说是一笔不小的数目，甚至都可以买一套平民房。如当时石扇那边老家的人想集资自建房和店铺，每个人应该出二十万，但是我当时是确实没有钱，我只能拿出五万，他们也非常理解我跟我说："没事的，阿礼，你就出五万元，其他的我们会凑齐。"结果房子和店铺真的就这样在 90 年代建起来了，我对大家除了感激，还是感激。

　　章姓宗亲会是 2011 年成立的，在八九位长者的建议和鼓励下，章礼民担起了会长的角色，他接手后就开始熟悉这个角色所需做的事情，组织成员们重新安排任务重新分工，目的就是为了在宗族之间做更多的好事善事。在章礼民担任宗亲会会长这些年，很多大家都关注的工作得到落实，比如每年宗亲会都要给家族中高龄的老人发慰问金，还有如遇家中有红白喜事的时候大家会团结起来，还把之前老家撤并后闲置的学校改造成了章姓的文化园。这里需要说明的是，那所学校之前是非常破旧的木器加工厂，后来章礼民牵头拿回来做文化园，文化园内有文化室、健身房和舞蹈室等等，很多村民平时都会去那边喝茶聊天跳舞，大家其乐融融。之后镇上有领导找到他，说镇里的幼儿园数量不够，也缺乏可以建幼儿园的地方，问能不能用这个文化园改建成幼儿园，章礼民考虑后表示了赞同和支持，他首先认为，任何时候教育都不能落下，都要给教育让路。于是他也和大家商量，并且也努力说服大家做大家的思想工作，大家也同意舍小家的欢乐，留住大家的欢乐。毅然把文化园那块地方归还给镇政府，后来也就改建了一个幼儿园，方便了很多村里的孩子读书。这件事也得到镇里和其他宗族村民的认可，说章姓族人深明大义，公心可鉴。幼儿园建成后，虽然在原来文化园的地方少了平时村民娱乐休闲的身影，但多了孩子们成长的欢声笑语。那种感觉，每次当章礼民从幼儿园旁边经过时，内心都有一种满足感和幸福感。

　　说到这段往事，勾起了章礼民对家乡那种特殊的情怀以及对祖辈深切的怀念。他深情地说：再回来说说我的家风，刚才说到，我们章家的家风秉持着"言传不如身教"的传统，我们两夫妻在日常生活中常常扮着榜样的角色来引导小孩做相关的事情，包括言行举止和仪表，我们一般都不去用说教这种方式，除非是家里氛围不太好的时候，我才会出来讲讲家规，或者是将家规直接发到我们家族大群，其余什么话都不用说，此时无声胜有声，矛盾自然就迎刃而解了。对于章家自立的家规，记者是挺感兴趣的。在记者的再三要求下，他给记者看了主要由他和妻子张祥华在 2011 年 8 月 8 日订立的《章礼民张祥华治家规条》，读后让人大为感动和感叹，由此让人联想到，现代的家庭教育，很多家长都有自己的一套模式，但像章礼民那样制定治家规条的做法，还是鲜见的。古有朱子家训，今有章氏治家规条治家，都是讲家训，穿越时空再来看两者的内容，大有异曲同工之妙。

《章礼民张祥华治家规条》

1. 祖辈贫穷，苦身勤力，温饱难继，仍尊老孝亲。

2. 邻里亲戚，宜尊宜敬，笑脸向人，勤执后辈礼。

3. 诚信传家，和顺兴家，勤俭持家，忍让安家。

4. 讲宽容、显大度、懂妥协、大事化小，重沟通、多理解、善协商、小事化了。

5. 孝父母、亲身体发肤之源，报养育致富之恩，友弟兄、念血脉手足之情，携承先启后之手。

6. 父慈子孝，兄友弟恭，夫和妻柔，居家之福。

7. 心存创业志向，传承前辈精神，拓展自家公司，力葆基业常青。

8. 一心创业，二手齐抓，三审局势，四时坚忍，五部协同，六路并进，七情自控，八方和谐，久经商海考验，十分圆满成功。

2011 年 8 月 8 日

农历辛卯年七月初九

从不发火的长辈

司马光曾经有这样一句有关家教的名言，父之爱子，教以义方。教育是一门艺术，而家庭是孩子的第一所学校，父母则是这所学校的第一任老师。鲁迅先生非常重视家庭教育氛围，他曾经说，长者须是指导者和协商者，却不该是命令者。无独有偶，章礼民也是非常注重构建家庭氛围，生活中的以和为贵，生意中的和气生财，一直是他信奉的信条。对此他感触很深地说：我们作为家中的长辈，一定要把握好家庭的和谐氛围，不能够随便就发火或者与家人争吵，这是一种处理家庭琐事的艺术。我和孩子们说，爸爸妈妈没有什么过多言语上的教诲，但是我们都是扎扎实实做事，老老实实做人的。还有我们一直遵循的"勤劳+运气=成功"创业法则，首先要勤劳，才会遇到机会和机遇，也就是所谓的运气，机会也是需要自己去创造才能获得成功。让我们很欣慰的是孩子们都很懂事，领悟能力也很强，上有榜样，上行下效，家庭和谐氛围就出来了。

"我当时将公司交给儿子阿航和阿德的时候是 2011 年 8 月 8 日，也是自治家规条订立的日子。特地选了个预示好兆头的日子进行交接班，在这之前我也早已考虑成熟，两个儿子也锻炼得差不多了，阿航之前大学一毕业就在国美公司待了三年，两兄弟学的都是管理方面的专业。在这天任命阿航为喜多多超市总负责人，阿德为明华贸易公司总经理，都在 8 月 8 日这天，两兄弟同时上任，生活中的兄弟成为事业中的搭档。我记得，任命那天上午我叫了我的大姐夫一起见证这个日子，我的大姐夫是个文化人，还有就是叫了一个财务总监，已经六十多岁了，就把他们俩和我的两个儿子一块叫来在家中客厅谈话，我和他们说企业需要传承，要给他们一个锻炼的机会，我的年纪也大了，这么大的企业和繁杂的事务也是交给年轻人来处理比较好，那时候小儿子阿德还没有结婚，阿航是28岁，阿德是26岁，阿航当时手下有一千多号工人，阿德手下也有几百号工人，对他们来说也是个不小的挑战。

章礼民夫妇的两个儿子已接过接力棒

"我还跟他们说，一定要学些真本领，阿德是负责批发方面的，阿航是负责零售方面的，两个人要懂得如何合作和配合，按制度和章程去做事；我还另外聘请了两位老总分别在零售部和批发部当董事长助理，来辅助和带领他们很好地踏入这块领域，通过聘请这种职业经理人，可以在专业管理方面给兄弟俩提出一些很好的建议，也可以避免在日后的生活中造成父子的冲突，也避免了他们兄弟之间的矛盾，有什么事情他们之间会商量和相互帮助，我有什么想法或者建议的时候也可以通过中间人的方式去传达，这就是我的方式。事后很多朋友都为我这个处理艺术点赞。

"后面他们兄弟接手管理以后，我很少去过超市，我的理由是要给年轻人充分的空间和信任，就算走点弯路也不要紧，一是如果我去了，我就会提出自己的一些意见，这些意见也可能和儿子的管理思想又会有些冲突，这是不科学的。二是他们也有自尊心也有自己一套的管理方法，我相信他们可以做好，不需要我再来怎么指导，即使有些地方会做错，我也会通过我的助理去传达一些方法和建议，他们也会很快纠正回到正轨，管理确实需要技巧和艺术，谴责和嫌弃是非常不可取的方式。这样安排工作以后，我的妻子也非常支持我做的决定，她主要打理家中事务，还兼管一些物业。实践证明，阿航阿德都非常不错，阿航接班以后也聘请了更高级别的公司管理负责人来进行指导，学习如何流程再造；阿德接班后马上就对产品结构进行划分和调整，还有对相关业务员进行培训培养，对仓库进一步科学的整理等等，虽然一开始两兄弟思绪还是有一些乱，但是他们两个比较默契，也很愿意合作，步调一致，慢慢地就上手了，时至今日我也觉得这种运营模式是非常好的，也很认可他们的努力和工作方式。"章礼民对两个儿子的表现充满欣喜，交谈中流露出一些父亲对儿子的慈爱与勉励之情。

"一碗水"要端平

章礼民在两个儿子 20 多岁的时候，就把企业这个接力棒交到他们手上，一开始包括家人在内和业界的朋友也表示出担忧，大多表示会不会太早了些，两个孩子会不会太嫩了些？但两位儿子作为青年才俊，深知父母的信任和嘱托，他们的有为担当最终没有辜负父母和众亲的期待，以自己的出色表现赢得了章礼民心中为他们打出的高分，也获得了商界朋友的大赞。

对两位懂事的孩子，章礼民显得很欣慰，退下来的他有时感觉多了好些"休闲"时间，当然，他在这种休闲状态，是别人眼中的羡慕。摇身一变，他很多时候就成为幕后"军师"了，他笑着说：兄弟俩在工作中也有询问我的时候，我的总体态度一般都是提一些小的建议，大的自主权还是留给他们自己去决策，管理一定需要领导者亲力亲为，这如同包括我在老家处理一些事情的时候仍然是亲力亲为，我认为做任何事情都需要这种态度。我对我的两个儿媳妇也比较满意，她们也是和我们的家庭门当户对的，当然这也是缘分。这种结合可以避免很多三观不合带来的争吵和矛盾，其次就是两夫妻在相处过程中，可能男方会影响女方，也可能是女方影响男方，反正结果都是两个人越变越好，这是一个互相促进的过程。

后来我在商会里面提出"同心、热心、忍心"这个准则，同心即大家步调要一致，热心即有什么项目需要大家帮忙或者参与的时候大家都要积极参加，忍心即这么多人的组织中一定会有不太和谐的人或事，为了商会的整体发展和健全，需要成为一个榜样，所以我们也需要有一颗能包容忍耐的心，才能做成大事，吃亏是福也是一种能力。有时吃亏并不代表我是输家，从某种意义上说我是赢家。

　　说起自己的三个姐姐，章礼民脸上洋溢着一种特别的幸福。他愉悦地说：我的三个姐姐都非常支持我的事业，当然这里是指精神层面上的支持。但是我和我的兄弟们之间曾经因为一些观念和眼光的不统一曾产生过一些矛盾，这也是事实，但并不是说影响平时交往的什么大问题。我的大哥因为曾经受旧体制和旧观念的影响而没有继续发展自己，他在那个特殊时期受的迫害要比我们多得多。说到我的弟弟，我则认为他是一个非常聪明的人，因为性格原因没有做成大事，之后我也将老家的店铺包括货架等基础设施和一些剩余商品以远远低于市场价的三万五千元的低价转卖给了他，他当时对此事意见还蛮大的，他认为这个店铺不应该卖，而应该念在兄弟情的份上送给他。对于这点我是有话说并且有我的考虑的，原因第一因为这个中和圩是当年我创业买下的明华商店店铺，在我心中有难以割舍的情结。

　　长时间苦心经营明华商店产生的名气在石扇是家喻户晓的，就算店铺没有品牌价值也拥有商业价值；第二最重要的原因，就是我和他之间不只是只有两兄弟，我们还有其他的兄弟姐妹，如果我将此店铺无偿送给小弟，是完全不公平且会在兄弟姐妹中产生很大矛盾，我将处在得不偿失，好心办坏事的境地，顾此失彼将难以避免，一个大家庭也许将从此失去和谐的氛围，这是我不愿意看到也是我不能做的。但我的小弟可能当时理解不到这一层面，为此也积怨了许多年后才逐渐想通，不过这终究是之前的事了，现在这些积怨也早已烟消云散了，家里人都知道我并没有私心，我的初衷永远是要为了大家好，以前我也组织过让全部兄弟姐妹一起去外出旅行，带他们去过北京、香港、澳门等地看看，费用也是我全包的。

　　在平日里，如果我看到适合大家家庭用的家私餐桌等，我会一碗水端平的，包括自己在内的一下会买六套，兄弟姐妹每家每户都给他们送一套一样的，对于我来说，这些都是我最亲的人，就算今天我事业上的成就，比我的其他兄弟姐妹要强，但在我的内心里，这份亲情是一样的，没有丝毫的厚此薄彼。

　　处理兄弟姐妹之间的事情也确实是需要技巧，要把握分寸，恰到好处，说什么事情毫不含糊，大家都应该按规矩办事，无规矩不成方圆，亲兄弟明细账，一碗水要端平，大家求同存异就是最好的，不然就会乱套。

　　我觉得我这个家规最核心的就是不能忘本，我们这个家庭建设得不容易，大家都不能因为今天的美好而忘记昨天的苦难，千万不能染上不良习俗，不但要创业也要学会守业。做什么事都好，身为一个男人，格局是非常重要的，无论是在家庭还是事业上，先把规矩定好，说一不二就是我的风格。章礼民对于家风家教的陈述，让人听了非常受触动，也很有启发。让人联想到清朝张鉴《浅近录·家法》中的名句：治家严，家乃和；居乡恕，乡乃睦。指的是治家严格，家庭才祥和，处人宽恕，乡邻才和睦。看来，章礼民在童家这个大家庭中所表现出来的高明的管理艺术，与他深谙的儒家思想息息相关。

三个姐姐的骄傲

在章礼民的心中，有一种特别的幸福，他不是仅仅有姐姐，而且有三个姐姐，并且姐弟的感情非常好。在一个特别的周末，章礼民邀请他的三位姐姐到他客天下别墅的阳光房和作者见面。说起她们这位特有出息特有成就的弟弟，三位姐姐总有说不完的话……

章礼民的大姐比章礼民大9岁，刚过古稀之年，作为大姐，身材微胖的她身上透露出一种特淳朴特内敛特慈祥的亲和之感。她之前随丈夫一起在蕉岭一所小学内当炊事员，有两个小孩，一儿一女。

说起章礼民这个弟弟，她的眼中流露出满满的心疼和爱护。她说："礼民比一般的孩子懂事和刻苦，说起小时候的事情，在我印象中这个弟弟是非常乖巧的，从小就帮忙做各种家务，长大一些的时候就去上山砍柴背柴，以前条件不好吃的营养也跟不上，但是他小小个子也能背起成捆成捆的柴下山，后来他去学开拖拉机跑运输，每天晚上都是十一二点才回家，我们的父亲那时候每晚都等到他回家之后才去睡觉。等他从学校毕业时，我们三个姐姐全都出嫁了，之后能给予他帮助的机会很少，但是我们都非常牵挂他。礼民从高中毕业以后就去了大队部，负责接电话，当值班员，特别是他出社会后开拖拉机拉载石灰卖，各地跑运输，吃尽了生活的苦头，我这个姐姐很惭愧，他创业很辛苦也帮不到他什么忙。在生活当中，他也是和我们这几个姐姐关系非常好的，每当我们之间有人身体不好的时候，他总是会第一时间前来关心慰问，并且每隔一段时间就会打电话过来询问身体状况，甚至会介绍他认为医术高明的医生给我们治疗，带我们去医院等等，他忙自己的事业已经够累了，但他总是将对家人和我们的关心做到无微不至。

"对于我们每个人的家庭，他也都尽自己所能给予经济和物质上的帮助和支持，包括我们几个姐姐的小孩，他也会经常主动过问外甥们的工作和生活情况，有什么困难有什么需要帮助等等。连我们的子女他都非常关心，家里置业需要较多资金，当周转不过来的时候，他会很乐意支持和帮助我们；甚至是我们的亲戚，有些远在台湾甚至国外的叔侄，遇到经济困难他都会寄钱出去给他们，我们做姐姐的帮不到他什么，很多时候反而是他主动来询问我们最近有没有什么需要帮助的地方。"

大姐顿了顿，继续饱含深情地说："让我们三个姐姐都终生难忘的是，礼民平时很忙，但仍会抽出假期花钱花时间带我们几个兄弟姐妹出去旅游。2006年，我们去了北京，那次三姐妹一起去的，那还是我第一次坐飞机，北京之旅我们去了长城、故宫，去了很多北京远近闻名的景点，感觉非常新鲜和震撼，留下了很多终生难忘的美好记忆，拍了很多温馨的照片；第二次去香港是2007年，那一次更是六兄妹一起去的，还一起去了澳门和珠海，同样是开心和难忘的旅行。父母生下我们六兄妹，把我们养大很不容易。而现在弟弟礼民事业有成又那么有心，让我们六兄妹一大家族的人团聚在一起，这种幸福真的无法用言语来表达。除了出省出境游，小到梅州周边他也会带我们走走，每一次的旅途都非常开心，除了他带我们去旅游的那些地方以外，因为受自身家庭条件的限制，自己便没有单独去过哪里了。这些外出旅行的费用都是礼民全包的，我们做姐姐的都很骄傲，有这位优秀的弟弟，从内心也很感谢他一直以来给我们的关心。后来他还邀请我们去坐高铁和一些地方游玩，由于我身体原因加上年纪较大就婉拒了，但他的心意我们都领了。

"孟子说，不得乎亲，不可以为人；不顺乎亲，不可以为子。在章礼民心中，亲情永远是一根无形的红线，紧紧地拴在自己的血肉之中。如今，逢年过节，他都会邀请三个姐姐和一个哥哥一个弟弟共六兄妹合家一起回石扇生态园内大聚餐，过年更是有七八张桌一起围着吃饭，有老有少，欢声笑语，家庭氛围非常好。大姐认为弟弟礼民能够取得今天的成功离不开他个人身上的品质：一是他吃得苦，二是他非常爱家、爱兄弟姐妹。虽说他是大老板，但是家人们一些微不足道的小事他都会尽自己能力去帮助，比如给兄弟姐妹每人家里都买一套一样的红木家私、家具等等，他总是会考虑得非常周到细致。他是孝子，以前在父母养老这方面，他出钱出力，请保姆照顾他们，努力给老人家最好的老年生活环境，孝心可嘉。弟媳也是贤惠孝顺，对兄弟姐妹和父母都非常不错。还有就是石扇的乡亲们也都非常敬佩他，因为他不只是帮助家人，乡亲们有需要帮助的时候他都会出手相助，逢年过节也会给附近村民送油送米，每次听到他要回老家的时候，大厅里就都是过来打招呼道寒暄的父老乡亲，人缘很好。"听完大姐对章礼民的评价，也引起了在座其他两位姐姐的共鸣。当问到对自己这个弟弟的表现是否满意时，三个姐姐几乎都异口同声说道：十分满意。

大姐从其他两位妹妹话中抢过话题说："在父母从小对我们严格的要求下，礼民能够越挫越勇，取得今天的事业成就，我们感觉有这个弟弟内心十分满足，也十分自豪。如果不是礼民，我们三姐妹出嫁之后可能也就很难有这种大家都聚在一起的机会了，更别提是一起出去旅游等，做什么事都需要有人牵头并且落到实处，我们的弟弟就是我们这个大家庭的核心人物，我们没能力支持他，但我们时时都在牵挂着他。"

章礼民的二姐比章礼民大 6 岁，有一儿一女。以前是做卖水泥生意的。其实在大姐讲述的时候，她一直在旁边补充附和着。因为二姐嫁到梅城，后来章礼民到梅城发展的时候和二姐住得很近，所以章礼民经常利用跑运输的间隙过来探望二姐，聊聊天喝喝茶，问问她的身体近况，在当时没有手机等通信工具的时代，章礼民就将这种关爱付诸在了日常的行动上，他这种细心体贴的关心，经常让姐姐们感到十分温暖。二姐也一再强调大姐一样的感受，那就是他很开心有这样一个优秀还有人情味的弟弟。他把整个大家族经营得十分和谐，很难得的就是每年过年过节礼民都会主动邀请兄弟姐妹聚在一起，吃吃饭聊聊天，这种亲情是人间最珍贵的东西，所以做姐姐的都很懂得感恩弟弟为这个家族所做的贡献。

当问到章礼民取得今天的成功跟家庭有没有关系时？二姐几乎是毫不含糊地说："肯定有。我们家的家风家教是非常严格的，这是在我们很小的时候，父亲就立下了很多的规矩。我们这些兄弟姐妹都是遵规守纪的，也直接影响到了礼民教育他自己的小孩也是非常严格的，他的两个儿子都教育得非常好，现在礼民交班给两个小孩也是非常成功的。以前他两个儿子还小的时候，他经常让他们帮忙整理抽屉里的散钱，散钱从来都不会少，并且都是叠得整整齐齐。包括他在处理夫妻之间的关系时也是非常有耐心，在我看来他是一个非常有忍度和涵养的丈夫、父亲和弟弟，也是一个相当自律的人。包括弟媳祥华同样也是非常有涵养的人，他们俩对父亲母亲都是从未红过脸的。

我和大姐曾经都去礼民的店里帮过忙干过活，当时我们负责烧菜做饭，现在我的儿子也在礼民的超市负责验收青菜品质这一块，我经常告诫儿子：虽然在自己家人的超市里干活，这不是纯粹的福利待遇而是一个特殊的成长平台，只有更努力更出色，才能给家人争光；甚至我还跟儿子说，在自家人那里上班更要有大局观念，看到其他员工有不良行为要及时制止，自觉维护公司利益，同时自己也要做好员工表率，应该要成为一个得力助手。"二姐这番话，让人深切感受到章氏的家风家教已经传承到每个家人的骨子里，从祖辈到父辈到今辈甚至晚辈，他们已经生动地把家风家教里的传统演绎成一种生活习惯，或者说是一种家族文化。

章礼民的三姐比章礼民大三岁，有两个儿子。三姐身材瘦小匀称，看上去要比实际年龄年轻。她说之前自己所干的工作想起来也多亏了弟弟礼民，因为她嫁去的地方比较偏僻，家里是以养猪为业的，正因为地处偏僻，所以经常没有途径去购买生猪，也没有那么多本金去购买猪崽，生活过得也是相当拮据。

让三姐记得很清楚的一件事，也是很感动的一件事，20 世纪 80 年代，偶然一次回娘家跟弟弟礼民说了手头有点紧。礼民听了二话没说当即塞给三姐500 块钱周转，这让三姐和三姐夫特别感动，还想推辞，却被礼民制止了。因为三姐非常明白，那时候礼民他自己的创业都还刚起步，500 元在那时不是小数目，三姐收下这雪中送炭的 500 元，内心是非常感激并且感恩这个弟弟的，后来她就用 500 元买了许多猪崽和猪饲料，养大了之后卖掉赚了钱才还给礼民，这件事虽然过去几十年了，但三姐的心里一直惦记着这份亲情。后来1987 年三姐来梅城打工，除了做工还去参加培训当了接生员，这接生员一干就干了差不多 20 年，每次接生收费 1.5 元，接生的孩子不下千人。但让三姐感到最骄傲的是，20 年在农村乡镇从事接生工作从未失过手从未出过事，如今，在她的一本厚厚的笔记本上，每一次接生都有详细的记录，这可是她的传家宝，后来因为政策不允许做私人接生员，三姐就失业了。当时刚好碰上礼民在梅城开第一家超市，他就跟三姐说可以到他的超市那边去帮忙，于是三姐就当了超市员工们的炊事员，每天负责员工的伙食和后勤，从 2000 年到 2009 年工作了 9 年。虽然三姐干的是炊事员，但她对这份工作同样抱着一份感恩之情。她说自己来超市工作是她人生中的转折点，这九年以来让她第一次感受到有份稳定工作有份固定收入的好处，正因为如此，后来三姐和丈夫商议决定在梅县华侨城买了一套房子，就是基于这份收入稳定工作给她的底气。

客家人有句俗语，阿姊阿姊渐渐起。章礼民之后每开一个超市三个姐姐肯定到场，无论是开在哪个县城哪个镇多远都会带姐姐们过去，也一定会拿优惠券购物卡给姐姐们购物，每个兄弟姐妹收到的礼物都是一样的，他没有一点私心，一视同仁，一碗水端平。

在三姐的眼里，弟弟礼民一直都是家里的顶梁柱和靠山，做了一辈子善事，作为姐姐的更是知根知底，有时候姐姐们在一起拉家常的时候，说起弟弟礼民的好都会非常激动，因为姐姐们是看着他靠自己一步步踏进社会白手起家，到成家立业取得现在这种成就。在三姐看来，弟弟礼民是位很重情重义的大善人，正因为有他，章氏这个大家庭才更加温馨美满，有困难的时候大家才不会无助无主心骨。总之，礼民就是章氏大家族的一根"定海神针"，为这个家族撑起一片天，也为乡亲们和社会作出他的一份贡献。

我的幸福感言

"想起我们之前一起走过的那段难忘创业时光，我的丈夫每天晚上都是忙到很晚才能回来，我带着两个小孩就在店里等他吃饭，有时候要等到很晚，小孩饿得不行的时候，就会让小孩先吃，经常是等到小孩写完作业趴在桌子上睡着的时候，他才拖着疲惫的身体回来，我们才一起吃晚饭。让我回想以前印象深刻的事情，因为日子周而复始，我只知道那些艰苦的日子是日复一日，年复一年的重复和往返，早出晚归的操劳充实了我们俩的每一天。"这是章礼民的妻子张祥华在接受记者采访时流露出的一段平淡而真实的讲述。可以说，平淡而真实的日子，伴随着他们夫妻一起走过风雨，一起创业，一起迎来事业的转机，一起分享成功的甜蜜，一起收获人生的相濡以沫。

张祥华的老家是石扇蕉林坑，有八个兄弟姐妹，她排第七，后面还有个弟弟，她嫁给章礼民的时候是 22 岁，小丈夫一岁。其实她和章礼民结婚后，她跟其他客家女性一样，生儿育女，照顾家庭，耕地劳作，后来虽然自己家有了一间小店做点小买卖，但她心里边也一直非常本分地认为，自己的一生也将在这平淡无奇中度过，从来没有想过以后可以飞黄腾达什么的。年轻时她脚踏实地没日没夜地忙碌劳作，虽然当时条件也不好生活也很辛苦，但是她从来都没有抱怨过一个字。后来有了小孩，为了方便照顾小店，小孩就安顿在附近的幼儿园及小学读书，两兄弟小时候也算是非常听话乖巧，有时候张祥华会让他们兄弟俩看店，她就先去不远处的厨房做饭，每次有客人来的时候，他们兄弟俩就会大声喊妈妈有客人来买东西了。因为从小就对兄弟俩教育非常严格，经营店铺的过程中，兄弟俩也并没有被货架上一排排的糖果饼干所诱惑，也从来不会有"随手拿"的坏习惯，真的想吃的时候会第一时间征得大人的同意，否则他们从来不会私自偷拿，包括抽屉里的现金，他们也不会偷偷拿去买东西，现在想起来挺为两个小家伙的表现点赞。

张祥华说到两个懂事的小孩，脸上流露出作为一位母亲的慈爱，那是一种满足和欣慰。她微笑着说："以前石扇圩日的时候，店里忙不过来，我就会让大儿子章航帮忙整理现金，他会整理得非常好，大张小张叠得整整齐齐，分文不差。我们在小孩的成长过程中并没有过多

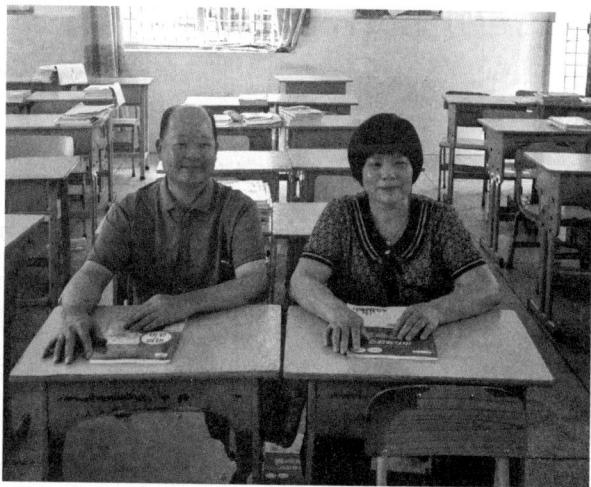

章礼民张祥华夫妇在母校重温校园时光

地训斥，也是依然保持着言传身教的习惯。等他们长大后我丈夫就会和他们说'交友须胜己'的道理，意思就是应该结交和自己人品、三观及能力都差不多或超过自己的朋友。我对现在两个小孩能接过这支'接力棒'的状态非常满意，他们能把企业接手过来也是我们夫妻俩的骄傲。"

张祥华说起和丈夫章礼民的相处之道，幸福之情写在她的脸上。正如章礼民在前面所印证的那样，他们夫妻俩结婚至今都没有任何争吵，这在绝大部分夫妻看来都是一个典范，甚至说是一对让人膜拜的对象。当记者问到这其中的奥妙是什么？张祥华浅浅地笑了笑说："我觉得我们夫妻能相安无事，也是性格使然，我是农村出来的，内心也非常单纯没有任何的坏心和野心，当时嫁过去以后是和一大家子人相处的，我看到我的丈夫大事小事都会亲自去操劳，我就非常体谅他，也承担了主内的家务和事务。我觉得夫妻之间相处气氛和谐很重要，其中一点要支持丈夫的决定，不插手，做好妻子的配角角色，要相信他的能力和判断，我就努力做好我家庭主妇的角色就是对他最大的支持了。我认为我的丈夫无论是对内还是对外都是非常不错的人，同时

他也是个非常能忍的人，面对外界很多会在工作上故意刁难设陷的人，他也从不去和他们争吵，偶尔在家也仅仅会发几句牢骚而已，便又心平气和地面对工作了。包括他处理自己家里人的事情的时候，也是把大家的关系都经营得非常好的，他的三个姐姐都非常关心他。"

张祥华在丈夫和孩子家人的心中，是一位贤惠的妻子慈爱的母亲和通情达理的人。她坦言，人都会想过上好的生活，但是她心中一直很认同知足常乐的心态，现在她的生活状态很简单，闲暇时间就会去散散步，带带孙子孙女，享受天伦之乐。每天的生活都是简单快乐的，之前还会去旅游，去过新马泰和悉尼柬埔寨和印尼等国家，真正开了眼界，国内也去过很多地方，而这些旅游都是和丈夫一同去的，除了开会出差，基本上去旅行章礼民都会带上她，现在回想起来她都觉得是美好的回忆。说到这儿，张祥华开心地笑出了声，她接着说："不过说回来，我也非常愿意跟着老公去外面看看世界，按他的说法就是带上我心里比较平衡，以前没有条件，现在有条件了，好东西和快乐都要夫妻一起分享。前些年我的丈夫任石扇商会任会长的时候，一旦有什么聚餐或者旅行的活动他都会提倡大家带着妻子一同前往参加，目的也就是提醒大家不要忘记自己的糟糠之妻。"

聊着聊着，张祥华笑着说起了认为是她平生所经历的"最浪漫的事"。2020年张祥华和章礼民夫妻俩在小儿媳依珈的撮合下，补拍了婚纱照，当天拍婚纱的时候，就像一对新人一样，化妆、做发型，身穿婚纱、唐装和晚礼服整整拍了一天，虽然很累，但是很甜蜜幸福。张祥华坦言说这一天也是终生难忘的一天。她说现在夫妻俩都已经年过花甲，也难得做了件年轻人才做的浪漫事情，当年少女时代没有条件体验在结婚时婚纱披在身上的幸福感觉，终究是一件遗憾的事情，现在这个遗憾已经补上了，那种心情是激动溢于言表的，几十年了有这么个仪式感纪念一辈子，值了。

说到章礼民热心支持修缮宗祠这件事，张祥华表示她是非常支持的，她觉得这是一件造福社会，造福子孙的事情。看到丈夫每星期都从石扇梅城两地奔波，她明白他的热心是为了家乡和宗族，因此她从来都不会也不想去干扰和打乱他的计划，想当年在石扇老家建设生态园，用到了70多户村民的集约土地，而70多户村民都支持他做一件事的时候，张祥华很有感触，也越发相信丈夫在社交中的为人处世以及顾全大局方面做得是很出色的，不然不会取得这么多人的信任和支持，包括他给左邻右舍的印象也非常好，这充分体现了他做人做事的长处，而作为妻子的她也是无条件支持他的，因为她非常清楚，这件事既是一件善事，也是一个公益事业，总要有人去站出来去带头。

生活中的张祥华非常简单朴素。她说她非常不喜欢别人叫她"老板娘"，更多的是喜欢他们叫她"阿华姐"，她觉得一个人只要心态放好就什么事情都看得开，她不喜欢摆架子，更不喜欢把自己的姿态放得很高，她觉得自己的性格就是这样，至于能够有今天这样的光景也是夫妻俩辛苦努力而来的，也不值得去高调，更不用去显摆。生活中张祥华始终保持着纯朴善良持家的优良传统，她不喜欢也不追求什么昂贵奢侈的东西，在她心中，脚踏实地朴实做人就是最好的。

2020年9月22日，章礼民和张祥华夫妇和家人朋友"大聚"了一次，这一天真正称得上是一次大聚会，因为这一天非同寻常，是他们夫妇俩结婚38周年，也是章礼民61岁的生日。夫妇俩经过商议，为了纪念这人生中弥足珍贵的日子，纪念他们一起走过的38个春秋，夫妇俩决定和家人和朋友大聚一次，举行一次生日家宴。那一天，张祥华的八个兄弟姐妹和章礼民六个兄弟姐妹全都聚齐了，不仅如此，章礼民还邀请了一帮他真正的"老朋友"。这些老朋友中，有他当年只身闯荡东莞遇到的第一个兴宁老乡黄伟文，一位结交二十几年的真正老友；有原来广州酒家的营销副总王俊龙，有东莞杨氏食品厂的厂长杨志初，有徐福记的商业代表……老友相见，百感交集，互相拥抱，喜极而泣。人间最难得的就是亲情和友情，在这真挚的亲情和友情面前，所有人都共同见证了章礼民张祥华相濡以沫的爱情，这真是一个花好月圆，人间团圆的美好一夜。在宴会上，章礼民深情地望着自己的妻子张祥华，望着这位与自己风雨同舟患难与共的妻子，深情地望着台下陪伴他一起走过的亲人和朋友，满怀感恩地发表了《我的幸福感言》——

我的太太、我的家人、我的朋友、我的员工：

大家好！今天是个好日子，是一个让我感到幸福无比的日子。同时今天还是全国农民丰收节的喜庆日子，由此我想到，我今天在这并不是发表什么讲话，我只想代表我的太太说说心里的幸福感言。

我是一个农民的儿子，能获得今天事业和生活上的"丰收"，因为有在座的你们一直相伴。你们都是我生命中的福报，是我事业发展道路上的幸运星。在此我要表达几个感谢。此时此刻，此情此景，我想说的话很多很多，我想感谢的人也很多很多。

这一路走来虽然经历风雨经历坎坷，经历雨后的彩虹，最终迎来一片艳阳天，所以在这里我最想感谢的人是我的太太，和我相濡以沫38载的张祥华女士。在这个生日家宴上，虽然我和她都已年过花甲，但我要感谢她把青春献给了我，献给了这个家，献给了我热爱的事业！感谢她的不离不弃，感谢她的爱！再次，我要谢谢我所有的家人所有的兄弟姐妹，你们是我精神的力量，是我事业的支撑。今天把大家请来，目的就是团圆和团聚，希望把这份血浓于水的亲情，世世代代延续下去。

今天还有让我要特别感谢的人，他们就是我的老朋友，我的老客户代表，有些朋友不远千里来参加今天的生日家宴，我很感动。我觉得还是那份情，这份情是岁月的沉淀，是心灵的纽带，虽然有些老朋友老客户相识数十年，朋友老了容颜老了，但是这份感情一点都不老，你们的真情一辈子都在我心中。

在这里，我还要感谢今天来参加生日家宴的员工代表，你们是企业的财富，也是我事业上的兄弟姐妹。

谢谢你们的付出，有你们，是我人生的另一种幸福！

再过几天，就是家国同庆，阖家团圆的中秋佳节，有国才有家，国泰才民安，在这里，我代表我和我的夫人

邀请在座的所有亲朋好友共度这个美好夜晚。

为我们伟大的祖国干杯！

为在座亲朋好友的身体健康，阖家幸福干杯！

为我们共同的事业干杯！

谢谢大家！

张祥华泪光闪闪地听完章礼民发表的幸福感言，在她心里，这何尝不是她想说的幸福感言呢？

"航"稳致远新"少帅"

　　章航是现在的喜多多公司的总经理，是章礼民的大儿子，1983 年出生，和他的接触交流中，在记者看来，他的沉稳和眼光，超出了很多同龄人，在他成功接过父亲交来的接力棒后，励精图治，非坐享其成，以新锐的眼光和开拓精神，在大型商超的领域"航"稳致远。在 2020 年初夏的一个晚上，在香茗四溢的阳光房，章航和记者畅谈自己的经历，描述自己的规划以及那不远处的梦想。

　　问：你能不能谈谈自己的成长经历对日后事业发展的影响？

　　答：可以。说起我的成长经历，除了家里比较早做生意以外，我觉得我是传统农村长大的小孩，我小时候的记忆都是在石扇镇。我们小时候基本上可以说是

章航在工作中

属于放养式管理，因为父母没日没夜忙着做生意和奔波，也很难顾及我们兄弟俩，每天早上除了偶尔在家里吃以外，都是大人给五角钱给我们去市场上买包子豆浆当早餐吃，吃完我们就走路去上学，但是我和弟弟一般都不会把五角钱全部花光，会每次留个一两角钱攒起来，因为市场上还有更贵更香的

东西，比如说只有圩日才有的炸虾饼之类的美食（说到这儿，章航笑出了声），现在来看是很普通很简单的食物，但是在当时是奢侈又美味的；一开始我在石扇小学读书，后来一家来到梅城以后我在肩一小学重读了一年，考到了高级中学读初中，在东山中学读高中，大学在广东财经大学。以前父母开明华商店的时候，我们兄弟俩就经常在店里写作业，我记得我们做最多的事情就是晚上十点关店的时候帮大人清点抽屉里的零钱，我们兄弟俩说好互相监督，所以两个人从没有偷拿过店里的一分钱，包括店铺里售卖的零食我们也不会随便拿来吃，实在是想吃都会请示大人并得到允许。整理零钱对于我们来说是一件特别快乐的事情，因为这是一个"福利"，这时我们俩可以坐在电视机前整理，时不时还可以看看电视，因为当时小朋友能看电视就是最幸福不过的事了（直了直身子，朗笑了两声）。

有时候我还会帮忙送送货，大概是二三年级的时候，我就经常一个人踩着人力三轮车去给附近的叔叔阿姨送货，有近也有远，最远的是到水泥厂附近，和店铺大概隔了四五公里。

我们俩从小就看着父母任劳任怨忙碌的身影长大，于是就明白了谋生就必须靠自己付出努力和汗水，也看过父母和很多顾客邻居或者是商家相处的态度和为人处世，都是很和善的，这些东西潜移默化地影响到了我们兄弟俩个性和品德的形成。

问：能说说父母对你们兄弟的影响吗？

答：小时候，我的父亲由于忙生意跑运输，不是每天在家，所以他对我们兄弟俩的教育比较特殊，他一般会每间隔一两个月就会把我们两兄弟叫到一块"上课"，主要是和我们谈心，说一些我们还需要改进的行为，要更努力学习等等。我对我父亲的印象就是朱自清《背影》里最传统的那种父亲形象，他很内敛，做了很多事情却很少表达在言语上，他善于容忍，也不太会把内心的情绪表现出来，所以我们在和他相处的过程中更多的是靠感悟，去感悟彼此的内心想法。我的母亲是最传统的客家妇女形象，她也善于忍让，勤劳持家，没有半点抱怨。有时候我会想，如果我的母亲是那种强势的女性，可能我的父亲、我们这个大家庭也不会取得今天这种成功，他们夫妻俩现在就是最好的搭档。

父亲和母亲的形象一直影响到我长大成人，直至我现在成了丈夫和父亲的角色，我在闲暇之余也会陪我的小孩做游戏，经常讲故事给他们听，在讲故事的同时会问他们对这个故事有什么看法，我认为对小孩的启发是很重要的，也不再是像我们小时候那样"自由生长"，而是新旧结合，让小朋友在无形中也明白很多我们小时候明白的道理。我和我的妻子每天都会拍一些和小朋友的对话，也经常拍一些小孩异想天开或者小孩对某些故事的思考的小视频，拍完之后就上传到云端保存，希望他长大了以后可以看，而且好的思想好的行为是可以代代相传的，多元化的时代，记载方式不仅仅可以是家族的族谱，更多的可以是一些视频化和新媒体的东西。

问：你为什么会选择"子承父业"？

答：我大学毕业后父亲就送我去珠海国美公司实习，一方面是我作为大学毕业生也不想马上就回梅城发展，也是想去外面的世界闯荡一番，不甘心于马上继承家业找份稳定工作；二是我还没有实力去创业和做我想做的事情，只能够通过实习锻炼来不断扩充自己的知识库存，比如说我可能到以后四五十岁这个年龄阶段有钱有实力的时候，我才会想着将企业进行资源扩展和转型。

当时在国美做了三年以后，我已经准备提拔为店长一职，上司们也很器重我，因为我也算是个性鲜明，积极向上的员工，和公司的企业文化要求比较一致，但是我最终选择了回来继承家业，那是 2009 年 1 月的事。做出这样的选择，一是因为我觉得赚不到我预想中的工资，加上我和女朋友的恋情已经成熟，也即将有自己的家庭生活；二是有受到我父亲的感召，他也有意向让我回来。综合考虑之下，我还是决定回来，这方面的底气有我在国美学的东西，比如执行力和很多理念，可以辅助我接手喜多多公司。

问：你回来之后是直接接班吗？

答：不是的。我回梅城之后喜多多已经开了大概有十五六家门店了，我回来的时候虽然马上入职，但是先在总部运营部门跟着运营总管学习了解了一段时间，熟悉市场和超市的运营模式，这也是父亲的有意安排。后来于2012 年担任了总经理一职，我的妻子叶青青也同时在喜多多任职，她现在担任采购总管一职，之前一开始任财务，后来在人力资源部，因为采购部是整

第四章　家庭篇

171

个流程的前端，只有前端把控好了后面才不会出现一些漏洞和错误，所以企业能走到今天我觉得这个决策是至关重要的。采购部的人一定是要清正廉洁且不贪污不要小聪明的人，这样才能保证采购环节和质量真正落到实处。这个岗位，我妻子干得很好。

问：你接手喜多多公司之后，遇到有哪些大的困难和挑战？

答：（沉思了一会儿）我接手后，运营基本处在平稳向好态势。但 2013 和 2014 年那会受市场环境影响，总体营业额有所下滑，原因是网购刚刚兴起和互联网快速推进的阶段，所以导致我们实体店生意一下子就有了强大的竞争对手。当时我们喜多多已经开了将近 20 家分店了，面对突如其来也是前所未有的情况，我一开始也手足无措，压力山大，甚至当时还在头脑里冒出喜多多超市是不是即将退出历史舞台这种念头。在那个期间，我的父亲还告诉我，当时危机之下还有人来咨询他和他商量收购的事情，并且谈了好几次还开出了具体的价格。我们父子俩想来想去，觉得如果同意被收购的话也能拿到不少钱，但是父亲更是舍不得这个他一手苦心经营起来的家业。如果当时换我来决策的话我可能会同意被收购，但是这个企业是董事长也就是我的父亲创办的，所以应该要充分尊重他的决定，他的感情厚度远远比我们要浓烈，虽然当时很困难，但我们犹豫并继续坚持了下来。

问：当时是如何破难攻坚实现突围呢？

答：（神情略显凝重）当时选择坚持下来的过程也是很艰难的。我们必须因时而变，当时在采购这个环节动了刀子，因为不破不立。先是把我的妻子调到采购部当总管，同时花了两百多万去向其他运营机构学习和寻求帮助，包括请专业人员帮忙整改，用专业术语来说就叫流程再造。但当人力和精力投下去，一整个流程再造后并没有一个非常明显的变化，顶多只是在某个环节上感觉要稍微比以前好，包括当时这个举动一些人也是持反对意见的，但是从现在的角度来看，流程再造这件事，就会觉得是企业生存到现在的一个重要的改变，我们把那些复杂懒惰的员工裁掉了，采购的方式和目标也有所改变，甚至把采购所存在的一些漏洞也及时填补上了。

问：你担任喜多多总经理之后，企业新的发展和变化主要体现在哪里？

答：主要是在调整供应链的方面。通过这方面的调整，我们慢慢发现自己的优势和劣势，慢慢去改革和摸索，好不容易才适应了这个经济动荡的局面。当时很多供销商对我们的改革措施持不同意见，有些支持有些反对，慢慢地一些供销商离开了，但是留下来的都是有实力且是真正支持我们的优秀的合作伙伴。我们也摆脱了最初的单一供应链模式，开始向更远更广的地方去采购商品，采购部的人包括我的妻子还亲自去陕西和当地水果代办部门洽谈采购事宜，和果农们面对面交流，亲自去果农的生产基地挑选优质的水果等，我们的水果有来自陕西的也有来自山东的，现在超市里许多水果都来自全国各地，但是也不乏本地生产的水果和蔬菜。一开始我们的猪肉是采取跟供应商进货的方式采购，然而有时候质量和新鲜程度并不能得到很好的保证，所以我们就马上转换思路，派出专人去梅城各个猪肉摊档亲自挑选新鲜优质猪肉进行采购，这样从源头就能很好地保证猪肉质量。

在我接手后有想过让超市转型至互联网化，但是暂时还没有成功，一是想配合当今几大电商平台，比如阿里、京东和美团等进行转型；二是想创办社区团购，集合社群建立购物小圈子等等，目前来说还是处于不温不火状态；我认为我们的企业状态和性质当下还不适合做互联网化，很多方面还有些矛盾，所以经过我的摸索尝试还是选择了目前的线下门店经营方式。至目前为止喜多多线下门店已经有 30 多家，业绩和利润也比以前有显著的提升。我对喜多多的广告口号也进行了优化，优化成"喜多多，给你更多"，这是因为大家平时都会说超级多超级多的东西，那么我的"更多"显然就比超级多更多，简洁也现代，更吻合年轻人的消费心理，大家也不仅仅是为了满足一日三餐来到超市购物，更多的是采购一些让生活更加丰富美好的商品，所以这一广告语就很好地契合了这一需求。

问：现在你弟弟章德负责明华批发那一块，兄弟俩是如何搭档的？

答：我弟弟目前做批发这一块也很成功，也是我的合作伙伴。他处在我的上游阶段，他的商品会进驻到我的超市里进行售卖，其实这也是一种战略合作，相辅相成，因为毕竟我们都是一个大集团。我认为我们兄弟俩的性格都是差不多的，都是比较稳重柔和的，这跟我们小时候受父母的影响有很大的关系。

问：能否谈谈你对企业未来的一些设想，或者说是规划？

第四篇章　家庭篇

答：我认为，企业的现金资产是尤为重要的，拥有再多的门店都需要有足够的现金流去支撑。到目前为止，我们采购方面和供应链前端的把控都是非常好的，我的目标不是要做到广东省的第几大超市或者零售业的佼佼者，我只是希望做到在喜多多超市商圈覆盖下的民众和消费者，每时每刻都把我们当成他们购物时的第一选择，这是心里话。

未来企业资本化是趋势。国家这几年包括往后都逐渐在把资本市场进行规范化，对不好的现象给予严厉的打击，资本的规范化是大势所趋，那么对于实体店走资本规范化也是必然的。我认为现在中国目前商品的互联网化的目的都为了促进传统的企业得到快速的提升，同时互联网也是个"搅局者"，它的快速发展使得很多老旧企业不得不随着时代发展转型提级，包括我们也是。我希望像我们这样的传统商超也能得到更加规范的发展途径和空间，我对此还是比较有信心的，也希望喜多多在未来的发展道路上喜讯不断，惊喜不断。

"德"行天下有担当

作为章航的弟弟，章德比哥哥小两岁，生活中，他们是至亲的兄弟，事业上，他们又是黄金搭档。而作为他们的父亲章礼民，他亲手创办的喜多多交给了大儿子章航负责，把最早创立的明华批发部交给了小儿子章德。兄弟俩在事业上分工合作，相辅相成，相得益彰。在章礼民商界的朋友中，无一例外地对他高明的培养模式和教育理念给予充分的肯定和赞扬。在和章德的交流中，他对职业的自信和思考能力给人留下了深刻的印象。

问：你现在负责明华贸易这一块，是不是之前有过类似的锻炼经历？

答：我 2007 年大学毕业第一份工作其实就是在明华贸易公司锻炼，当时挎着斜包骑着摩托车到处去跑业务，做着最基层的业务员工作。对于刚从大学毕业的我

章德在工作中

来说，我并不觉得这份工作多劳累多普通，因为我以前在读书的时候，寒暑假就经常在父亲的公司里帮忙送货搬货等，所以对我来说是一件已经上手了的工作。

问：这些锻炼的经历对你今天的成长有好处吗？

答：当然。以前高中寒暑假在明华帮忙的时候，到临开学前父亲就会发十块钱左右的零钱给我们兄弟当作奖励（笑了笑），其实我们上学和在家的时候也不怎么需要用零花钱，再加上父亲对我们兄弟这方面的管教是很严格的，所以我们兄弟俩自小就养成了不乱花钱的好习惯。大学的寒暑假开始就会去喜多多店里帮忙，上了大学以后学习到许多相关的专业知识，我的父亲就让我去喜多多锻炼一下自己，看看大学所学到的知识能不能运用到实际当中，当然，这些机会也是父亲的有意安排。

问：你觉得你的性格属于什么类型？

答：我的性格是属于比较能吃苦的，在我工作的这些年这种能吃苦的性格帮了我很多，让我面对困难的时候不会选择躲避，敢于迎难而上，从中还磨砺出了我沉稳、踏实做事的风格，我觉得这些品质是工作中非常宝贵的财富。我们兄弟俩从小就看着父亲劳累的身影在奔波忙碌，看着家族的事业因为他的勤劳能干而越做越大，对我们也产生很大的影响。父亲是一个做事非常认真和雷厉风行的人，实话说我认为到目前为止我们都还达不到我父亲那种做事细致的程度，这是和性格和经历有关的，我们毕竟再怎么吃苦都算是二代接班人，我父亲曾经的那种艰苦条件下承受的苦难，我们是永远都体会不到的。

问：你认为你父亲能取得事业的成功，最大的原因是什么？

答：我认为我父亲能取得成功的原因一部分是时代的发展和机遇。我的父亲能够抓住这个发展的机遇，说明他具有独到的眼光，比如起初他开超市这一举措许多人并不看好，甚至超市这个行业当时都不被人看好。我印象中父亲开第一二家超市的时候反对声音都是挺大的，但是父亲还是一直坚持去做，一直不断去学习去钻研在梅州创立超市这个概念和模式，他善于抓住事情的核心要点；还有一个原因就是他的为人处世，无论是对待朋友、员工还是家人他都是非常关心的，包括发生一些事情的时候他会非常热心地出手相助，处理问题的时候也是冷静周全有条理的。我认为我的父亲是具有强烈的社会责任感的人，无论是对于家族事务还是社会上一些有困难的群体，父亲都会用一种强烈的责任感去支撑他做这些公益事业的。他的经历和成长环境促使他有这种想法去帮助大家，在我们看来，他做的这些公益事业是纯付出性的事业，并不是说后面会给到他应有的回报和好处，是他对社会担当的表现，包括他为家族做的很多好事，也都是为了家族的团结和荣誉感。他的这种社会责任感也深深地影响了我们兄弟俩，我们也将这份社会责任感带到了企业当中。

问：你是如何把这种你父亲身上的社会责任感带到现在自己管理的企业中的？

答：比如我的父亲告诉我，现在自己管理的明华贸易有一百多人，就意味着有一百多个家庭在其中，你把公司经营好了，就是对员工的一种负责也是对他们所处家庭的一种负责，同时也是对社会的一种负责和贡献。

诚然，我们这代人管理企业吃的苦和父辈那个年代已经不一样了。我们现在管理企业更多的是需要不断地去捕捉市场的信息和顺应市场的规律来发展，更多的是要我们拥有一定的前瞻性。因为从我个人来说，我认为管理是尤为重要的，一个企业只有管理好才会有之后的发展机遇和空间，自身都管理不好的企业谈何发展？在内部管理好的情况下，前瞻性才具有指引作用，比如说我的企业需要批发哪种品类的货物，比如明华商店 1996 年的时候就开始批发糖果饼干，到我接手后马上就出现了件"麻烦事"：那时人们的生活水平已经有所提高，市面上出现的食物品类也越来越丰富，当温饱已经不再是当下人们的主要生活矛盾，人们对糖果饼干的需求量就下降了不少。这就考验我要进行品类的转化和转移，所以我放弃了部分糖果饼干的批发，转向批发更多的粮油、米面和调味品等家庭生活必需品，这样才能在公司原有的规模下维持现状并且越做越大。

问：能举例说明吗？

答：2008 年的时候我抓住了一个时机，我看到因为人们生活水平的提高，那种以前吃饱撑饱的糖果饼干已渐渐成为非主流，而新鲜水果和高档水果则成为人们茶余饭后的主要点心，基于此，我在自己批发蔬菜水果的同时还开了一家水果专卖店，叫绿山鲜果园，主营新鲜水果和与水果有关的一切东西，那时候的梅城还没有水果专营店，店里所有水果都是我亲自挑选进货的，同时店里也有卖进口水果，是我和一些同事从广州那些大城市的大型水果超市进货的。这家水果店一直在经营，到了我接管明华贸易的时候这个水果店就合并到我的哥哥管理的喜多多超市里去了，有零售也有批发，所以我也算是梅州超市水果板块的创始人了（开心地笑了笑）。

问：能说说你们兄弟俩在商业上是如何分工合作的吗？

答：我和我哥哥两个人一个负责明华贸易公司、一个是负责喜多多连锁超市，其实二者并没有前台后台之分，我的贸易公司合作的不仅仅有喜多多，还有大润发、嘉荣超市等等，梅州各县区的商超我都有合作，而喜多多仅是我其中的一个客户，只不过是大客户而已（笑了几声）。但是从大方面来讲我哥所管理的喜多多确实承担的压力要比我大，甚至所要承担的风险也是比我多得多，因此我很敬佩我哥，这是毋庸置疑的；我所在的贸易公司只需要和客户沟通好，能够批发对应货品即可，而他不一样，他需要面对不同的圈子里形形色色的客户，和他们打交道，谈合作和生意，非常烦琐。我是可以理解我父亲的这种安排的，因为从小父母给我们兄弟俩灌输的理念就是，做事情要分工协作，有条不紊，何况我们兄弟俩现在是看似分工，实则合作，像是连在同一根枝干上的两根树枝，相辅相成。就拿经营来说，他的喜多多是需要采购一些商品来卖给消费者，而我的贸易公司是将货物批发给商户们，在需求层面上我们就已经是合作关系了。

问：你和你哥哥的兄弟感情如何？会不会出现商业上的竞争？

答：喜多多的批发额约占我的贸易公司总销售额的三分之一左右，是我最大的客户。我们两兄弟的关系是非常好的，并不会因为谁的名声比较响或者谁赚的钱比较多而嫉妒对方，因为我们俩都是从小看着家庭条件从艰苦到慢慢变好的，我们俩都非常珍惜现在的生活。再加上我们俩大学所学的专业不一样，我哥大学毕业后就去国美公司实习，我则是在明华帮助我母亲一起打理店铺生意，久而久之也就顺理成章地各司其职，各有所能了。

平时谈有关供货进货方面的业务我们也是让下面的业务员与业务员之间去进行谈判的，我们都有各自对于自己公司业务员的要求，一些细小的业务就由业务员去完成；一些大方向的比如说货品种类的转化或者调整等举措，就由我们兄弟俩面谈沟通，有时候和哥嫂都一起坐下来商讨某些事情应该怎么做更好，或者是谈论当今市场的新变化、有什么工作上的困难等。我们虽然是兄弟，但两家公司的业务平时还是按照规矩来办，该盖章的就盖章，该签合同的就签合同，有合作也要有分工，只是说念在兄弟情的份上我们互相都为对方争取到更多一些的资源，比如说超市可以给我的商品更好更显眼的陈列位置等等。在工作上，哥把我当成一个普通的供应商，我也把哥当成一个普通的客户；在生活中，我们仍然是亲密无间的家人。

问：你父亲对你们兄弟俩在经营上的影响有哪些？

答：我们兄弟俩现在不但相处得好，生意上作为合作伙伴来说相处得同样很默契，我认为这也离不开父母一直以来对我们的言传身教。其实在我大学没毕业之前，我一直都觉得我父亲是一个比较严肃的人，走出社会担当起一个公司的责任时，我就越来越能理解到父亲的良苦用心，我也越来越能理解他的说法和做法，每当我们有意见不同的时候，我总是会思考他为什么会这样想，这样想的目的是什么等。早期我刚出来打理公司的时候，他会经常跑过来指导一些工作，召集大家开会，指出一些不足。其实到现在为止我也没有真正意义上在他的手下干过活，以前的经营模式是勤勤恳恳干活认认真真做事就可能可以支撑起一个店铺，现在的经营模式和经营方法已经和以前大大不同了，现在更多的是靠管理和制度化的东西，以前更多地可以靠人性化经营等去获取口碑。一开始我接手的时候，我父亲认为这个商店是做不长久的，因为这个商店只卖糖果饼干，而且我们也都发现人们对于糖果饼干的需求和喜爱有所下降的趋势，后来我扩大了品类的销售、调整了一些商业模式以后，形势就渐渐好转起来，企业越来越有生命力，周转越来越快，也改变了我父亲原有的看法，现在跟我合作的粮油品牌有包括像福临门油和刀唛油等知名粮油品牌商，都成了我的长期合作伙伴。

问：你目前面临的压力是什么？

答：现在对于我来说最大的压力还是信息化的快速发展，社区电商平台和一些外来购物平台的冲击，因为我们是属于传统的经销商和传统的商业模式。目前我们公司有一百多号人，年龄层处于三十到四五十岁之间，甚至还有些是我父亲那时候留下来的老员工，老员工的知识层次不太高，但是他们是明华公司的"开国功臣"，最老的员工是管仓库的，他仅仅只有小学文凭，但是我认为他是对公司忠诚度最高的员工。前几年我还没有真正入行的时候，会有一些年纪比我大，从业时间比我久的员工会对于我的要求或者决策产生不理解和疑惑之处，印象最深的是我当时对品类转化的决定，他们都一致认为企业有面临倒下的风险，但是随着时间的推移和我的不断成长，渐渐地他们都非常认可我了，不过其中也是过渡了好长一段时间。我们这种传统经销商还是属于断层式发展中，年轻人比较少，因为除了行业内的人，很多人对于批发的概念还是有所误解的，我们只有在服务上更胜一筹，才会获得更多客户的良好印象和长期合作。适时还会对临近保质期的商品作特价处理，但是我们从来不会出现店内摆放过期产品的现象，因为这也涉及信息管理透明化规范化，在临近保质期我们会把商品做回收处理，这方面属于内部管理，也是我们做生意人的个人素质和负责任的态度。

问：你如何看待当前批发这个行业？

答：从行业来说我们这个行业在梅州还是处于比较零散的一个阶段，以后有机会的话我也是希望能把我们这个行业的人聚集在一起，就配送来说，因为配送是我们这个行业很主要的一个部分，我就希望以后的配送可以资源整合成一体化。不夸张地讲，根据公司的规模和品牌的合作程度（目前明华有五六十个品牌合作）以及体量批发额来比较的话，在梅州所有的批发行业中，明华的贸易公司可以排到数一数二的位置（脸上充满自信的神情）。

问：平时工作那么忙，你业余有什么爱好吗？

答：（嘿嘿笑了一下）我的最大爱好就是打篮球。我组织了一个喜多多篮球队，其实都是我的朋友，平时一般我都和他们一起打篮球，坚持每个星期打两三次，甚至有时候还会和其他球队的人一起打，举行一些小比赛。我认为打篮球一定要热爱，就和热爱生活一样，在打球的过程中没有人是常胜将军，也没有人可以一直得分，要在时好时坏的状况下依然保持热爱，这对调整自己在商海中的心态很重要，甚至很有帮助。虽说我是大学毕业才开始培养打篮球这个爱好的，球技也不算太好，但我一定是整支队伍里最热爱篮球的一员，这个球队成立一年多了，但是我自己对于篮球的爱好已经持续了好多年。

乡恋篇

第五篇章

凡人为善，不自誉而人誉之；为恶，不自毁而人毁之。

——苏轼

慈悲不是出于勉强，它是像甘露一样从天上降下尘世；它不但给幸福于受施的人，也同样给幸福于施予的人。

——莎士比亚

创立石扇商会

初夏一个晚上，章礼民的阳光房茶香四溢。他有一个习惯，只要是好朋友来到这，章礼民总是以茶相待，而在泡茶前他总会非常细心周到地问客人喜欢喝什么茶，当听到回答后，他总会转身从后面的展架上拿出相应的好茶……一壶香茗泡好，也许是创业期间体会太深，那天他直接对记者说：今天我们主要来聊聊关于石扇商会的事情好吧。记者表示洗耳恭听，于是他打开了话匣：

石扇商会是 2011 年 4 月成立的，商会的全称是梅州市梅县工商联合会石扇分会。成立的动机是，梅县工商联认为省里面有把商会下沉乡镇基层并作为试点的意思，所以通过摸查了解，想把石扇作为一个试验田，当时的情况是各县都设有商会分会，但是把梅县工商联合会下沉到乡镇成立分会的模式，石扇是第一家试点，当时之所以选择我们是因为一方面石扇的商圈已初具规模；二是石扇的乡贤比较热心，而且商业氛围浓厚，当时我们石扇出了一些企业家和商人，还有就是我们也经常和镇上的领导们交流，镇上的干部也非常支持我们，当时石扇商圈内部也动员了几次，大家虽然也会有意见不统一的时候，但整体声音是和谐的。

为了促成此事，我也主动把石扇的三五个在当时较有影响力的老板聚在一起商讨成立商会的事宜，目的是想先碰头达成共识，但是结果并没有那么顺利，碰了几次面也依然没有商定到底谁当会长谁负责什么之类的框架，大家也是因为经验不足，态度也有摇摆。后来他们就和我说要不就让我来顶这个头，让我当会长来组织大家把商会建立起来，将企业家老板对家乡的贡献体现出来，把家乡的乡亲们都凝聚起来，虽然这其中的规矩和条款有很多，但是目标是好的，就是希望把大家召集起来，团结起来，拧成一股绳。

2011年4月之前，为了成立商会的事情，大家在一起开了很多次会，但是基于大家对商会这个组织的认识还不够，后来我也发愁，又不能把大家组织在一起，梅州各县各镇也都还没有先例，没有经验可借鉴，但这时已经很多石扇的企业家把目光投到我身上，在大家的呼吁声中，我不能再推辞了，于是就决定自己当那个"领头羊"；办商会肯定要用钱，既然自己当这个头肯定要先有表示，所以我首先出了十万元，当时石扇有五十多个商家作为会员单位。2011年4月28日，是个好日子，这一天商会正式成立。我记得那天会员单位都基本到齐了，在石扇镇政府召开了成立大会，后来大家也都陆陆续续捐了有五六十万，商会的会址也初步确定下来。我当选了商会的创会会长，也感谢大家对我的信任，随后副会长也由多个企业家老板担任，五十多个商家生意覆盖范围还是挺广的，有超市、混凝土、汽车、石场、医药、手机通信、钢结构和房地产等等方面的商业领域，成立大会上，梅县工商联的领导也前来指导，县里面各部门的领导也来了很多，毕竟我们是当时第一个梅县乡镇一级的商会，具有很强的示范性，因此各级领导也很重视。

说到商会成立之后的情况，章礼民接着介绍说，商会成立以后氛围特别好，从2011年到2016年这五年，商会为石扇家乡做了十多件很有意义的事情。其中第一件是从响应国家号召开始，发动大家从扶贫济困入手，帮助一些农村生活条件比较困难的家庭，用商会的社会力量对他们进行帮扶；第二就是在梅北中学设立奖学金，奖教奖学，为尊师重教尽一份力；第三就是筹集资金七八十万为梅北中学捐建了一栋师生楼，还有为石扇医院捐赠医务车等，这些民生实事的落实，得到了乡里乡亲的拥护称颂，石扇商会的威信也得到空前的提升。尤其值得一提的是，商会成员还为石扇老家办了一件大事，这件事的落实可谓意义非凡。那就是大家筹资了几百万修路，把从205国道梅县竹洋到石扇的路进行重修，为什么要修这条路？

首先，这条路的路况已经到了不得不修的地步，当时每位商会的成员都很清楚，因为道路长期失修，加上载货货车多，路面坑坑洼洼，一到晴天尘土飞扬，每逢下雨天则泥泞不堪，更要命的是好几次章礼民的司机载着他从老家赶回梅城办事，汽车轮胎几次被扎破，遭遇这些事，也让他暗暗下决心，有机会有条件时，一定要把这条通往家乡的路修好。集资倡议发出后，也获得了县政府的支持，带动了县里也一同出资和商会一起修路。这里有个插曲就是，本来一开始商会向县里报备申请资金的时候，因为资金不足，于是章礼民就利用省里的一些关系，申请争取了一笔大概三千万的意向资金，当他把这个好消息带回家乡，再叫上石扇镇的书记、镇长等领导一起到县里的公路局汇报商会筹资修路以及申请资金的过程等，但因为按照省里的这种模式修路，同时还需要县里配套一大笔资金，后来由于县里财政存在一定困难等原因，这件事还是被搁置，只能改为通过商会牵头民间集资的方式。开弓没有回头箭，为了修成这条路圆大家的梦，章礼民带头捐了 20 万，随后商会各成员纷纷跟上步伐尽了自己的一份力，最后一点一点加起来筹了两三百万，加上县里公路局的一些支持，这条路最终修成了！通行条件的改观，让回家的路变得更通畅更快捷，也获得了大家的交口称赞。作为这条路的发起人和牵头者，每次章礼民开车从这条全新的路回家，心里都有一种特别幸福的感觉。除此之外，在之后的日子里商会的各成员还同心协力，出资修了好几条村道，并配了路灯，村容村貌得到极大的改观，为美丽乡村的建设尽了应有的担当。

由于石扇商会工作开展得有声有色，引起了省市领导的关心和关注。广东省工商联秘书长曾三次莅临石扇商会指导工作，对石扇商会的工作给予充分的肯定，评价商会工作出色，并向省里汇报石扇基层商会能够做到这种效果，是一个先进的典型例子，在全省都值得推广并有示范意义。功夫不负有心人，在商会成立的第三年，石扇商会就获得了一个全省的大奖，并通知章礼民代表商会到广州领奖。这是一个含金量很高的奖牌，全省有 2800 多个乡镇商会参与角逐，只有七个乡镇商会获此殊荣，而石扇商会就是其中之一。一石激起千层浪，获奖之后梅县工商联的声望也高很多，受关注度也大大提高，由此石扇商会也成了一块当时的金字招牌。总结起来，商会成立时间不久，便能取得这样的成效，最重要的是商会组织很给力很成功，团队得到磨合，大家的凝聚力非常强，氛围也非常好，成员之间互相帮助、总体形成了一个友善团结的商会格局。

扶贫济困终无悔

　　石扇商会在扶贫济困方面作贡献。在章礼民的牵头下，做了很多得民心的事。一方面集资了十几万捐给了镇里的福利院和养老院，给当时贫困户送上慰问金。还有就是助学方面，支持一些成绩优异（包括考上重点高中）的寒门学子和优秀的乡村教师给予奖励。值得一提的是，石扇商会在 10 年前就能把扶贫济困作为主动承担的社会责任，这在当时是很具有先进性的，之后

章礼民出资为家乡建设光伏发电项目

扶贫济困在社会上蔚然成风，而石扇商会能在成立之初就有这样的初心和使命感，可以说，是非常难得的。

对于商会的体制，作为创会会长的章礼民心里非常清楚，他从来没有觉得当会长是在当一个"官"，在他心中，这个会长是责任，更是一个担当，当初费尽辛苦成立商会目的就是想通过商会这个平台团结家乡所有的生意人，通过团结互助，形成共同的发展，之后回报家乡回报社会。所以他担任第一任会长之后，他就觉得这个会长不能是一成不变的，而是每一个商会的成员都可以有机会来承担这个担当。所以当时石扇商会章程制定的会长制模式是章礼民所主导的"五年轮换制"，就是五年换一次会长，大家都有机会做会长，也提倡商会的企业家，凡是在外面挣了钱以后都来为家乡做点贡献，所以后来他为了助力石扇美丽乡村建设，用村中七十多户村民的集约土地建设了一个美丽的银英生态园，在商会中树起榜样的作用，这是后话。

对外交流影响大

作为商会的会长，为促进对外交流以及商会的发展，章礼民做了大量的工作。由于受到省里的表彰以及市县领导的重视，石扇商会由于出色的工作，在社会上树立起良好的口碑，当时就连台湾商会也专门组团过来交流学习。

最让章礼民难忘的一次对外交流是在 2013 年 11 月，他利用自己的一些人际关系，带领由 33 位商会成员组成的石扇商会考察团前往澳大利亚友好市，此行的目的是考察当地的房地产和贸易市场，促进对外交流。在澳大利亚朋友的周到安排下，欢迎晚宴设在当地的一间高档酒店内，欢迎晚宴的正中央还挂着"热烈欢迎石扇商会代表团"的横幅，让章礼民和商会成员感到惊喜的是，欢迎晚宴上还来了一位重量级嘉宾，而这位重量级嘉宾就是当地友好市的市长，市长还上台亲自致欢迎词，并向石扇商会的各位成员介绍当地的投资环境、投资项目和合作项目等，并再三表示欢迎商会的有识之士来澳大利亚友好市投资。让章礼民等商会成员深为感动的还有，晚宴也是超乎规格的，所用的招待酒也是澳大利亚当地最好的红酒，菜肴也是把当地最出名的菜品悉数端上了桌；面对如此高规格的接待，就连当时随行的导游都感叹说，澳大利亚友好市以如此高的规格接待来自国内乡镇一级的商会，这是罕见的，也是他做导游 27 年来第二次遇到。

章礼民把石扇商会带出国门进行商业交流，这在当时也是一个创新，商业交流也促进了一定的合作，后来他在自己的超市里引进了一些澳大利亚的红酒；之后，澳大利亚友好市也派商业成员到梅州回访，礼尚往来，同样也受到了章礼民的热情款待，友好的互动，增进了彼此的互信，石扇商会的名气，也由此达到一个新的高度。

当问到章礼民当初成立石扇商会，作为创会会长，现在虽然退下来成为商会的永远名誉会长，他在任期间为商会做了大量有意义的事情，为社会做了很多贡献，这都是有目共睹的。现在到回来看商会心里又是怎么想的？当他听到这个问题，似乎戳中了他内心的难言之隐。但随后他也淡淡地说了一些自己内心的感受。他说：我之前有时会自嘲当了石扇商会会长是"做了件傻事"，是因为成为创会会长是身负重任，万事开头难，在团队建设初期需要付出很多心血努力，加上我自身的企业也在发展中，当时就有不少商界的朋友说我"不务正业"，在当会长期间也因为许多事情导致我在发展自身企业上分心，甚至会因为与商会各成员之间开会讨论事情时意见不同或者观点的不合发生一些争执导致我烦心；因为在担任会长的过程中，需要决策许多事情，那么这个时候就总是会有些不同的声音出现，影响了整个商会的正常运作，甚至使商会一些既定的项目遭到搁浅等，说起来这也是一件令人遗憾的事。后来我年纪大了，商会内部成员也产生了一些矛盾和分歧，加上因为我忙事业确实分身无术，我就主动卸任了，现在由我当时的秘书接手当会长继续管

梅县区基层工商联赴澳洲考察团合影

理商会。

现在回想起来，商会成立是件大好事，在短短几年时间就达到了省级模板的标准，是商会各成员共同努力的结果。现在虽然我已经不是商会会长了，平时也较少参与商会的具体事务，但是家乡建设需要帮助的时候，我依旧会一如既往毫不含糊地贡献自己的一份力量；值得一提的是，当初石扇商会成立时在整个梅县也是首个乡镇商会，到现在为止，梅县的乡镇商会已发展到十多家了。

有句话说得好，不求尽善尽美，但求无愧我心。对于石扇商会，章礼民的心境大概如此。

慎终追远不忘根

　　据著名客家学者冯秀珍所著的《客家文化大观》中记载：梅州的章姓从明代开始入闽客地。章姓为炎帝之后，姜尚支孙分封于鄣（山东章秋），春秋时亡于齐，子孙以原封地"鄣"去耳旁为姓。望出于河间郡，因名"河间堂"与"豫章郡"。昔有联云"营丘疏采，渭绪文流"，典出于章氏源流与章颖。章氏于唐末避乱入赣，留居豫章郡、洪州。宋元间入闽，明代迁居汀州长汀，复分迁上杭，后经蕉岭定居梅州。

　　清长汀章文略，以孝廉荐饶平都司，升海澄知县，卓有政声。子孙留居

重新修缮一新的石扇章氏总祠

饶平、梅州、兴宁。梅州章氏的开基祖为章五斋公，又据《广东章氏渊源考略》梅州石扇溯源中所述："我祖五斋公（系）福建浦城仔钧公第十四子仁逊公之裔也，历唐季五代，迄宋高宗南渡时二百余年之间，风霜兵祸，辗转流离，基诸之将坠者屡矣。幸一线之犹存，觉水源之可溯。我祖五斋公生三子，长学长、次学山、三学士，正值金兵入寇、遍地旧符、民不聊生，自闽入粤，携男带女，露宿风餐，其父母儿女各散西东，不知所徙。学长随父五斋公旅寓蕉岭九乡，至孙耆明公始迁入梅州开设基业于石扇乡。焉其二三子则跟母黄氏远走潮郡，学山徙居郡西八里西塘乡，学士徙居郡东埭头乡，各处一方，分枝派叶，遂创业而居焉。相传，世本皆仔钧公而公逊也。"（《梅县章氏族谱》第 79 页）

"我祖五斋公是福建浦城仔钧第十四子仁逊公之裔也。传说宋南渡时，五斋公夫妇带三子南下，因兵荒马乱，五斋公夫妻父子走失，结果，五斋公仅带学长公到蕉岭九岭定居。……三世耆明公是石扇章氏的开基祖，死葬三坑的虎将坛，祖妣朱氏葬梅城大浪口。"（《梅县章氏族谱》第 79 页）

俗话说得好，参天之木，必有其根；怀山之水，必有其源；慎终追远，孝悌为先。在章礼民的骨子里，敬祖念祖的情怀是非常深厚的。他认为上一辈甚至是祖上对他的影响都是极其深刻的，这种对于家族和祖先的观念是非常强烈的。可以说，他的父亲在他心中也是一个榜样。以前他父亲曾修建过老家的房子，那时候他还小，但是一切都看在眼里，也记在了心里，这是一种家族的血脉相承和家乡情怀。客家人都把自己的出生地叫"胞衣迹"，树高千尺也忘不了根，老家和祖屋就是根也是不能忘的。

在整个梅州的章氏家族里，在石扇就更不用说了，几乎每一个章氏宗亲都知道章礼民做了一件堪称伟大的事情。这件事在常人的眼里看来是难以置信的，甚至说是不可思议的。当旁人获知事情的全部经过时，可能剩下的，除了敬佩还会是敬佩。那就是他除了出钱出力修缮自家支系的章氏宗祠，甚至还不辞劳苦，不怕麻烦，不图回报，热心牵头，本着敬祖念祖的大局观念，团结整个家族，以善行善举影响家族每一个成员，同样出钱出力，把其他支系的章氏宗祠都先后获得修缮，大家好才是真的好在这里被演绎得淋漓尽致，这件事不仅在整个家族里成为众人膜拜的美德，更是成为十里八乡甚至远走他乡的美谈。章礼民为什么要这样做呢？他的初心和动力来自哪里？

事情的渊源是这样的。也许是基于对家乡那种无法割舍的情怀，石扇，不仅是生他养他的地方，也是他创业初始的地方，也是他的父母生活了一辈子的地方，那里的一草一木一人一物，他都是那样的熟悉，所以后来他到了梅城发展自己的事业，但无论再忙，常回家看看已不再是一种召唤，而是他与生俱来的习惯。那回家的路，他当年开着拖拉机不知走过多少趟，虽然如今回家的路早就今非昔比，但每次他回家时总会从车窗凝望窗外熟悉的风景，每每想起当年那些过往的场景，总会让他百感交集思绪万千……

很多年前有一次他回到老家，看到祖屋一片破败荒凉的景象，让他很是伤感。想想当年祖屋里热闹非凡的景象，现早已因为各户人家发展和迁出，而今变得空荡荡的静悄悄的，因为年久失修老屋房顶有些开始漏水，横梁有的已被虫蛀，有些房间已经出现倒塌，甚至在屋内已经长满青苔和杂草，那次目睹这样的场景，让章礼民心里非常难受。他很清楚，如果再不对祖屋进行重修的话，这些危房就随时都有倒塌的危险，如果祖屋塌掉了，祖宗留下的记忆也因此毁了，也会让大家心灵深处对祖宗的敬仰变得无所适从，成为无源之水，如果到那时绝对是一件很可悲很让人哀伤的事情。当时事业已经取得一定成就的他心想，如果连这件事都做不好，那他觉得会有愧于祖先的，而这种事情在章礼民心里是绝对不允许发生的。因此他下定决心一定要彻底地修缮祖屋，也就是他这个支系的宗祠。

说干就干永远都是章礼民骨子里的性格，于是他召集族人开会，把重修祖祠的想法告诉大家，并取得了众人的拥护，很快，祖祠的修缮方案出来后，他从 2015 年开始先修缮了自己家的祖屋，修缮时全都换上了新的琉璃瓦，保持了原有的传统风格也加入了现代的一些功能和元素，通过修缮整个祠堂焕然一新，面貌和格局都完全不一样了；宗祠修好后在当时也引起了不小的轰动，村中各个姓氏家族的人都赶来参观，一片褒扬之声不绝于耳，玉成一件光宗耀祖的事情。很多人要问，这修缮宗祠的费用是怎么来的呢？原来在修建宗祠的过程中，家族内大家先进行商议凑钱，这一点很关键，这样做就是让家族内每一户人都参与进来。而章礼民作为带头人，带头把周围的很多地方先整合起来，为了使老屋的整体看起来更加统一，他还用自己家的田地去和一些村民们置换他们家屋前屋后的一些地方，这也不是件容易事，需要挨家挨户去商量去沟通，有些不太愿意的还要去做他们的思想工作，表明自己的真诚态度，甚至是经济方面的补偿也尽量替村民着想。虽然当时他也是第一次做这些事情，但他心里有一杆秤，就是完全把这件事当作一件公益事业去做，用一颗公心面对大家。

他为了弥补自己对修缮宗祠经验的不足，一方面谦虚地去请教一些德高望重的宗长，还自己去查找相关资料不断摸索，直到宗祠修好到现在家里仍然保留了一整套当初的修建图纸。经过同心协力和艰苦的付出，2016年他这个支系的宗祠终于修建好了，总共花费了一百多万，他出资占了好大部分，其余是老屋的近百户人家一起筹资的，这件事的成功，起了一个很好的示范作用。

修缮宗祠彰功德

　　做什么事情在章礼民心中都是有一盘棋的。老祖屋修建好了，对他来说只是第一步，他的下一步就是修缮章氏总祠。修缮之前这个最大的总祠也是非常破旧，占地三四千平方米的总祠在章氏家族心中的地位不言而喻。

　　祭祀祖先是中华民族的传统文化，祠堂是姓氏宗亲的精神支柱和精神家园，是家风家德家教的一个重要场所，祠堂文化也是中华民族传统文化的重要组成部分，是一个姓氏宗族观念、血缘关系、历史档案、道德情操、精神风貌、文化底蕴、风尚习俗、经济和生活水平的集中缩影，它不仅是历史的延续，还是中华民族血脉的延续。而面对石扇这个章氏家族最大的宗祠，章礼民的内心是非常虔诚的，他的理由很简单，重修祠堂，就是对祖先最好的纪念。于是他按照之前修缮自己祖屋的形式，带头出了一部分的资金，起个示范效应，剩下的就由宗亲们凑份子钱，量力而行，让每一家每一户都树立敬祖念祖的观念，团结大家一起共同完成了这项工程，最终花了两百万元使修缮工程玉成。

　　根据修旧如旧的原则，在修缮过程中也是能省则省，不会因为要追求美观而过度奢侈。工程完工后就连镇里的领导参观后对此的评价都很高，认为此举措大大丰富了的宗祠文化，祠堂内还有章氏的歌曲，歌词中还融入了章氏的家族历史和家风家教的元素，同时宗祠一进门的右侧墙上就是梅州章氏祠堂将近百年历史的 11 座祠堂照片，每座祠堂都清楚地标明传承的渊源，这是非常有代表性的，参观者无不为之震撼和赞叹，也为祠堂文化的独特之处叫好。此举一是可以让那些外姓人了解章氏的历史文化，二是每位章氏家族成员一走进祠堂就会有一种特别亲切感和有一种归属感。因为每座祠堂的介绍也包括哪个支系是哪个太公开基等等，让那些传下来的后裔一看就明白自己到底是哪个章氏太公的后代，倍感亲切。

宗祠的建设同样是保留以前的风格，可谓展示了章礼民高超的用人艺术和管理艺术。他动议每个宗祠都成立一个专门的理事会，他在选择这个团队的成员时均考虑得非常周全，他把有想法且品行好的人都聚集在一起，让他们加入理事会并且都参与进来，以后理事会做决定的时候就避免了很多被误解的环节，也拉近了彼此之间关系了，起到了一种很好的沟通作用。

章礼民认为，修缮宗祠并不是简单地给自家做房子，也不是简单地给自己的房子搞装修，这是一件涉及面广涉及公众利益的事情，所以做这种事情一定要有公心和热心，不然是做不成这样的公益事业的。他认为，修建总祠不仅仅是对祖先的敬仰，同时有一个很重要的目的就是也让后辈更加团结，更加友爱互助；宗祠的成功修缮，对于日后修缮各分支的宗祠起到了示范、影响的借鉴带动作用。

"礼叔"就是不简单

参与宗族的事务是千丝万缕的，有时还是错综复杂的，因为涉及的人多，面广，要办成宗族的事情，有时钱还不是最主要的，而人的作用才是起主导作用的，因为人的关系没有处理好，事情基本上就办不成，所以章礼民深谙这一点的重要性。于是，他在理事会的日常工作过程中会经常和会长等负责人说，对待理事会的每一位成员一定要耐心，无论对错都要学会倾听他们的

乡亲们为德高望重的"礼叔"点赞

意见，不要随便发火，要听得进旁人的意见，要把大家都团结起来。身为会长的村支书章志雄做得非常不错，他每个星期都会叫大家聚在一起坐坐，喝喝小酒聊聊天，不知不觉中大家的意见就集中起来了矛盾也慢慢化解了，事情也就协商好了。

章礼民曾经开心地感叹：做这件事的时候让我感触很深的一点就是，我没想到事情会发展得这么顺利，我先前已经预想了很多可能出现的困难，甚至已经做好了这件事最后会以失败告终的思想准备。总祠从构想到建设完成前前后后花了将近一年的时间，真正开始建设到竣工大概是半年。我组织大家修缮完总祠以后，没有停止的原因是我自己感觉到有一种情怀有一种责任在肩，于是我产生这种帮各分支的家族亲人修他们的宗祠的想法，在大家一起聚餐的时候也会提出来征求他们的意见，号召大家出钱出力，得到了乡里乡亲的积极响应，这是让我感觉到很开心，很满足的一件事。究其原因，记者也有一个很深的感触，百闻不如一见。

2021 年的初春，记者随章礼民回了一趟他的石扇老家。这第一个感叹的是到了石扇，他并不是先回自己的家，而是让司机开车直奔另外一个在村中属于支系的章氏宗祠，几个村民早早等候在此，他下车来到他们中间，没想到这些宗亲一见到章礼民都亲切地叫他"礼叔"，而他也很爽朗地回应着

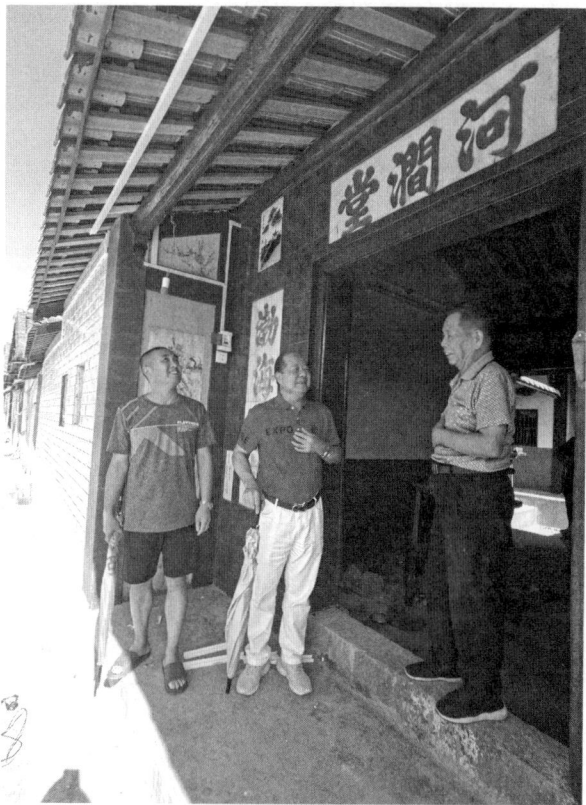

章礼民和其他乡贤调研宗祠修缮事宜

大家并和大家亲切握手，一个闻讯而来的80多岁的老奶奶一见到章礼民，还亲切地拉着他的手唠叨拉家常，为他竖起大拇指，场面十分感人温馨。

在记者看来，原来他们心目中的"礼叔"就是他们的家人，他们没有把章礼民看成一个大老板，而是看成他们的宗长，他们的核心。他和大家一同走进宗祠，这座上百年的宗祠同样因为年久失修而显得破旧，他细心地察看了宗祠的各个角落，并对宗祠如何修缮耐心地听取各位宗亲的意见，并初步定出修缮的时间表测算出修缮的费用，并当即表示自己将带头捐资，亲切的交流沟通，善解人意的贴心交谈，让人感受到一种如沐春风的感觉，也让人体会到"礼叔"身上散发的人格魅力。随后，记者跟随章礼民沿着村中的小道，又看了村中一两个支系的章氏宗祠，所到之处他都会主动跟见面的乡里乡亲打招呼，而这些乡里乡亲也无一例外地都会热情地叫他"礼叔"并亲切邀他到家里喝茶歇歇脚，在寒暄中，乡亲们对章礼民为村中所做的善行善举大为称赞，而章礼民也总会乐呵呵地谦虚应道：应该做的，应该做的。

内外联动建宗祠

　　为了让宗祠的修缮工作得到更多宗亲的支持，特别是在海外创业的宗亲，他们常年心系家乡，是一股不可忽视的力量。于是，在 2018 年，章礼民自掏腰包组织了近 10 位村里德高望重的宗亲，去了一趟印尼，专门拜访章氏比较有代表性的宗亲企业家章生辉和章生杰，这也是章礼民第二次去印尼，他们一行人去了将近一个星期，对于远道而来的梅州家人，所到之处印尼章氏宗亲们都给予了亲人般的热情款待，每次聚餐都叫来了十几张桌的宗亲和章礼民等一行一起吃饭，氛围很是热闹和亲切。除此之外，印尼的章姓企业家还带章礼民他们去参观了建造在印尼的客家博物馆，给他们介绍了一些在印尼发展得不错的客家华侨。在宗祠修缮期间印尼的章姓宗亲共为宗祠建造乐捐二十万。章礼民深情地感叹道：隔山隔水不隔心，毕竟是同根共祖的一家人，我的两次印尼之行，除了募捐以外，更多的还有联谊增进交流，拉近宗亲们之间的关系，这一点才是最重要的。

　　话锋一转，章礼民特别提到了 2016 年他第一次印尼之行的"特别收获"，这个特别收获就是他认识了一位当时在印尼雅加达商界享有很高声望的企业家郭贵和先生，他深情回忆道：郭老板是梅州大埔人，在印尼是超市大亨，有一万多间连锁店。在我初到印尼时，已是古稀之年的郭老板，还亲自开着劳斯莱斯来机场接我，让我很是感动；之后又花了三天的时间全程陪同我，他带我去看了他捐资的小学中学和大学，他每年赚到的钱很大一部分都是拿来做慈善甚至直接捐出去。我和他的缘分其实有些奇妙，因为郭老板起初想要在中国发展，经过到处打听之后了解到我在梅州经营的喜多多颇有口碑，就主动找到我，想和我进行一些生意上的合作，可以说，我当时既感意外又感惊喜。后来因为国内商业环境的一些原因，我们之间的商业合作没有达成，但是我们彼此却成了很好的朋友，平时在电话上经常有沟通。郭桂和老板是一位令人敬佩的企业家，他热心家乡关心家乡人，对家乡的贡献同样是很大的。2016 年我第一次去印尼时他还在印尼富豪榜的位列第 22 位，到如今他已经跃上第 6 位了。

话又说回来，为了建造宗祠和修缮选公祠这件事，章礼民亲力亲为地付出，村里的宗亲都看在眼里，赞在心里。而章礼民始终怀揣一颗平常心，把这件事当作分内事，一方面为积极发动国内外的乡贤一同投身于家族祠堂建设奔走呼告，出钱出力，包括建宗祠需要大家怎么做、如何建宗祠如何具体实施等等都详细地和大家一一说明，完全做到公开透明。修建宗祠

章礼民和郭贵和先生（中）合影

对于一个姓氏来说是家族大事，这一点章礼民非常清楚，所以他从一开始就让这件事在家族中广而告之并且得到广大宗亲们的协助支持，俗话说众人拾柴火焰高，最终宗祠能圆满建成就是这个道理。

章礼民坦言道：建宗祠这件事上我只是做了一个领头人，也承担了总祠修建的大部分费用，选公祠也是和其他两位发展不错的宗亲企业家一起平摊大部分的费用，前面提到的章生辉宗亲就是在选公祠出生的，和我算是非常亲房的亲戚了，他是其中一位，还有另一位是有"乳猪饲料大王"之称的宗亲章建。后续宗祠修建的顺利进行也得益于大家能顾全大局，众志成城，作为领头人的我来说也很欣慰，算是为家族做成了一件大事。

"议事亭"议出大文章

在石扇银钱村中心的村道旁，也就是章氏宗祠的旁边，有一座亭子，如果不认真看，也就是一座凉亭，凉亭呈八角状，中间围绕而成的石板，可以供来往的村民歇歇脚聊聊天，坐在亭中，远望村中的田畴和农舍以及对面的学校，都是一幅田园的美景。但仔细一看，它又不是一座普通的凉亭，亭子的正中有一块石碑，据章礼民介绍，这块石碑就是为了纪念梅州章氏的开基祖五斋公而立的，据说现今凉亭的位置正是原来五斋公的墓地，后随着乡村建设的推进以及乡村环境的改造，同时也为了一个更好的形式纪念开基祖，章氏后人经过商议，将开基祖的墓地重修成这座凉亭的样子，逢年过节并不影响祭祀。但外人不会知道的是，在这座凉亭重修好后，承载着章氏家族的另外一项使命，就是每当家族在讨论一项重要决策时，或者对某项家族内的大小事务进行表决时，各方族人的代表都会相约来到这座凉亭，大家围坐一起，在祭拜过开基祖五斋公后，面对祖先进行庄严的集体决议和决策，并进行签字。这也就意味着经过族人商议并在祖先的见证之下所形成的决议和决策不容置疑，不能轻易更改，体现了家族谋事的公平和透明性，非常具有仪式感，也是一项深得民心的举措。因此，这座凉亭也被章氏族人称为"议事亭"，而像重修宗祠等重要事项的决策都是在议事亭最后拍板的，这仿佛跟《水浒传》中的"忠义堂"也有一些异曲同工之处。

话说回来，当初章礼民牵头修缮宗祠，也并非一帆风顺，这其中也受到过一些阻力，比如说有些人觉得已经出钱修了总祠，不想再出钱去修那些支系的祠堂，觉得过界了。说白一点，大众的观念他们有，但小众的观念他们没有或者说不理解这种做法，一些人会有这种想法其实也很正常，也是可以理解的，但是为了做成更多的事，把那些上百年的支系祠堂都修缮好保护好，他就耐心地和不同意见的族人沟通探讨，和他们说这次依然是他带头，然后告诉他们如果有他们的支持他会更有信心做这件事情。还有个原因，就是章氏各分支传下来的后辈，都各有人才所在，他想把他们的力量团结起来，一是为了团结宗族力量，二是让他们在宗族中也能成为榜样和中坚力量。

章礼民欣慰地说：到2021年为止除了总祠已经是修第六个支系宗祠了，我的目标是每年能修缮一座支系宗祠，11座章氏百年宗祠加起来就需要十多年的时间来修复，石扇现在有十座章氏宗祠，分系分得比较散，重要的是我们能够合力去做成同一件事，对我来说所有宗亲的事就是一大家人的事，所以我才会去替他们着想，去做这件事。我记得修其中一座支系宗祠的时候他们家族的人不太团结，后来我出面跟大家反复沟通最后才谈拢，他们说如果不是我这个角色在其中撮合促进他们的关系，他们家族之间的人都不愿意围在同一张桌子面前谈事。甚至有些家庭以前很少沟通，存在一些矛盾和偏见，但通过大家一起来修宗祠，这些矛盾和分歧都消失了，彼此的关系走近了，真正地促成了和谐大家。每当听到这些反馈，我就觉得这些年通过做这些公益事业，虽然很苦也很累，但只要大家能团结能和谐，我的内心就很知足，就是心里话。

自从把公司的主要业务交给两个儿子，看上去章礼民好像清闲了不少，其实他这些年为修缮宗祠的事情比之前忙碌公司的业务更累，但这种辛苦的付出也得到了妻子和家人的理解。而他在做这些事情的过程中，也得到了内心的满足，这种最大的满足就是家族的兴旺和和谐团结。办公益的事情最大的付出就是人与人之间的沟通，这与人在管理一个企业那种行政命令是完全不同的。所以他感叹，这些年处理宗祠的这些事务并非易事，不仅仅需要和非常多家庭和族人打交道，还要时刻面临着不被理解的状况发生，如何调节宗祠族人相互之间的关系又是一门学问。他认为修宗祠是一件好事同时也是一件善事，他的父亲在20世纪80年代的时候就带头修缮老屋，父亲的一生以行动告诉他为家乡和家族做贡献只有好事没有坏事。宗祠的每一次重光，都给整个家族带来了凝聚力的提升和获得族人的拥护。

宗祠修好之后，并不是纯粹当成简单的一个祭祀场所。章礼民探索创新，把祠堂文化的内涵表现得淋漓尽致，特别是每年的大年初一，各地章氏后人都会来到总祠祭拜祖先，慎终追远；当祭拜仪式举行完毕，章礼民都会代表族人发表讲话通报过去一年宗族内所实施的各项事务以及财务收支，并为大家送上美好的祝福。另外一个重头戏就是，会在宗祠内上演尊老爱幼的温馨一幕，章礼民会号召族人代表给小朋友们以及大学生还有老人发红包，提升后辈对家族和祖先的认知和观念；每年过年从各地赶来宗祠祭拜的族人都有几百号人，大厅都放不下大家带来的祭品，非常热闹，非常和谐，一般大人都会利用这个难得的团圆机会，聚在一起讲今年发生了些什么事，互致问候，拱手示礼作揖，送上新年祝福，温馨和温暖；而这项活动，也是每年宗族内一项很重大的集体活动，意义重大，令人期待。而利用家族内的这种和谐团结的氛围，细心的章礼民通过征集意见，反复斟酌，集思广益，以传承祖德，弘扬家风为目的，创作了《章氏宗祠村风民约》，把章氏家族的家风家教和宗祠的文化以及规定以歌谣的形式反映出来，并把它当作约定俗成的宗祠新规展示在宗祠墙上，让族人共同遵守一并发扬光大，并细细品之，《章氏宗祠村风民约》透露出新时代祠堂文化的内涵，传统文化与现代礼仪相互结合，通俗易懂，易唱易记，让人点赞。下面让我们来一起来分享一下。

传承祖德　弘扬家风
《章氏宗祠村风民约》

承祖德，兴村风，齐心行动耀祖宗；
年初一，敬祖公，优良传统好家风；
敬长辈，爱儿孙，和睦家庭亲情浓；
父心慈，子行孝，积善之家乐无穷；
邻里睦，一家亲，携手并进路路通；
生儿女，重优育，后代前程势如虹；
有秸秆，不能烧，庭院内外花儿红；

养禽畜，打疫苗，卫生习惯始于童；
不铺张，不攀比，红白喜事俭成风；
等靠要，不可取，自强不息家兴隆；
村公益，勤参与，振兴乡村人称颂；
黄赌毒，要抵制，歪门邪道不可碰；
讲民主，不独断，族事和气要沟通；
讲道德，美环境，村容整洁一起动；
讲文明，遵法纪，社会公德不能松；
讲诚信，敢竞争，创业担当齐建功；
讲敬业，勇奋进，团结互助共繁荣；
爱国家，听党话，幸福家声万年红。

好一个"生态园"

在章礼民心中，他对父母的感情一直很深，对家乡更是有一种生在骨子里的情怀。当时他还担任着石扇商会会长时候，曾和各位商会成员说：我们在外面工作打拼也赚了一些钱，也应该为家乡建设做一点贡献了。于是在2011年的时候，章礼民就在思考如何将家乡一些零散的土地整合起来做出一样东西让乡亲们受益，同时他也和商会成员及村民们多次商量这件事情，认真做大家的思想工作，探讨方案的可行性等。如果这些零散的土地比如说废

风景如画的生态园航拍图

旧的厕所、猪栏等能够整合在一起，那么对村里的卫生环境和村容村貌也是一种改善和提升。所以他经过冥思苦想后，脑海中渐渐形成一个蓝图，他在心里盘算着建设一个生态园，为美丽乡村建设贡献一份力量。

在章礼民的设想中，他想建设的这个生态园，其实就是一个乡村的美丽公园，有树木有草地有鱼塘有木屋有亭台，是个休闲养生娱乐的好地方。对于这个生态园的名字，他也想好了，就叫银英生态园，是从他的父母名字中各取一个字组成，这让人不难看出，章礼民对父母的感恩情怀。当计划定下来，他所面临最难的并不是资金问题，而是建设所涉及的土地集约问题。按照生态园的规划，里面涉及的零散的土地多，涉及的住户村民也相对较多，一旦实施就必须一家一家地去和他们协商才有可能拿到这些土地。章礼民心想，既然下定决心就一定要去付诸实施，何况自己的最终目的也是为了乡亲们，因为这些土地涉及五个生产队的村民。为了表达自己的真诚意愿，于是章礼民就把五个生产队的负责人以及一些群众一起请来开协调会，让他没有想到的是，当乡亲们听完他的这个提议后当即都表示愿意支持，这让章礼民非常感动。所以他深有感触，心里装着乡亲，这么多年积极为乡村建设做贡献做公益事业的付出是有回报的，因为老百姓都看在眼里。

在乡村建设生态园这件事上，他就深深感受到了村民对他真诚的回报。生态园建设规划方案虽然所涉及的住户共有七十六户，但他仅花了三个月的时间就和这76户村民达成意愿。生态园主要的补偿就是对村民的经济补偿，依照国家"七十年流转"的政策向乡亲们租赁土地，而这件事情的"顺利程度"也远远超出了他自己的预想。少数几户村民一开始也有想不通的情况，章礼民则动之以情晓之以理，以诚心感动村民，以诚意感化村民，慢慢地起初不太愿意配合的村民，也想通了理解了，最后都开心参与支持生态园建设。当章礼民和76户村民签完协议的那一刻，他的内心充满了无比感动和感激，那一天，激动万分的章礼民叫来几个朋友在家痛饮了几杯，同时他想到了那首传遍大江南北的歌《谁不说俺家乡好》，此时这首歌非常吻合他的心情。

朋友们在生态园里采摘野生艾

　　2020 年的年底，记者随章礼民到石扇参观了他精心打造的生态园。面前是一条漂亮的乡村街道，生态园门口建了一个很漂亮的圆盘，生态园大门整体都往内推进了近 10 米，这好像不符合常理，但此举正是章礼民为了让路于民，方便市民车辆通行和会车，自己主动拆掉大门围墙，向内推进同时建设了一个会车圆盘，单单此举就受到了乡亲们的交口称赞。当章礼民听到这些赞扬声，表现得非常平静，他认为真没什么，就像自己熟知的"六尺巷故事"那样，你让一点，我让一点，路就出来了，和谐就出来了。

　　进入生态园，记者看到，虽然还是初春，天气依然还是南方冬天的冷，但生态园里面树木葱茏，绿草如茵，鸟语花香，艾草遍地，同行来的朋友被眼前的艾草所吸引，都迫不及待地弯下身子忙着摘艾草，不亦乐乎。这种野生的艾草客家人喜欢用来煮鸡蛋或者炖鸡，都是天然生态的美味和补品。生态园的绿荫道右侧是一个大大的鱼塘，鱼塘旁边，建有亭台楼阁，可以在这里品茶或垂钓。沿着池塘的边缘行走，微风徐徐，垂柳依依，真的是一派生态美景。生态园的规划设计想得很周到，整体形成一个圆形，整个圆形的周边都修有水渠，平时在水渠里放了不少鱼，既可以观赏，又可以在雨水多的季节，形成一个排水防洪的作用，可谓一举两得。走到生态园的中心，是一片开阔的草地，让人眼前一亮的是，草地上有几栋错落有致典雅现代木屋，大有"绿野仙踪"的意境。记者进屋参观，屋内所有设施齐全，舒适高雅。有一栋大的木屋二楼还有一个很大的餐

在生态园里留影

厅，从餐厅出来，整个生态园美景尽收眼底。这个餐厅的功能大有讲究，平时逢年过节，这里面会用来接待亲友进行聚餐，还可以供公司员工在这里开展联谊联欢活动。徜徉于此，让人感到身心无比放松，很难想当初一片脏乱差的环境，如今成了步步是景的生态园。生态园虽然建成十年，但依然是很多游客到石扇游玩，很想去看一看走一走的地方。

记者和章礼民在生态园边走边看。可以看出，他对这里的一草一木都是那样的喜爱，生态园里的一片落叶一些枯枝，他都会顺手捡起，在他看来，这个生态园就像他的另外一个孩子，倾注了他大量的心血。他深情地说：生态园的建设完全按照保护生态服务大家的目的来打造的，那时候"建设美丽乡村"的战略还没有提出，但是我自己认为随着国家经济社会的不断进步和发展，农村建设这一环节也将不容小觑，未来美丽乡村和乡村

振兴一定会成为时代的主旋律，加上我之前去国外考察的时候，发现那些发达国家的农村建设都是非常不错的，所以我觉得要有前瞻性，农村建设要从现在做起。

生态园于 2012 年下半年动工，2013 年竣工，一经亮相则引起了社会各界的关注，当时每天来生态园参观的人络绎不绝，就连乡亲们都不敢相信自己眼前的情景，原来一片脏乱差的地方现在成了一个美丽的大公园，而这个大公园就在村民们自家家门口。2014 年《梅州日报》专门将生态园的新闻登到了当天头版中间，还配发了生态园的全景图片。新闻报道对银英生态园的建成给予了积极的评价，称之为是社会主义新农村的样板。据了解，生态园内部的园林景观是章礼民专门请专业公司团队设计，把整个环境都打造成了一种冬暖夏凉的小公园模样。在建设生态园期间，因为在园内要种植很多的绿化树和果树，利用这个机会，章礼民抱着好事做到底的想法，还给村民们发放了一些树苗和种子，鼓励他们除了在生态园种树之外，在自己屋前屋后也可以种一些绿色植物，以美化家园。

生态园竣工后那几年，章礼民每年都买有约三千株树苗免费送给村民自行栽种，有樱花树苗、芒果树苗及很多室内适宜种植的绿植种子等等，村民们都非常乐意种植，如此，章礼民和村民形成了很好的互动。生态园建好后，他还经常邀村民到生态园聚餐聚会，其乐融融，共话乡情。再加上原本属于废旧公共厕所和猪栏的位置现在都改善成了大氧吧的生态园，对附近的村民们就是一个实实在在的福音，因为他们再也不用忍受天天紧闭窗门还闻着阵阵恶臭飘来的日子，也再不会有污水横流的现象出现，生活环境和空气质量今非昔比，村容村貌完全焕然一新，村民们无不拍手叫好，他们用当初自己正确的选择支持生态园的建设换来了今天幸福的回报。走到木屋旁，章礼民开心地说：生态园就像个小家庭，有时候还会接待一些远道而来的朋友，成为小家庭聚会的场所，有时候我和我的家人们也会住在那里体验难得的乡村生活，重新找回当年的很多美好回忆，比如和家人朋友在生态园一起过中秋节等，明月当空照，乡情分外浓。

让乡亲们记忆犹新的是，2017 年的时候石扇镇开始搞新农村建设，为了支持家乡建设并做好表率，章礼民主动提出自愿把生态园现有围栏拆除，整个生态园往内收缩二十多米，让出两千多平方米的土地给镇里搞新农村建设，为此他还自掏腰包花几十万进行整合修缮，这让当时镇里的领导非常感动，对他的善举给予高度评价。后来，有领导来镇里视察工作的时候，镇领导都会带他们来生态园看看，渐渐地生态园也成了石扇镇新农村建设的一个样板和示范点。

令章礼民最为欣喜的是，在整合生态园这些土地的过程中，绝大多数村民都是非常愿意配合的，甚至有两户村民还需要让出自己现住的房子所在的土地来配合建设，但他们也都是乐意的。他后来给这两户村民置换出另外的土地和补偿金，让他们建了一栋房子，他们深明大义，不仅没有抵触情绪，而且觉得这是一件利人利己的好事，因为原本他们住在老房子里的时候正愁一楼想开店铺但因为面前是公厕和猪栏，不知如何改造，现在新建一栋临街房子后，店铺也就顺理成章地规划在一楼，楼上住人楼下做生意，不仅生活环境大大改善了，也有自营店铺了，真是一举多得，对此，两户村民对生态园建成的利好是最有发言权了。

后来石扇镇拿出一些钱，计划把生态园附近的道路延伸修复，章礼民得知后觉得修路是造福乡亲的好事，毅然也主动捐了几十万，包括小学附近的路都一并修得非常好，师生通行更加安全便捷。生态园的建成也带动了周边附属设施的不断完善，整个乡镇的美化亮化也得到了不同程度的提升，这也是让章礼民没想到的超预期效果。如今，章礼民平时都安排有两个管理员负责生态园日常的修花剪草，打扫卫生，环境维护的工作，所以参观者无论什么时候进去，风景都是宜人的。在章礼民看来，生态园下一步还要进行提升，园内还有很多空地有待完善和拓展，把生态园真正建成美丽乡村造福乡村的乐园。

当记者问到在乡村花那么多钱建一个生态园，心里到底是怎么想的？章礼民略微沉思了一下说：我觉得建设生态园是件好事，这个钱也花得值，这个好不仅仅对我个人好，对大家也好，当然对社会也好。它不仅仅是做一件事情，更是众人拾柴火焰高的一个生动体现。在生态园的整个建设过程中，我一直是怀着感恩和感动的心情，我要感谢乡亲们的支持，特别是生态园建设中提供土地支持的 76 户村民，没有他们的支持我就做不成这件事，是大家的支持化成我前行的动力才有今天的成果，而这个成果也是对乡亲们最好的回馈。我逢年过节回到家乡，看到乡亲们屋前屋后的花草树木长势喜人，满园飘香，我的内心是非常开心愉悦的，说明乡亲们也在自觉为新农村建设出一份力，从让我做到我要

生态园的木屋里经常高朋满座

做。当初我给他们发的树苗现在已经长成了满园春色满眼绿色，试问，这样的农村，你有不爱她的理由吗？

如果人生是一本书，这本绿色的书，就是章礼民读得最认真的一本书，也是他生命中最出彩的华章之一。

"石扇咸菜" 的甜蜜事业

　　章礼民是一个土生土长的石扇人，从小都是吃着石扇咸菜长大的，这个味道是刻在他骨子里的，他坦言，无论离开家乡多久都不会忘记的。

　　如今乡村振兴的春风吹遍神州大地，作为一名从山里走出的企业家，是家乡的山水孕育了他，成就了他。他对家乡的情怀很大程度上就是时时惦记着淳朴善良的家乡父老乡亲，因此，他也时时想着多为家乡尽点力，多为老百姓做些实实在在的事，

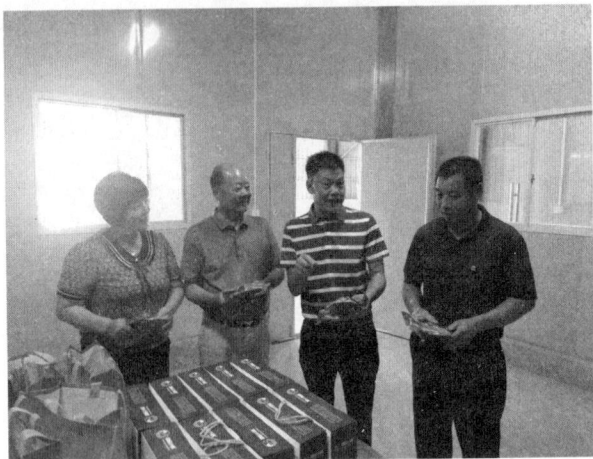

石扇咸菜产品成功推向市场

推动家乡经济的发展。当前，我国很多地方政府都在乡村振兴中提出发展"一村一品"的构想，把多元化、亮点化产业作为发展目标，由此，章礼民首先想到了家乡的石扇咸菜，因为石扇咸菜经过千百年时间的沉淀，知名度和美誉度是很高的，虽然在梅州的农村，家家户户都会生产腌制咸菜，而石扇咸菜以公认的香味独特，口感超凡而家喻户晓，在客家名菜梅菜扣肉等配菜中得到广泛的运用，深受消费者的喜爱。

　　客家人世世代代的勤劳家风，养成了石扇人家家户户都是腌制咸菜的好

手。说到石扇咸菜为何如此出名，究其原因，是离不开当地的山水资源的，加上农村每家每户都有自家菜地，因此原材料是很充足的。章礼民开心地介绍，在石扇镇，尤其以松林那边的咸菜做得最好，那是因为松林村群山环抱，生态环境优雅，那边腌制咸菜所用的水源是最优质的山泉水，基于此并看准这一点，于是章礼民就去和镇里的领导和几个村里的书记们商量，怎么把石扇咸菜这个产业做强做大，增加村民的收入，以实实在在的举措助力乡村振兴。镇里的领导和几个村里的书记听完章礼民的一番见解后，都表示非常支持。石扇咸菜作为石扇镇"一村一品"的战略来实施，可以说，这个"点"是很精准的。因为咸菜的种植不会打乱村民的日常耕种计划，因为咸菜一般在秋冬季种植，这段时间刚好是农民丰收的季节，此时闲置下来的田地刚好可以用于种植咸菜，而咸菜一年四季也只有在这一个时间点可以种植。如果这个项目落成并实施，那真是一件实实在在推动乡村振兴、实现农民增收的好事情。而让章礼民感到开心的理由是，因为他觉得自己可以在为家乡做一些力所能及的事，之前修缮宗祠固然是一件功德之事，但那毕竟只是有益于家族之间，而如果能够在家乡打造一个产业，构建一个产业链，让每一个村里人都受益，而因此改变整个家乡面貌，这何尝不是一个大善之举！

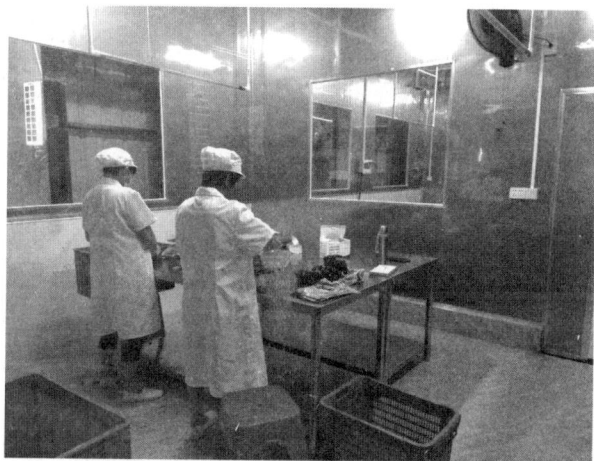

图：工作人员在生产车间包装石扇咸菜

接下来的章礼民，更忙了，他曾笑言，感觉自己是在开始新的创业，不过这一次不是一个人，而是一村人。

2022年初，章礼民利用自身的商业资源，出钱并主动邀请了石扇镇三个村的村书记一起到外地考察学习了三四天，目的就是要让村里的带头人，知道自己的产品可以做成什么样的商品，形成什么样的产业链，有一个感性和直观的认识。这绝对是一个难得的学习机会，村里的乡贤出钱出力为村里办实事，这是一件何乐而不为的事；因此，几个村里的村书记都很感动，并很珍惜这样的学习机会。章礼民先带他们去参观了深圳大型的配菜中心，还有广州酒家利口福食品厂和陶陶居，所到之处都让村书记们大开眼界，这种学习机会，让他们这些长期扎根基层的村干部是非常难得的。特别是利口福食品厂，后来把石扇咸菜做成配菜加入到了他们的十多个产品当中，请章礼民一行来品尝，比如说咸菜包、咸菜饺，咸菜腊肠等十几种产品，大家一边品尝，一边啧啧称赞，都说没想到自己家乡的咸菜，能做成那么多美味绝伦的产品，不敢想象，都值得期待。

此行收获是丰硕的。为了早日实现产业对接，在章礼民的热心牵线下，后来利口福食品厂的负责人还专门带团队来石扇实地考察，重点了解石咸咸菜的原材料产地和种植加工情况，考察团队对石扇的山水资源和咸菜的品质是充分认可的。可以说，目前双方已经达成了初步的合作意向，具体的合作细节还在洽谈中的。石扇镇党委政府对咸菜产业也非常重视，对相关工作进行了分工，对相关石扇咸菜产品的商标都已经进行了注册，同时，对各类产品的包装进行了精心的设计。按照石扇咸菜产业的规划设想，就是以松林那个村为石扇咸菜生产加工的主阵地，然后其他村起到辅助配合作用，首先要规划集约土地，然后统一所有村所有土地的种植标准并进行统一管理，这是很关键的一环。目前来说石扇咸菜种植的规模还不是很大，但是随着生产不断规范化集中化之后，会慢慢把种植生产规模扩大，所加工生产出来的产品也会突破传统，不断创新，在原有基础上越做越好，以更丰富的产品形式进入寻常百姓家。让章礼民感到特别开心的是，为了石扇咸菜这个产业，整个石扇的干群都动起来了，宽敞明亮的厂房也建起来了，生产线也正式投产了，相关咸菜产品也上市了。现在，无论是镇里的干部，还是村里的干部，都对这件事情非常上心，都铆足了劲，表示会全力配合这个惠民项目的开展和顺利进行。

作为地地道道的石扇人，章礼民认为石扇咸菜相比起普通咸菜来说，光是香味就大不一样了，比如用石扇咸菜和普通咸菜各做一份相同的菜品，所呈现出来的味道也是不一样的，咸菜的清新香脆非常突出。特别是做客家人的家常菜，例如鱼焖饭、咸菜蒸鸡和梅菜扣肉等等，如果是用石扇咸菜作为辅菜，就有一种锦上添花的效果。石扇咸菜最早只是作为家用烹饪材料和送亲友的特产，被拿到市场上卖也是近几年才兴起的，但是石扇咸菜这个招牌特产几乎是客家人家喻户晓的，所以就趁着乡村振兴的东风把石扇咸菜包装起来进军更大的市场，提升石扇咸菜的社会影响力。作为石扇人，可以说是一份情怀，也可以说是一份担当。

章礼民表示，石扇咸菜的产业化道路以前没有人做过，当下也是摸着石头过河，但只要敢于尝试创新，严把产品质量关和生产工艺标准，真正把石扇咸菜的产品品牌化，让人们以后一提起咸菜首先就会想起石扇咸菜，就像人们一说起陈皮就会想起新会陈皮，一提到红茶就会想到英红九号英德红茶一样，到那时，石扇咸菜就会真正蝶变成甜蜜的事业！

新时代的春天来了，章礼民和他热爱的家乡人民一起，成了砥砺前行的追梦人。

"民华阅读基金"成立

　　说到书，可以说，章礼民是一个非常爱书的人，阅读，成为他一生的习惯，就在前面我们讲到的他所居住的别墅里，专门设置了一个非常大的书柜，书柜里全是各种各样的书。最主要的是，这些书并不是单纯的摆设，都是他读过的书。他经常回顾自己的创业历程，成功虽然有机遇和自己的努力，但跟他爱学习爱阅读的习惯是分不开的。为此，他想到了自己读书过的母校梅北中学，想到了家乡的孩子们。因为他非常清楚，让这些孩子实现人生真正的梦想，就是要让他们从小爱读书，爱阅读，把阅读当成一种从小的习惯。

　　在 2022 年金秋，章礼民和他的夫人张祥华一同做出了一个决定，那就是要在他们共同的母校石扇梅北中学成立一个"阅读基金"，要知道，他们夫妇都是梅北中学七七届华业的校友，对母校的感情和牵挂一直未断。梅北中学也是一所具有 115 年办学历史的百年老校，校园环境幽雅，其中那一座矗立的钟楼见证了这所百年老校曾经走出的莘莘学子，从梅北中学走出了开国中将肖向荣、他曾经在这里上过小学，走出了中国工程院院士陈志杰、走出了著名侨领章生辉等等各行各业的精英等，其中章礼民也是梅北中学的杰出校友之一。记者在梅北中学的校史馆内，看到了他为母校这些年所做的贡献，其中在一栋梅北中学百年校庆时所捐建的校友楼前，当年他所捐种的一排樱花树，如今已是绿树成荫，九月时节再回母校，章礼民夫妇站在其中一棵樱花树下，十年树木百年树人，那份甜蜜和幸福，只有他们内心有最深的体会。

章礼民夫妇为什么如此热心，决定为母校捐资20万元成立明华阅读基金，他说出了自己的心里话，并在写给母校的一篇文章《让阅读成为一种习惯》，深情透露了他的心声：我每次重回母校梅北中学，看到整洁的校园，宽敞的教室，还有天真活泼的孩子们，我就想到了当年的自己曾在这里求学，曾得到老师的教导，只不过当年的教学环境不能与今天相提并论。我是个土

为母校捐款成立"民华阅读基金"

生土长的石扇人，高中毕业后，打过最基层的工，干过最苦的农活，开拖拉机跑运输，尝尽生活的酸甜苦辣，从在镇上开一间小小的杂货店开始，发展到今天拥有较大规模的喜多多集团，这一路走来，虽然有自己持之以恒的奋斗，但我更要感恩当年老师的培养和教导，感恩校园时光赐予我的知识养分，让我懂得做人做事的道理，让我成为一位有理想有行动有追求的人。同时，我还要感谢我生命中的另外一位"良师益友"，这位"良师益友"就是"书籍"，到现在在我的书柜里，我还珍藏着20世纪80年代，我在梅城购买的第一本书。有言道，书是人类进步的阶梯，读万卷书，行万里路，读一本书，特别是读一本好书，就犹如遇上了一位好老师，它可以教会你很多，让你充满力量，充满生活的希望。在我20多年的创业历程中，书一直不离我的左右，到现在，阅读，依然是我最大的业余爱好。

基于此，同时，有感于梅北中学领导的担当有为，把"书香梅北"这个活动蓬勃开展起来，所以我就做出一个"锦上添花"的决定，和我的夫人出资20万元，联名成立"民华阅读基金"，为书香梅北助力，我觉得若

这项活动持续开展下去，将成为梅北中学的一个办校特色，也可以看作是一项新时代的"希望工程"。

我们都应该非常清楚，像石扇这种乡镇甚至梅州农村其他的中小学，我们的孩子唯有通过读书，方能真正改变命运，也就是说知识改变命运，那知识来自哪里呢？知识来自阅读，来自书籍，所以我们要从小就在孩子心中种下阅读的种子，让孩子们

樱花树下，遇见美好

通过阅读，获得知识，陶冶心灵，懂得道理，获得成长；要让阅读成为老师和学生的一种习惯，俗话说要给学生一杯水，自己就要有一缸水；师者，是传道授业解惑的人，在孩子成长的道路上，担负着导师的角色，至今我仍然记得我当年的老师，师恩难忘，山高水长。

在文章中，章礼民寄语母校的老师和孩子们：这里的每一位孩子都是学校的希望，都是石扇的希望，都是梅州的希望，将来都有可能成为国家的栋梁，所以从现在起就要把他们培养成一个个爱阅读的"书香少年"，每一个班级都成为"书香班级"，这样，学校就会成为名副其实的"书香梅北"，希望学校管好基金，用好基金，每一年都有更多的老师和学生获得表彰，受到鼓励，这也是我和我夫人成立"民华阅读基金"的初心和使命！

9月24日上午，秋高气爽，一贯行事低调的章礼民夫妇，特意选择星期天，目的是不要打搅过多的师生，与梅北中学的相关校领导在学校会议室举行了简约的捐赠仪式。他在捐赠仪式上，再次深情地表达了自己的对母校的

拳拳之心和祝福：胸藏文墨虚若谷，腹有诗书气自华。祝贺梅北中学"民华阅读基金"成立！祝愿梅北中学书香满园，桃李芬芳！

2023 年 11 月，这是金秋时节，也是丰收时节，梅州市梅县区教育局发出通知，决定在梅北中学举行梅县区中小学生"朝阳读书"活动现场会，这正是民华阅读基金助力梅北中学蓬勃开展读书阅读活动的成果显现，竟让地处乡镇的梅北中学成了全区开展读书活动的示范学校。当时听到这个喜讯的章礼民，内心非常欣喜，当即致电校长，追加赞助 30 万元民华阅读基金，让孩子们爱读书爱阅读的好传统，长久延续下去。因为在他看来，孩子们有了知识的力量，就有了明天的希望！孩子们是早上八九点钟的太阳，这是一个朝阳产业，知识改变命运，只要我们大手牵小手，接力奋斗，为中华崛起而读书的伟大梦想就一定会在一代一代的努力中得以实现！

后　记

　　人生就是一本书，对于这一点，我也是很有同感的。章礼民是一位客家之子，是一位胸藏大爱的优秀客商，作者在他几十年的创业故事中，读懂了他。章礼民是一位农民的儿子，熟悉土地熟悉农村，熟悉乡音眷恋乡情，在他几十年的创业历程中，其实就是从农村到城市打拼的过程，其中的艰辛艰难，也许只有他自己知道。摆在作者案前的《那些年，这些年》书稿，并不是纯粹的文学创作，它其实就是章礼民人生的履历，是真实的记录。

　　章礼民今天的成功，来之不易。他靠着自己白手起家，艰苦创业，凭着客家人坚韧不拔的开拓精神，一步一步地成长，直到今天事业取得成功，成为本土大型连锁商超的 CEO。写这本书的目的，就是为了记录其中的经验，其中的教训，更多的是把这些经历沉淀下来，形成企业发展的文化力量，让每一位员工都知道自己所服务的企业是如何从小到大从弱到强的，也要让他们了解自己的老板是怎样一个人，是如何做企业的。有句话说得好，没有文化的企业也许可以成长，但不可能持续不断地成长。作者相信，在追逐梦想的舞台上，只要读过这本书的读者或者员工，他们一定会用一种情感去服务自己的企业，用努力去实现梦想，与企业共同成长；当然，这本书还可以成为"一本特殊的家书"。晚清政治家林则徐先生曾经说过一句很有哲理的话：子若强于我，要钱有何用；子若不如我，留钱有何用？其实，这句话在作者看来，透露出的就是人生的价值问题，而人生的价值最重要的就是"精神价值"，而非"物质价值"。人生就是一个积累的过程，这个过程是点点滴滴和缓慢的，不是一蹴而就也不是一帆风顺的过程。在这个过程中，有狂风暴雨，也有风雷霹雳，有阳春白雪也会有春华秋实，只有通过艰辛的付出，艰苦的奋斗，艰难的跋涉，才会靠近或者抵达自己梦想的彼岸，实现自己的目标。这不就是留给家人和孩子最好的"一本家书"吗。章礼民在看了书稿之后，眼含热泪地感叹：这样一本充溢着文字芳香和文化力量的"家书"是用金钱买不到的，也是不能用物质价值去衡量的。我希望我的家人们我的孩子甚至我的孙儿们长大后，都去读一读这本特殊的"家书"，无论你们以后走什么路，从事什么行业，都会从这里悟到启迪。从少年时代我就读懂了"愁"滋味，但我从不向命运低头，敢于直面人生突出重围，实现人生价值：种蓖麻挣学费，踏火粉打临工，修水圳不怕苦，拖拉机跑运输，开明华小卖部，从乡村到城市，飘香茶行失利，明华贸易开启，首创独立包装，首家超市诞生，喜多多满梅州，为百姓谋实惠，企业家新担当……这些仅仅是我创业历程当中的一些"标签"，有关这些经历的详细记录，在《那些年，这些年》这本书中都有精彩的呈现……

走得再远，都不能忘记自己从哪里出发。回首自己的创业历程，章礼民坦言：我要感谢每一位支持我帮助过关心过我的朋友，我的合作伙伴我的客户，是他们让我有了今天事业的一片天；我还要感谢我的妻子我的家人我的乡亲们，是他们用血浓于水的情感支持我鼓励我成就我，让我人生的每一步都走得是如此的踏实如此的坚定。同时，我也要感谢每一次挫折，每一次跌倒和每一次坎坷，现在想起来这些都是我人生的一笔无形财富，他让我学会奋进学会淡定，学会用智慧去看人生，懂得拿起，懂得放下，懂得"沉舟侧畔千帆过，病树前头万木春"乃是一种人生境界，更明白"山重水复疑无路，柳暗花明又一村"对人生信念的意义。

这里，作者想起了《中庸》里的一句：道不远人。我想，人生道路漫长，走好人生的"道"，守好人生的"义"，这比什么都重要。

作者写于癸卯年立秋

后
记